선택과 둔주

선택과 둔주

발행일   2023년 10월 18일

지은이   이효원
펴낸이   손형국
펴낸곳   (주)북랩
편집인   선일영   편집   윤용민, 배진용, 김다빈, 김부경
디자인   이현수, 김민하, 임진형, 안유경, 신혜림   제작   박기성, 구성우, 이창영, 배상진
마케팅   김회란, 박진관
출판등록   2004. 12. 1(제2012-000051호)
주소   서울특별시 금천구 가산디지털 1로 168, 우림라이온스밸리 B동 B113~114호, C동 B101호
홈페이지   www.book.co.kr
전화번호   (02)2026-5777   팩스   (02)3159-9637

ISBN   979-11-93304-87-7 03810(종이책)   979-11-93304-88-4 05810(전자책)

(주)북랩 성공출판의 파트너

북랩 홈페이지와 패밀리 사이트에서 다양한 출판 솔루션을 만나 보세요!

홈페이지 book.co.kr • **블로그** blog.naver.com/essaybook • **출판문의** book@book.co.kr

작가 연락처 문의 ▶ ask.book.co.kr

작가 연락처는 개인정보이므로 북랩에서 알려드릴 수 없습니다.

선택과

이효원 단편 소설집

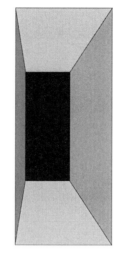
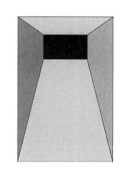

둔

주

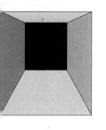
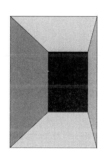

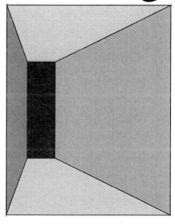

선택이란 말에게도 은빛 비늘을 번뜩인 시절이 있었을까.
대합실 창밖으로 만추의 하늘은 파랗게 멀기만 하다.

　늙은 역장은 열차의 경적이 사라지자 천천히 플랫폼에서
퇴장하였고 이제 플랫폼은 아무도 없는 빈 무대가 되었다

🐋*북랩

차례

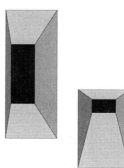

마감

|

한낮이 기울어 채 저녁이 되기 전, 온갖 야망과 권력과 쾌락이
실린 환혹의 지폐 냄새를 쫓던 무리가 필사적으로 허우적거리던
날개를 채 접기 전인, 그런 시각에 은행의 철문은 내려온다. 예지
와 음모의 시선이 번뜩이는 도심, 허영과 정욕이 은밀히 숨어 있는
주택가, 삶이 펄펄 뛰는 시장터, 만나고 돌아오고 떠나가는 항구와
터미널, 철문은 곳곳에서 일시에 내려온다. 수시로 기름칠해져 날
카로운 쇳소리의 충격을 충분히 억제하고서.

셔터 내려오는 소리, 소리…, 조심스레 다듬어지긴 했지만, 그러나
그건 은행과 고객을 일단은 갈라놓는 벽이다. 오늘의 거래가 과연
손익계산에 합당했나를 냉정히 계산해보는 시간임을 알리는 소리
다. 신속·정확의 서비스와 미소의 얼굴을 일시에 싹 거둔, 냉정한 눈
초리의 완벽한 야누스가 되기를 은밀히 알리는 신호인지도 모른다.

소문은 지점 안을 압도하고 있었다. 감독원 검사가 곧 착수되리
란 것이었다. 극비정보처럼 내밀했지만, 누구 하나 그 소문에 관한
한 국외자일 수가 없었다. 대부·당좌·출납 담당은 물론, 그 밖의 누
구도 강안국 사장과의 거래에 무관하지 못했다. 사무절차의 연계

이효원 단편 소설집

적인 속성, 그동안의 계 이동은 그들 모두를 대추나무에 걸린 연줄 신세로 만들어놓은 것들이었다. 하지만 그건 한갓 결과론에 지나지 않을지도 모른다. 사무실 구석구석에 무겁게 내리깔린 불길한 그림자는 마치 어느 순간 운명의 손길을 불쑥 내밀 음험한 저승사자의 검은 옷자락과도 같았다.

대부계원 김상철은 자신이 빠져 있는 수렁의 깊이와 뭍까지의 거리를 찬찬히 가늠해보기 시작했다.

불과 8개월 전, 그러니까 지난해 여름이었다. 폭염은 아스팔트를 녹이고 도심의 거리는 숨을 헐떡이고 있었지만, 전입한 새 부임지의 문을 열고 들어선 그의 어깨는 의욕으로 탄탄하게 뭉쳐져 있었다. A급 점포, 그리고 스카우트. 그때 그는 보았다. 의욕과 자신감으로 내달려온 자신의 젊음 앞에 서서히 열리고 있는 포장도로를.

이례적으로 곧바로 대부계에 배속되자, 그는 직원들의 시선이 에어컨 바람보다 더 싸늘하게 느껴졌다. 경우는 달랐지만, 같은 계의 조성호와 윤진수의 시선도 만만찮게 느껴졌다. 그건 이신학 지점장이 본인의 전 임지였던 Y지점에서 그를 끌어왔다는 사실만으로도 이미 확고한 신임을 보증한 것이기 때문이리라, 그는 생각했다. 하지만, 그런 분위기를 능동적으로 극복해내는 게 바로 능력의 한 항목임을 그는 잘 알고 있었다.

찬 바람 몰아치는 나무에다 둥지를 틀 듯, 그는 의식적으로 보고서를 작성하거나 자질구레한 뒤치다꺼리를 해주면서 얼마를 보냈다. 기승을 부리던 더위도 이미 막바지에 이른 그때 조성호가 때 늦은 휴가를 떠났다.

기업의 숨통을 죄던 사채를 동결한 이른바 8.3조치 이후 1년. 그 동안 후속 조치로 기업자금 대출이 대대적으로 방출되면서 당국은 신용여신 제도의 정착을 강력히 독려하고 있었다. 부동산담보 여신 위주의 안이한 태도가 기업을 사채의 늪에서 헤어나지 못하게 한다는 것이었다. 각 은행, 각 지점은 수신실적 못지않게 여신 실적, 특히 신용여신 실적을 매일 보고하며, 서로 경쟁에 안간힘을 쏟고 있었다. 유망한 지점장일수록 신용대출을 과감하게 집행해야 했고, 따라서 대부계는 야근이 정상 근무처럼 돼버렸다.

조성호는 휴가를 위해 20여 건의 대출을 머리를 싸매고 마무리 지었지만, 결국 수속이 끝나지 않은 10여 건만은 빚 문서처럼 남아 윤진수에게 인계됐다. 김상철은 아직도 대출 건에 직접 손대지 않은 터였으므로, 옆자리의 윤진수만 빚더미에 올라앉은 형국이었다. 갖가지 절차를 거쳐 마지막으로 한 건의 대출을 기표起票(전표 작성)하게 되면, 그 전표를 들고 자기앞수표·예금·적금·당좌·출납 등의 각 계를 두루 돌아야 했다. 마감 시간까지 계속되는 기표로 윤진수의 곤혹스러운 얼굴은 펴질 새가 없었다. 각 계를 거치는 동안 마감 시간이 지나기라도 하면, 직원들의 원망스럽고 매서운 눈초리를 견뎌내기가 여간한 고역이 아니었기 때문이다.

조성호의 휴가가 사흘째로 접어든 날, 윤진수의 복잡한 책상머리에는 박병준 대리가 새로 건네준 한 건의 대출서류가 한 시간째 꼼짝

하지 않고 있었다. 김상철은 보고서에 매달려 있으면서도, 그 서류를 사이에 둔 박병준 대리와 윤진수의 불안한 대치에 신경이 곤두섰다.

"윤진수 씨! 됐어?"

회유 조의 은근한 말투였지만, 벌써 세 번째 독촉이었다. 윤진수는 거들떠보지도 않았다.

"얼른!"

"오늘 약속된 건만 해도 마감 후 한 시간은 더 걸릴 겁니다!"

마감 시간은 임박해오고 있었다.

"안 되겠어. 이거 기표 좀 해, 김상철 씨!"

박병준 대리는 투박하게 말했다. 구릿빛으로 훌렁 벗어진 이마에 굵게 고랑 진 서너 줄의 주름살에서 그는 흙냄새 같은 인상을 물씬 풍기고 있었다. 앞뒤도 없이 기표하라는 말투, 밀려난 서류, 그리고 대역배우가 된 듯 마땅찮은 기분 때문에, 김상철은 아무 대꾸도 하지 않았다. 박병준 대리는 서류를 일단 김상철의 책상 위에 옮겨놓은 것만으로 모든 일이 끝났다는 듯 자리로 되돌아갔다. 할인어음 건이었다. 클립에 끼워진 그 서류는 약속어음밖에 달리 담보가 없는 신용대출 건이었다. 한데, 서명날인만 돼 있을 뿐, 보증인의 신용조사는커녕 당사자의 얼굴 한 번 확인하지 못한 처지에, 기표를 하라는 것이었다.

"어? 시간 없어! 서류 다 갖췄으니까 기표부터 해도 돼. 그걸로 저번 할인어음 막아야 된다고! 지금 상대 은행에서 연장(부도마감시간 연장) 걸려 와 있어. 얼른!"

마감

서터가 내려오고 있었다. 윤진수는 여전히 다른 전표를 끊어대느라 눈길 한 번 돌릴 새가 없었다. 부도 마감 시간이 닥친 지금으로선 내용을 캐묻고 앉았을 수도, 당사자를 불러다 신용조사를 한다고 할 수도 없는 노릇이었다. 전표를 끊었다. 부임 후 첫 대출을, 순서를 뒤엎어 신용조사도 제쳐놓은 채 거꾸로 기표부터 한 것이었다. 명분이야 어쨌건, 땡감 씹은 기분만은 버릴 수가 없었다.

"조 형이 알 겁니다." 그날 저녁, 한숨 돌린 윤진수는 내용을 묻는 내게 이렇게 말할 뿐이었다. 박병준 대리도 마찬가지였다. "조성호 오거든 저번 서류 참고하라구."

"아, 그거 벌써 만기요?" 예정대로 휴가에서 돌아온 조성호는 그새 가슴속에다 제법 여유를 담아왔는지 시답잖게 서두를 꺼냈다.

"도대체 어떤 작잡니까?"

"그거 명의만 빌린 겁니다. 지점장 전결 한도 때문에요."

"그럼 진짜 채무자는 누구요 대체?"

"강안국이라고 있어요. 그러니까 그거, 채권 보전도 형식적일 겁니다. 참고하겠다면 저번 것 보고 써 올려요."

어이없지만, 이미 찍어버린 도장만은 부인할 수 없는 게 은행의 질서였다. 차라리 형식적이란 말에 김상철은 위안을 걸기로 했다. 형식적인 절차의 이면에는 이미 결정해둔 원칙이 있다는 논리일 테니까. 그 기대와 위안에는 지점장에 대한 그의 개인적인 신뢰도 큰 비중으로 들어앉아 있었다.

과연 기계적으로 작성해 올린 채권 서류는 거침없이 결재가 나서 되돌아왔다. 그런 반면, 잠수함 같은 사실상의 채무자 강안국은 여전히 얼굴 한 번 드러내지 않고 있었다. 회사의 경리과장이나 여직원이 거의 매일의 거래를 위해 들락거릴 뿐이었다. 중소기업 규모의 건설업체 사장이라는 강안국의 얼굴을 그가 본 것은 달포나 지난 뒤였다.

그런데, 먼발치로나마 강의 그 희번들한 얼굴을 구경하기도 전에 김상철은 또 한 번 그의 대출에 걸려들고 말았다. 이상한 노릇이었다. 다시는 빠져들지 않으리라고 단단히 앙당그리고 있었는데도 그랬다.

마감 시간이 임박했을 때, 그들 셋에게 한 건씩의 서류가 골고루 배당되었다. 조성호와 윤진수는 마감 시간에 대느라 허겁지겁 원장을 만들고 전표를 끊어대더니, 이윽고 박병준 대리에게 결재를 올렸다. 그때까지도 김상철은 손끝도 대지 않은 채 이미 맡아 있는 다른 대출서류만 바쁘게 뒤적였다.

"김상철 씨는?"

도장을 찍으며 박병준 대리가 말했다.

그가 말이 없자, 박 대리는 잔기침을 한 번 하고 목청을 고른 다음, 다시 말했다.

"김상철 씨, 아직 밀었냐구?"

"왜 꼭 이런 식입니까? 제가 대서방 서긴가요?"

순간, 박 대리의 결재하던 손이 딱 멈췄다. 여전히 등을 보이고 있는 그를 날카롭게 일별하고는 다시 서류로 시선을 되돌려 도장을 찍어나가면서 말했다.

"그런 얘기는 나중에 하고, 얼른 전표나 먼저 끊어줘!"

박병준 대리는 언제나 그랬다. 김상철의 의중과는 관계없이, 이미 기정사실인 듯, 화제를 대충 건너뛰어 버리는 것이었다.

"두 건 다 기표했는데, 그거 안 들어가면 부도나는 건 마찬가지 잖아!"

부도? 그럼, 지난번에 취급한 대출도 문제가 된다. 신용대출이었는데….

옆자리의 윤진수가 나지막하게 말했다.

"김 형! 위에서 알아서 하는 일 아닙니까. 또, 요 고비만 넘기면 회복된다니까 어디 한번 믿어봅시다, 기왕 벌어진 일인데."

김상철은 이제 더 버틸 수가 없었다. 아니, 오히려 돌아설 명분을 윤진수가 만들어줬다고나 할까. 그는 채권 서류는 차치하고 전표와 원장만 만들어 도장을 쾅쾅 소리 나게 찍은 다음 박병준 대리 책상 위에 던지고는 한걸음에 밖으로 나와 버렸다.

다방에는 온갖 밀담이 어우러진 이명 같은 소리로 가득했다. 김상철은 구석 자리에 벽을 향해 앉았다. 담배를 피워 물었다. 부임하던 날의 기대는 어디로 갔는가. 그날 꿈결처럼 내 앞에 나타났던 포장도로는 정녕 사라져버린 것일까. 마지막 순간에 왜 전표에 도장을 찍어버렸던가. 부도를 막기 위해서? 그렇다. 하지만, 그보다 더 근본적인 이유는 뭘까, 뭘까? 반드시 있을 것이다. 그게 뭘까, 뭘까?

얼마나 지났을까. 찻잔을 반쯤 비우고 있을 때, 문득 조성호가 그의 맞은편 자리에 와 앉았다. 묵묵히 김상철의 담뱃갑에서 담배를 꺼내 피워 물었다. 시선을 마주치지 않은 채 차를 주문하고 두어 번 길게 연기를 내뿜었다.

"김 형, 미안하우."

"뭘 말이오?"

"새로 온 김 형을 묵은 일에 끌어들인 것 같이 됐잖우."

"아니, 그게 어디 조 형의 잘못이오?"

"어쨌거나 말입니다. 박 대리께 얘기해서, 앞으로 강 사장 건은 내가 전담할게요. 너무 걱정하지 마십시오." 조성호는 사죄라도 하듯 쭈뼛거렸다. 외롭고 답답하던 가슴의 체증이 단번에 싹 쓸려 내려가는 것을 김상철은 느꼈다.

"그걸 말이라고 합니까? 같은 계원끼리 그래도 된다고 생각하는 거요?" 말하면서 김상철은 시선을 돌려버렸다. 코끝이 찡해왔다. 옛 전우라도 만난 기분이었다. 마지막 순간에 도장을 찍어버린 근본적인 이유를, 그는 그제야 알 것 같았다. 방금 자신이 한 말 바로, 그대로였다. 자신이 거부한다면 그걸로 끝나는 게 아니라, 결국은 나머지 두 사람이 기어코 해내야만 할 일이니까.

퇴근 후에 대부계원 세 사람은 가슴을 터놓고 술을 퍼마셨다. 자리를 옮겨 다니며 밤새껏 술에 절었다. 그리고 다음 날, 김상철에게 남은 것은, 빠져나오기 힘든 늪으로 스스로 성큼성큼 걸어 들어가 그들과 나란히 서 있는 자신의 낯선 모습이었다.

처음 번 할인어음의 3개월 만기 하루 전날, 다음날 마감 시간이

마감

면 그들은 또다시 서류만 달랑 갖다 놓을 것이었다. 김상철은 강 안국의 사무실에 전화를 걸었다.

"오늘 어음 돌렸습니다. 혹시라도 이번엔 이쪽 믿지 마십시오. 전 처럼 그런 식으론 안 될 겁니다."말하고는, 경리과장의 대꾸도 듣기 전에 전화를 끊어버렸다.

반응은 곧바로 나타났다. 그날 저녁, 호출받은 김상철이 지점장 실에 들어섰을 때 거기엔 이신학 지점장과 염달수 차장, 그리고 박 병준 대리가 기다리고 있었다.

"어서 와. 여기 앉지."

"앉아, 이 사람아. 앉으래두!"

"우린 일에만 밤낮 미쳐있었지, 직원들한텐 너무 무심했던 것도 사실이야." 그들은 김상철의 경직된 자세를 누그러뜨리려 직급의 벽을 서슴없이 허물었다.

본론으로 들어가면서 김상철은 일단 원칙론을 들고나왔다. 신용 인데다 진성어음도 아닌 융통어음이며, 채무자 명의·본인 확인·신 용조사도 안 된 상태, 채권 보전에 대한 불안…

다소 굳어있는 그의 말이 끝나자 지점장이 완곡하게 말했다. "맞 아. 옳은 얘기야. 하지만, 생각해보자구. 채무자 명의만 해도 그래. 그거 어디 곧이곧대로 하다간 전결 한도 때문에 일하겠던가. 신용 실적 실적 해 쌓으면서, 일일이 본점 승인받다간 어느 세월에 실적 올리겠나? 승인받기 까다롭긴 또 오죽한가? 그리고 채권 보전 문 제는 말이야, 우리가 전체적으로 강 사장의 사업을 보는 거니까,

염려 말아."

실적으로 말하자면, A그룹에서도 항상 우수점포의 영예를 놓치지 않고 있었다. 지칠 줄 모르는 의욕으로 질주하는 이신학 지점장이었다. 전 임지에서도 그랬었다. 그래서 C급 지점에서 일약 A급 지점으로 영전된 엘리트 지점장이었다. 하지만 전 임지와는 규모가 달라진 지금, 지점장 혼자의 의욕만으로는 어려운 일이었고, 그 점에서 염달수 차장은 지점장을 떠받치는 대들보 역할을 담당하고 있는 건지도 몰랐다. 미달 되는 점포가 허다할 만큼 무리한 예금 목표였는데도, 차장은 매번 상당 부분을 혼자서 감당하곤 했다. 특히, 월말에 가까워 목표에 크게 미달한 예금을 단번에 동원해내는 능력은 주위를 압도하곤 했다.

"박 대리가 평소에 설명을 좀 했어야지." 악의 없이 박병준 대리를 나무란 염달수 차장은 다시 표정을 진지하게 바꾸며 말했다. "김상철 씨, 이런 얘길 하는 것 자체가 우습네만, 자네니까 얘기하겠네. 지점장님으로부터 유능한 자네 얘길 자세하게 들었으니까 말야. 거 혹시, 강 사장과의 거래가 불순하지 않나, 그런 생각을 하는 건 아닐 테지? 우린 앞날을 위해 대범하게 일하고 있어. 진솔한 마음으로 한 기업가를 지원하고 있는 거란 말일세. 그게 또한 국가시책에 부응하는 길이기도 하고. 그 점만 믿어주면 돼. 사네, 그런 마음으로 일할 줄 믿어. 눈앞의 작은 유혹에 빠지는 사람은 크게 뻗질 못하는 걸세."

알맞게 불거진 배, 떡 벌어진 어깨, 그리고 부리부리한 눈. 그런 것들이 자잘한 규정 따위에 얽매이지 않는 통 큰 배짱을 여실히 보여주는 듯했다. 염 차장은 용의주도하게 김상철의 의표를 찌르고 있었다. 만약 말단직원에 대한 강압적인 방법이었다면, 그는 반발을 해버렸을지도 모를 일이었다. 그러나 그들은 직급의 벽을 허물어뜨리고 진솔하게 털어놓는 아량을 보였다.

김상철은 스멀스멀 자책감이 괴어올랐다. A급 우수점포에 와서 유능한 상사의 신임을 받고 있으면서도, 왜 이다지도 옹졸한 생각을 했었던가. 그들이 알아서 하는 일을 가지고.

다음날, 물론 할인어음은 아무 대치도 갈등도 없이 다시 처리되었다.

그로부터 김상철은 적당한 이완과 그로 인한 쾌조의 능률로 일속에 깊이 빠져들었다. 강안국에 대한 경계와 갈등 문제도 깊은 잠행에 들어가고, 잔잔한 해면 위로는 바쁘면서도 순조로운 나날들이 스쳐 지나가고 있었다.

그러나 일주일 후, 당좌계 주위에서는 위기설이 나돌았다.

강안국 사장 회사의 어음이 마감 시간이 지나도록 결제되지 않고 있었다. 결국 밤 8시가 지나서야 가까스로 결제자금이 입금됐고, 출납계와 당좌계는 그제야 마감을 할 수 있었다.

위기설은 날마다 계속됐다. 상대 은행에 연장을 거느라 당좌계의 전화는 매일 불붙어 있었다. 직원들의 퇴근이 너덧 시간씩 보류당하는 것은 예사였다. 직원들의 소리 없는 불평이 비등해갔다. 참다못한 당좌계가 이윽고 부도어음계를 작성했을 때, 염달수 차장은 갑자기 극도의 준열한 목소리가 되어 소리쳤다.

"결제 시간 좀 늦는다고 부도만 내버리는 게 능사야? 당신 볼펜 끝으로 한 기업을 멋대로 사형시켜도 되냐구!"

악순환은 다시 계속됐다.

하루는 밤 10시가 다 돼서야 강 사장이 직접 돈다발을 들고 들어왔다. 한데 100만 원이 부족하다는 것이었다. "꼭 믿었던 데서 구멍이 나고 보니, 밤늦게 어디 변통할 데가 있어야지요. 내일 은행 문만 열면 변통해주기로 약속한 데가 있습니다. 이번만…"

차장이 가로막고 나섰다. "여보, 강 사장! 안될 일이면 일찌감치 손들어요!" 강경하고 단호한 어조였다.

"차장님, 제게도 신세 갚을 기횔 주셔야죠. 이 고비 곧 넘길 겁니다. 두고 보십시오."

차장은 강의 하릴없는 넋두리에는 귀도 기울이지 않는 듯했다. 좀 전의 강경하고 단호했던 어조와는 달리 곧 책임자 회의를 제의하고 나섰다. 책임자 회의는 부도를 내지 않는 쪽으로 결정을 내렸다. 그건 회의와 관계없이 이미 결정돼 있었던 일인지도 몰랐다. 강안국이 넘어져 버리면 거기까지 내달아온 일이 복잡한 사건으로 표면화될 것이기 때문이었다. 출납에서는 가 전표를 끊어 넣고, 현금 시새가 빈 채로 그날을 마감했다.

하지만 둑은 기어코 무너지고 있었다. 다음날은 더 엄청난 어음이 돌아왔고 부족금은 더 늘어났다. 강안국은 은행 측이 부도는 내지 못할 것이란 점을 용의주도하게 계산하고 있음이 확실했다.

마감

이런 식으로 얼마가 지나자 금고 속의 돈은 장부의 계수보다 엄청나게 비어 있었고, 이젠 이쪽에서 점점 더 비굴해져 갈 수밖에 없었다. 문제는 강안국의 사업이었다. 직원들은 강의 사업이 하루빨리 회복돼 번창하기를 출퇴근 버스 속에서, 식탁에서, 심지어 화장실에서까지도 끝없이 빌었다.

이젠 누가 누구에게 따지고 버티고 할 계제가 아니었다. 풍랑 만난 배에 함께 탄 공동운명체였다. 문제는 풍랑을 어떻게 피해 나아가느냐, 풍랑이 언제 가라앉느냐 하는 것이었다. 주로 염달수 차장이 물고 오는 해결책은 이러했다. 강안국 측이 H 건설의 공사를 하청받는다, 새로운 재산가가 E시의 땅을 투자하기로 했다, 그 땅을 팔아서 정리하겠다고 했다, 등이었다. 그때마다 직원들은 희망을 걸곤 했다. 그러나 하나같이 그 시한이 되면, H 건설의 이사진이 바뀌어 하청계약에 실패했다, E시의 땅이 군사보호구역에 묶여버렸다는 등, 실망의 덩어리만 굴러떨어지곤 했다. 그리고는 또 다른 계획이 들먹거려지곤 했다.

검사 착수의 소문은 사무실 안을 계속 부유하고 있었다. 진원지를 알 수도 없었다. 진위를 판별할 수도 없었다. 시기를 예측할 수는 더더욱 없었다. 불시에, 극비리에 들이닥쳐야만 하는 검사였으므로, 아무도 알 수 없는 것이 당연했다.

지점 실적은 여전히 최우수그룹을 유지하고 있었다. 그 영예를 지키기 위해, 대부계에선 강안국의 연체 대출을 수시로 신규대출

로 곱게 단장해 놓곤 했다. 썩은 기둥을 뽑아내는 게 아니라, 연거
푸 페인트 덧칠을 해대는 식이었다.

그런데, 그 과정이 김상철을 끈질기게 유혹하고 있었다. 한 건씩
대환할 때마다 당초 취급자와 신규 취급자의 운명은 뒤바뀌는 거
야. 잘만 하면, 강안국 관련 서류에서 네 도장은 사라질 수도 있
어. 이 진흙탕 길을 재빨리 벗어나, 곧게 뻗은 포장도로를 찾아내
야지! 네 신부와 비참했던 어린 날의 악몽을 잊었는가.

구멍 속에서 머리만 내밀고 새까만 눈알을 반들거리며 기회를
엿보는 쥐처럼, 김상철은 온몸의 촉각을 곤두세웠다. 수천 갈래의
더듬이로 기표할 날을 포착하고 있다가, 마감 시간쯤 잠깐 잠적해
버리면 될 일이었다. 하지만 그 꾀는 번번이 빗나가고 있었다. 이때
다! 하고 판단했을 때마다, 조성호와 윤진수의 자리는 비어 있곤
했다. 그들은 어떤 구실이든지 만들어서, 그것도 아니면 무단으로
라도, 그보다 한발 앞서 잠적해 있곤 했다. 그러면서도 그들 사이
엔 서로 아무 말이 없었다. 꾀보 당나귀가 소금 등짐을 줄이려 일
부러 물에 빠졌는데, 물에서 나와 보니 그게 소금 가마니가 아니라
솜 가마니였던 것이다. 상철의 짐은 가벼워지기는커녕 점점 더 불
어나기만 했다. 결국 〈강안국 관계 현황표〉까지 그가 전담하게
됐다. 보안을 위해, 지점장은 그 표를 언제나 안주머니에다 지니고
다녔다. 변동사항이 있을 때마다 그 표를 재작성하면서, 김상철은
총대출액과 자신의 월급을 환산해 보곤 했다. 이자를 무시하고 월
급을 고정치로 계산했을 때, 한 푼 쓰지 않고 모아도 천 년이 필요

했다. 천 년이란 차라리 실소로 밖에는 다른 어떤 것으로도 감지되지 않는 세월이었다.

한편, 출납계의 정 대리와 김 주임은 상처 난 야생동물처럼 시퍼런 안광을 내뿜으며 설쳐댔다. 빈 시재, 즉각 채워주지 않으면 상부에 보고하겠소. 이렇게 지점장을 다그쳤다는 소문까지 나돌았다. 정 대리와 김 주임은 자신들이 덫에 치여 있음을 아직도 기정사실로 인정하려 들지 않았다. 그들은 덫에 걸려들기 전의 모습이기를 고집했으며, 적어도 자기들만은 공동운명체이기를 거부하고 있었다. 그들은 시재만 채워진다면 상흔 하나 없이 감쪽같을 수 있었지만, 만약 현재대로 검사가 닥친다면 누구보다도 치명적일 수밖에 없는 운명이었다.

"저런 싸가지 없는 새끼들!"

"언급할 가치도 없어. 저런 새끼들은 아예 상종을 말아야 돼!"

조성호와 윤진수는 그들을 비열하고 의리 없는 이기주의자로 몰아붙였다. 다른 직원들도 입만 열면 그랬다. 하지만, 아무도 그들의 면전에서 그러지는 못했다.

김상철은 곰곰이 따져보았다. 과연 저들을 배반자로만 매도할 수 있을까. 저들은 당당하고 용감한 자들이 아닐까. 욕하는 자들이 되레 나약하고 옹졸하거나 아니면 음흉한 이기주의자가 아닐까. 조성호와 윤진수만 하더라도 그렇다. 그들은 수시로 사사로운 개인 대출 건을 물고 왔었다. 그리고는 강안국 건에 대한 상사들의 약점을 한마디 말없이도 은근히 이용함으로써 대출을 성사시킬 수 있었고, 그럼으로써 상당한 커미션을 챙기곤 했었다. 그렇다면 나는 도대체 어떤 부류의 인간인가, 김상철은 문득 이런 생각이 들었다. 하지만 알 수가 없었다. 답답했다. 그러면서, 지점장에 대한 새삼스러운 원망이 부질없이 치밀어 올랐다. 이런 늪지대에 왜, 어째서, 어쩌자고 끌어들였나. 까마득한 후배를, 자신을 위한 한갓 도구로 이용하려 했는지 따져보고 싶었다. 하지만 그와 동시에, 고뇌로 일그러져 있을 지점장의 모습이 떠올랐다. 또 이어 전임지 Y 지점에서의 감동적이던 모습이 그 위에 오버랩되면서, 그는 곧 자신의 경박했음을 자책하지 않을 수 없었다.

현황표를 들고 한 걸음 한 걸음 지점장실로 다가가면서 김상철은 이런 부질없는 사념들을 징그러운 벌레처럼 하나하나 밟아 터뜨렸다. 그렇다. 부질없는 사념일 뿐이다. 이제 와서 그런 것들이 무슨 소용인가. 지금은 오직 수습만 문제일 뿐이다.

지점장실은 바다 밑처럼 가라앉아 있었다. 봄 햇살이 슬픔처럼 가득 내려앉은 커튼을 바라보며 지점장은 담배를 피워 물고 있었다. 끊임없는 전화벨 소리, 줄을 잇는 고객과의 대화, 그리고 웃음소리. 언제나 분주하고 활기차고 의욕이 철철 넘치던 방이었다. 그런데 지금은 한 줄기 보랏빛 담배 연기만 방안의 정적 속을 가느다랗게 피어오르고 있나. 시섬상은 아주 천천히 회전의자를 놀려 앉으며 책상 앞으로 다가서려는 그에게 말했다.

"거기 앉게. 거기 소파가 좋겠어."

소파에 마주 앉아 간단한 브리핑을 하는 동안 지점장의 표정은

마감

줄곧 참담했다. 문제의 채권은 이제 언덕길을 굴러 내리는 눈덩이 같았다. 언덕에 오를 때까지는 어떤 힘이든 외부의 힘이 필요했지만, 일단 언덕을 넘어서자 그 자체의 무게만으로도 점점 가속도를 얻어 빠르게 커져 가고 있었다. 이자에 연체이자…

브리핑이 끝나고도 침묵을 지키던 지점장은 한참 후에야 표를 집어 안주머니에 천천히 넣으면서 곤혹스레 말했다. "김상철 씨, 미안하네. 이럴 줄 알았으면 내 진작 자넬 놔줬어야 하는 건데…. 하지만, 자네 그 창창한 앞날만은 내 결코 망치지 않을 거야. 너무 심려하진 말게."

잔인하리만치 화창한 봄 날씨가 계속됐다. 극도의 긴장이란 것도 그것만으로 지속되면 해이로 변하고 마는지, 검사에 대한 불안도 조금씩 무뎌져 가는 듯했다.

일요일이었다.

정문과 후문과 창문의 셔터를 모두 꼭꼭 닫은 은행 안은 마치 동굴 속처럼 음침했다. 그 속에서 당직자들은 박제된 하루의 시간들을 사각사각 갉아내듯이 축내야 한다. 김상철은 사무실 한쪽의 뿌연 형광등 불빛 밑에서 계산계원과 바둑을 두고 있었고, 출납의 정 대리는 텔레비전 앞에 앉아 있었다.

오전 10시. 초인종이 요란하게 울렸다. 후문으로 간 계산계원을 따라 당직도 아닌 출납계 김 주임이 들어왔다.

"웬일이오? 이 눈부신 날, 동굴 같은 델 다 찾아들고."

김상철이 한창 몰리고 있는 바둑판을 다시 들여다보며 물었다.

"일거리가 밀렸수다."

"빨리 두라고! 출납에도 잔무가 다 있소?"

그가 시선을 바둑판에 둔 채 건성으로 말했을 때, 김 주임은 이미 기다렸다는 듯 열쇠를 꺼내든 정 대리를 따라 금고 쪽으로 저만큼 걸어가고 있었다. 이미 기울어져 버린 바둑이었다. 한참 후에 돌을 던지고 났을 때까지도 정 대리와 김 주임은 보이지 않았다.

김상철과 계산계원이 금고 쪽으로 다가갔을 때, 그 안에서는 전혀 뜻밖의 일이 벌어지고 있었다. 정 대리와 김 주임은 미리 준비해둔 카메라로 사진 찍기에 집요하게 매달려 있었다. 김 주임은 메모를 대조해가며 출납인이 없는 문제의 가 전표를 하나하나 찾아내서는 스탠드 불빛에 비집어댔다. 정 대리는 집요한 자세로 계속 셔터를 눌러댔다. 스탠드의 조명을 받은 전표가 창백하게 질려 있었다.

그들이 바짝 다가서자 정 대리는 날카롭게 한 번 쏘아보고는 다시 전표로 시선을 돌렸다. "엉뚱한 놈 싸논 똥에 우리가 왜 주저앉아!" 비수보다 차갑고 날카로운 결의가 금고 안을 쟁쟁 울렸다. 감사기관에 보고라도 하겠다는 매몰찬 결의. 그건 물론 자신이 받을 처벌까지도 단단히 각오한 결단일 수밖에 없었다. 위로도 만류도 질타도, 그 어떤 것도 도저히 틈입할 수 없는 상황이었다. 김상철은 오직 전율할 뿐이었다.

사흘이 지났을 때 정 대리의 작전은 완벽한 성공으로 나타났다. 감사기관에 보고함으로써 그들 자신의 출혈까지도 동반하리라는 추측과는 달리, 그들은 비수보다 차디찬 결의를 지점장에게 내보이는 것만으로도, 손가락 하나 다치지 않고 완벽한 성공을 획득한 것이었다. 지금까지 가까스로 형체만 남아있던 매미 허물 같은 위계位階, 인정, 의리 같은 것들을 한 발길에 바스러뜨려 버린 정 대리 앞에서 지점장은 더 이상 할 얘기가 아무것도 남아있지 않았다. 결전의 시기가 이제는 더 이상 한 발짝도 피할 수 없이 눈앞에 다가선 것이다.

김상철은 혼자서 네 건의 대출을 기표했다. 그 대전으로 비어 있던 현금시재는 깨끗이 메워졌다. 그리고 당좌계에선 그날 부도를 냈다.

일을 마무리 짓자 지점장은 곧바로 은행장실로 찾아가 회수불능 대출을 털어놓았다.

정문 셔터를 내리자마자 들이닥친 다섯 명의 은행감독원 검사반이 현금시재 조사부터 착수함으로써 검사는 시작됐다. 지점장이 은행장실을 다녀온 다음 날이었다.

처음 이틀 동안은 윤곽을 파악하느라 잠잠했다. 사무실 구석구석을 무섭게 스며드는 그 정적. 그건 마치 적군의 대공세 전야의 처절한 적막과도 같았다.

사흘째부터 기어이 불똥은 튀기 시작했다.

"당신 쇠고랑 차고 싶소? 얼마나 빼돌렸소?" 찌르는 듯한 시선을 지점장의 얼굴에 고정한 채, 수석 검사역의 목소리는 스타카토로

딱딱 끊어져 나왔다.

"그자하고 언제부터 공모했소?"

"아닙니다. 그건 절대로…" 자신이 내준 회전의자에 버텨 앉은 검사역을 향해 팔걸이가 없는 초라한 행원 의자에서 어색한 두 손을 모아 잡은 이신학 지점장은 말을 마치면서 다시 고개를 떨궜다.

"흠! 그래? 좋아, 그럼 뇌물 받고 해줬단 말이지? 얼마나 받았소?"

"받지 않았습니다. 다만, 결과가 나빠서 부실채권이 돼버렸을 뿐입니다."

"버티겠다 이거요? 그렇게 넘어갈 것 같소? 자, 어차피 다 밝혀질 테니까 피차 고생 좀 더는 게 어때? 자, 어서!"

이렇게 계속되고 또 반복되고 있었다. 그들은 염달수 차장과 박병준 대리에게도 추궁과 질타와 회유를 계속 퍼부었다. 다른 직원들도 계속 불러 들어갔다. 관계 서류를 제시하고 내용을 설명해야 했다.

"이게 이렇게 된 근본 원인이 당신은 뭐라고 생각해?"

"그래서? 그다음에는 어떻게 됐지? 내가 보기엔 할 말이 많은 것 같은데? 조용히 말해보시오."

직원들이 불려갈 때마다, 그들은 어둠 뒤쪽의 뭔가를 캐내려고 은근하면서도 집요하게 직원들을 구슬렸다. 그럼에도 불구하고 직원들의 입은 계속 열리지 않았다. 채무자 명의를 빌린 부당대출. 현금시재를 비워뒀던 엄청난 비리. 그런 것들이 깊은 어둠 속에만 계속 잠겨있게 된 현상이 김상철에게는 정말 기이한 일이 아닐 수 없었다. 자신에게 돌아올 날벼락 같은 피해의식으로 쉴 새 없이 증오의 칼날을 갈던 직원도 많았었다. 그런데 정작 그 피해가 표면화돼 버린 지금, 다른 부분까지도 필사적으로 함구함으로써 증오의 표적이던 책임자들을 두둔하는 것이었다. 김상철은 그 돌연한 의식변화의 실체가 궁금했다. 적군 앞의 전우애 같은 것일까. 피해자끼리의 동병상련? 아니, 공범 의식인가? … 문득 검사 착수 전날의 일이 떠올랐다.

"김상철 씨, 마음이 무거운가?" 결연한 모습으로 지점장이 말했었다.

"이제 곧, 그 무거운 짐을 벗는 작업이 있을 걸세. 짐 내려놓는 일, 그거 잘 해야 돼! 앞으로 모든 책임은 내가 져. 그리고 자네에겐 피해 없도록 내 온 힘을 다할 게야. 그러니까, 모든 문제는 지점장에게 미뤄. 예를 들면 말이야, 강압에 의해서라든가…; 그게 자네 자신을 위한 길이고, 그게 또 내 뜻일세."

어떤 경우에도 감히 용훼할 수 없는 그의 인간성. 이보다 깊은 그 어떤 늪에 빠졌더라도 그와 함께라면 후회하지 않으리라. 뜨거운 신념이 그의 가슴 속에 끓어올랐다. 그 뒤를 이어 차례로 지점장실로 들어간 직원들도 모든 책임은 지점장에게 덮어씌우라는 말만은 아직도 생생하리라. 그게 의식변화의 동기가 아닐까.

길고 긴 하루, 또 하루가 지나면서 검사는 점점 더 집요하게 파고들었고, 직원들은 수없이 많은 전말서를 써내야 했다. 대출 건건이 쓰고 찢기고 또다시 쓰고…. 그러면서 취급 경위에 대해서는 한

이효원 단편 소설집

결같이 지점장의 야비한 강압을 어느덧 삽입하고 있었다. … 부당함을 알고 누차 건의했으나 지점장의 강압이 끊이지 않았습니다. 견디다 못해 다방으로 나가 자리를 피했으나, 돌아온 다음에는 근무시간 중 무단이석으로 처벌하겠다고까지 압력을 넣으므로 하급자의 입장으로 할 수 없이…, 이런 식이었다.

검사의 초점은 이윽고 공모·횡령·수뢰 여부에만 모아지면서 대출금 지급경로를 집중적으로 파고들었다. 검사반은 대출금이 대체 입금된 계좌나 자기앞수표의 행방을 쫓아 공모·횡령·수뢰를 캐내려 했지만 헛일이었다. 그동안 대환 또는 빈 시재 메우기의 변칙대출임을 은폐하기 위해 빠짐없이 현금 입출로 처리했기 때문이었다. 그러자 출납계가 곤욕을 치르게 됐다.

"이봐! 이 대출금 어디로 입금됐지?"

"현금으로 지급했습니다."

"뭐야? 수백, 수천만 원씩이나 수표 한 장 없이 번번이 전액 현금으로 나갔단 말야? 말이 되는 소리야?"

"…"

"좋아. 그럼 그 많은 현찰을 어디에 싸서 가져가던가?"

"현금으로 내준 것밖엔 기억이 없습니다."

"이 친구 안 되겠군! 가서 다시 생각해봐!"

출납 주임은 사흘간을 같은 질문에 시달렸다. 그러면서 같은 대답으로 버텼다.

그 방법도 무위로 끝나자 검사반은 마지막으로 일제히 심리전의

마감

포문을 열었다. 다섯 명이 번갈아 가며 지점장과 차장과 박 대리를 집요하게 몰아붙였다. 셋을 한꺼번에 때로는 한 사람씩. 질타와 모욕과 회유를 번갈아 가며.

일주일째 되는 날이었다.

늦게 검사반이 퇴근하고 나서도 직원들은 좀처럼 자리를 뜰 줄 몰랐다. 그동안 일상 업무와 검사자료 작성 등으로 거의 매일 밤을 지새운 직원들은 물먹은 솜처럼 늘어져서 한숨만 푹푹 내쉬고 있었다. 그러다가 그것마저 지치자 그제야 스멀스멀 자리를 빠져나갔다.

김상철은 나른한 몸을 의자에 기댄 채, 붙박인 듯 하염없이 앉아 있었다. 지난밤, 사흘 만에 집에 들어갔을 때 아내는 그새 제법 더 불러오른 배를 가리키며 희비가 엇갈리는 표정을 지었다.

"이 녀석이 벌써 막 뛰어놀아요 글쎄. 사낸가 봐요. 그나저나 이젠 얼마 안 남았는데, 방이 좁아서 어쩌죠? 이 방에선 애 눕힐 자리도 없다구요."

"허허 참! 아무려면 눕힐 자리 없어 애 못 낳겠어? 다음 달이 기한이니까 좀 큰 방으로 옮기자구. 그런 건 내가 알아서 할 일인데, 원 별걱정을 다하고 있어."

자신의 큰소리가 희떠운 소리가 되어 귀에 윙윙 울려오고 있었다. 이제 조만간 검사가 끝나고 나면 쫓겨날지도 모르는 직장인데 방을 옮겨? 큰 방으로? 뜨거운 인간애와 의리. 그런 것들로 맺어진 지금의 상황. 후회하진 않는다. 하지만 아내와 아기와 좁은 방은?

"아, 김상철 씨! 퇴근 안 해? 같이 나가지."

그제야 자리를 털고 나가던 지점장이 말했다. 뒤따르던 차장과 박 대리가 지쳐빠진 그를 함께 추스르며 말했다. "퍼지면 안 돼. 일어나!"

밖에 나오자 성급한 차들은 벌써 전조등을 켠 채 달려가고 있었다.

염 차장의 제의로 그들은 길가의 조그만 술집으로 들어가 위스키를 시켰다.

"염 차장, 어제 뭐랍디까?"

"거참! … 이젠 해봐야 거짓말밖에 안 되니, 당장은 어쩔 도리가 없다는데요?"

"검사 기간 중에 다만 얼마라도 회수가 돼야 말이 되잖소! 그나저나 이거 공모고 횡령이고 수뢰라니!"

마주 앉아 있으면서도 그들은 서로 시선을 피하느라 전전긍긍했다.

탁자 위에 무겁게 내려앉은 공기를 가르며 박 대리가 불쑥 말했다.

"사업이 아무리 안 돼도 그렇지. 규모가 뻔한데, 그새 그만한 돈을 다 적자봤단 말입니까, 글쎄? 그노무 새끼들이 우릴 잡고 흔든 거라 이겁니다. 뒤꽁무니 어딘가에 왕창 빼돌려놓은 겁니다. 제 말대로 진즉에 잘라버려야 하는 건데. 에이!"

"박 대리는 새삼스레 또 무슨! 날 따라온 서캐처이긴 하지만 어디 나 혼자 우겨서 한 일이오? 지점장께서 최종적으로 결정하신 일이고, 누구 하나 사심으로 일 그르친 적이 없잖소. 다 몸 아끼지 않고 일한 잘못이지."

마감

그들은 또다시 말을 잃었다. 그들 모두의 마음은 끝없이 흘러가 버리고 싶을 뿐이었다. 그밖에 당장은 아무것도 절실한 게 없었다. 극도의 긴장과 피로와 모멸로 짓이겨진 온몸의 구석구석까지 술기운이 퍼져나갔다. 깊은 해저로 미동도 없이 나른히 침몰해 들어갔다.

지점장이 일어섰다. 일어서면서 남은 세 사람에게 굳이 더 있다 오길 권했지만, 그들은 그를 먼저 보내면서까지 더 마셔야 할 기분도 명분도 없었다. 함께 밖으로 나왔다. 거리엔 불빛이 현란했다. 그 불빛들로 거리는 그들의 마음처럼 뿌리 없이 붕붕 떠 있는 것 같아 보였다. 그들은 밤거리의 잿빛 보도블록만 내려다보며 앞서거니 뒤서거니 휘적휘적 말없이 걸었다. 출렁대는 인파 속에 휩쓸려 물결처럼 흘러갔다.

그때였다. 귀를 찢는 자동차의 급브레이크 소리! 택시가 급정거의 충격이 채 가시지 않아 아직도 흔들리고 있었다. 그 앞쪽에 길게 가로누운 동체! —이신학 지점장이었다. 지금 막 앞뒤로 함께 걷던 그가 순식간에 딴 세상 사람처럼 누워있었다.

그날 밤, 김상철은 병원의 침상 곁에서 곰곰이 생각해보았다. 불의의 사고? 아니다. 인도에서 한 차로를 훨씬 넘은 도로 한복판이었다. 그러므로 그건 실수랄 수가 없었다. 분명히 뛰어든 것이었다. 공모·횡령·수뢰로부터 자신의 결백을 증명할 방법이 달리 없었으리라. 죽음으로밖에는.

그는 깨어나서도 자해 여부에 대해서는 일절 입을 열지 않았다.

왼팔이 부러지고 머리를 비롯한 온몸이 찰과상과 타박상을 입었을 뿐, 일주일간의 입원으로 후유증은 없을 거란 진단을 받았다. 기적이었다. 자신이 노렸던 생명이 비시시 웃으며 여전히 건재해 있음을 그는 손톱만큼도 반가워하지 않았다. 참담한 그의 표정이 그걸 대변하고 있었다.

이신학 지점장은 이틀 만에 느닷없이 사무실에 나타났다. 뜻밖이었다. 그것도, 검사역들이 아직 출근도 하기 전의 이른 시각이었다. 병원 측의 지시도 아랑곳없이 사무실에 나타난 지점장은, 머리와 이마에 겹겹이 감은 붕대 사이로 퉁퉁 부은 얼굴 일부가 삐죽 나와 있었고, 왼쪽 팔은 깁스를 한 채 목에 매달려 있었다.

검사역들이 출근해서 지점장실로 들어가자 그 뒤를 지점장은 절뚝거리며 따랐다. 잠시 후, 커튼과 유리창을 통해 고함소리가 꽝꽝 울려 나왔다.

"당신, 그런 연극으로 그냥 넘어갈 줄 알아?"

목숨과 바꿔서라도 찾아야 할 결백, 그리고 그 행위마저도 실패해 버린 불운, 회수불능의 대출금에 대한 책임. 지점장의 이런 것들이 김상철의 머릿속을 진흙탕 같은 혼돈으로 가득 채웠다. 하지만, 검사반은 외눈 하나 깜짝 않는 비정함으로 더욱더 팽팽하게 조여 왔다.

박병준 내리가 술이 잔뜩 취한 채 밤늦게 사무실에 나타난 것은 바로 그 이튿날이었다. 낮 동안 검사에 시달리다 보면 일거리는 퇴근 시간 후로 고스란히 밀려나 있곤 했다. 하지만 막상 야근을 해도 제대로 능률이 오르지도 않았다. 그날도 일거리를 벌여놓은 채 김상철은 직원들과 우울한 잡담을 나누고 있었다. 밤 11시가 됐을 때, 술 냄새를 물씬 풍기며 들어온 박 대리는 벌겋게 취해 있으면서도 배갈 한 병을 또 들고 있었다. 그는 안으로 다가오며 좌중을 얼핏 한 번 둘러보았다. 그러나 그것으로 그뿐, 한마디 말없이 곧 좌중을 지나쳐 숙직실 쪽으로 사라졌다. 평소의 그로 보아 주정은 아니더라도 몇 마디 걸쭉한 참견쯤은 있었어야 했다.

그런 박 대리의 처참한 모습 때문에 좌중에는 잠시 숙연한 침묵이 흘렀다. 그러다가 우울한 화제는 다시 강안국에 대한 울분으로 기울어졌다. 이제는 누구의 과오 따위보다는 강에 대한 원초적인 분노에 직원들의 온 울분이 집중돼 있었다. 상철이 후배 직원에게 술 심부름을 시키면서 잠시 화제가 끊어졌을 때였다. 어디선가 어렴풋한 신음소리가 들려왔다.

"가만, 가만. 무슨 소리가 났지?"

김상철이 말하자 모두 귀를 기울였다.

"저쪽이야. 억병으로 취했구만!"

숙직실 쪽을 가리키며 누가 말했다.

"얼마나 마셨으면, 자면서 저래 헛앓지 그래?"

"마시게도 됐잖구? 그 심정 알만하지."

그런 말들이 오가는 사이에 신음소리는 점점 더 세차게 들려왔다. 그는 숙직실로 들어갔다. 문을 열자 배갈 냄새가 코를 찔렀다. 전등 스위치를 올렸다. 잠시 퍼덕거리는 형광등 불빛 아래 박병준 대리가 방바닥을 마구 뒹굴고 있었다. 퍼뜩 불길한 예감이 머리를 스치고 지나갔다. 뛰어들어 흔들었지만 박 대리는 거의 의식이 없었다. 그는 소리를 질러 직원들을 불러 모으고 주위를 살폈다. 쓰레기통에서 배갈 병과 함께 빈 쥐약 봉지가 나왔다.

인근 병원에 수송된 박 대리는 다음 날 오후가 돼서야 간신히 깨어났다. 그는 의식을 회복한 다음에도 한동안은 식물처럼 누워있었다. 외부로부터 철저히 자신을 차단하고 있었다. 어떤 동작도, 표정도, 말도 하지 않았다.

그럼에도 불구하고 결국 그는 검사반 등쌀에 자신을 마냥 차단하고 있을 수만은 없었다. 통원 치료를 받기로 하고 이틀 만에 다시 검사역 앞에 섰다.

"이 친구들, 연극이 아주 썩 어울리는데 그래! 그래, 다음 제3막은 뭔가?"

검사역들은 어떤 질타보다도 순도 높은 빈정거림으로 지점장과 박 대리의 행위를 야유하고 또 묵살했다.

검사반은 한 발짝도 물러서지 않았다. 그랬지만 그 이상 캐낸 것 또한 아무것도 없었다. 그들은 결국 공모·횡령·수뢰에 대한 형사사건은 단 한 건도 만들지 못한 채, 업무상과실·직무 유기·관리 소홀 등의 실수와 무능력에 대한 자료만 가득 안고 착수 열사흘 만에 철수했다.

감독원 검사가 일단 물러가자, 곧이어 본점 감사가 또 열흘간이나 계속됐다. 지점 실적은 이미 모래성처럼 허물어져 있었고 직원들은 파김치처럼 탈진한 상태였다. 그런 상황 속에서도, 지점장과 박 대리는 온 정성을 다해 견뎌 나갔다. 처절하다 못해 목메게 눈물겨운 모습이었다. 지점장은 외상인 관계로 비참하던 몰골이 그런대로 회복돼갔지만, 박 대리는 달랐다. 구릿빛 얼굴이 더욱더 꺼칠하고 시커멓게 타들어 갔다. 속이 헐어서 식사마저 제대로 하지 못했다.

하지만 염달수 차장만은 아무 동요도 없이 버텨나갔다. 사건의 원흉인 강안국을 물어와 거래를 시작한 게 염 차장이었는데, 정작 그는 건재하고 지점장과 박 대리가 목숨까지 내던져 결백을 지키려 했다는 사실은 확실히 묘한 아이러니가 아닐 수 없었다. 감사반이 모두 철수하고 결과만 기다리고 있을 즈음, 그 아이러니는 어느덧 묘하게 변질돼 가고 있었다. 술좌석이나 한갓진 자리에서 직원들은 그걸 화제로 삼곤 했다. 목소리를 죽여서 그들은 쑥덕거렸다.

"지점장 말야, 정말 프로급이지? 놀랐어. 어떻게 속은 멀쩡하고 겉만 그렇게 망가뜨릴 수 있냐구!"

"박 대리 그 양반은 참 엔간히도 급했던 모양이야. 이왕이면 수면제라도 좀 사 모으지, 쥐약이 뭐야, 쥐약이! 쯧쯧쯧."

"글쎄, 좀 본질적인 얘길 할까? 차장이 말야, 강안국이를 끌고 온 건 다 아는 사실이야. 하지만, 그 사실 하나만 갖고 그를 매도하는 건 어불성설이야. 끌어온 것만으로 차장은 끝났을지도 몰라. 곡예를 부리지 않았다는 것, 그게 오히려 명쾌한 결백 증명일지도 모르잖아?"

"일리 있는 얘기야. 어쨌든, 존경해마지않을 인물은 역시 염 차장이야. 아, 그 두둑한 배짱, 얼마나 늠름해! 어설픈 위선은 흉내도 안 내고 말야. 격변기를 살아가려면 역시 본받아야 한다구. 어때?"

이효원 단편 소설집

강안국 관련 대출의 담보나 보증인의 재력은 채권액의 삼분의 일에도 못 미쳤다. 그들의 남은 재산은 그나마 대부분이 가등기나 저당권이 설정돼 있는 껍데기뿐이었다. 감사 결과는 허망하고도 희비가 엇갈리는 것이었다. 지점장과 차장과 박 대리의 집은 은행에 저당을 잡혔다. 합해봐야 대출액에 비기면 한강에 돌멩이 하나 던지는 격이었지만, 월급쟁이로선 그게 전 재산이었다. 뿐만 아니었다. 지점장과 차장은 퇴직금까지 압류당하면서 면직됐고, 박 대리는 월급을 감봉당하는 신세가 됐다. 반평생을 바친 직장의 최후 선물이었다.

그런 반면, 그 밖의 직원들은 손끝 하나 다치지 않았다. 출납의 정 대리가 멀쩡한 건 감쪽같이 원상복구 시켜놓은 탓으로 돌리더라도, 전·현직 대부·당좌 담당자들, 특히 김상철 자신이 손끝 하나 다치지 않게 된 건 전혀 뜻밖이었다. 아무리 강압에 의한 사건으로 위장을 했더라도 경고나 견책쯤은 이미 각오했었다. 그런데, 그게 까닭이 있었다. 나중에야 알려진 일이지만, 지점장은 그 곤욕 속에서도 관계요로에 찾아다니면서 부하직원들의 면책을 읍소했다는 것이다. 김상철은 대환 때마다 피해갈 기회를 엿보았던 자신의 몰골이 새삼스레 저주스러웠다.

문책 인사가 끝나자 곧 내내적인 직원들의 선근이 시삭냈다. 화려한 간판 뒤에서 썩어있던 지점을 새 기풍으로 수술해보려는 조치였다. 그가 전입한 지 꼭 일 년째 되는 한여름이었다. 도시의 아스팔트가 찌는 더위에 못 이겨 건널목을 건널 때마다 발밑에서 눅

마감

진거렸고, 우글거리던 인파가 피서지로 다 몰려가 버린 텅 빈 여름에 그들은 뿔뿔이 떠나갔다. 그러나 불행히도 김상철은 악몽 같았던 그곳을 곧바로 떠나지 못했다. 늦게 전입한 탓이었다. 떠나가는 사람들 대신, 새로운 직원들은 언제나 하루의 공백도 두지 않고 채워지곤 했다. 그들은 사고 저점에 전입온 걸 언짢아하기도 했지만, 대개가 사건 내막과 뒷얘기에 관심을 모았다. 인터뷰 단골손님으로 김상철을 항상 포위하곤 했다. 그들은 제삼자적인 단순한 호기심으로, 자신들의 추리력을 연습해보고 싶은 충동으로, 그 사건을 짓씹고 있었다. 상철은 진저리가 났다. 그리고 외로웠다. 그는 지점장 이신학 씨를 찾아 나섰다.

여름도 어느덧 지나고 마른 가로수 잎들이 포도에 나뒹굴고 있었다. 오랫동안 상사로 모시고 있었지만, 어쩌면 의식적인지도 모르게 한 번도 집을 방문했던 일이 없었다. 그러면서도 이신학 씨와의 인연의 끈은 늘 튼튼하게 이어져 왔었고, 지금도 자신의 가슴속에 생생히 이어져 있었다. 이신학 씨는 아무런 돈벌이도 없이 처가 쪽의 도움을 받으며 살고 있었다. 그의 얼굴에는 어두운 그림자가 짙게 드리워져 있었다. 하지만 그의 얼굴에 어두운 그림자를 드리운 암체暗體가 그 자신의 생존과 신상에 관한 근심이 아니었음을 김상철은 며칠 뒤에야 깨달았다. 변두리 지점으로 쫓겨 간 박병준 대리를 찾아갔을 때, 그는 술잔을 붙들고 울었다. 차장과 자신의 저당 잡힌 집을 풀어주기 위해, 대출금의 사후 수습을 위해, 이신학 씨는 본점, 감독원, 그리고 강안국을 발이 닳도록 찾아다닌다고 했다. 가능성도 없는, 다 끝나버린 일을 두고 그토록 노심초사하는 이신학 씨를 눈물겨워 볼 수가 없다는 것이었다. 김상철은 가슴을 저미며 한꺼번에 파고드는 통절한 아픔을 느꼈다. 그 통절한 아픔과 공명은 그의 가슴속에 이신학 씨의 인간상을 깊고 뚜렷이 각인하고 있었다. 그 모습은 무한의 세월과 아무리 세찬 비바람에도 결코 마멸되지 않을 만치 선명하고 단단했다.

돈과 전표와 서류, 전화와 계산기와 단말기의 키보드, 그리고 길들여진 미소를 은행 안에 벗어놓고 상철은 토요일 오후의 거리로 나왔다. 이신학 씨의 집을 다녀온 지 3년, 이미 두 번째로 전근된 지점이었다. 이제 직장은 싸늘한 메커니즘과 철저한 이기주의로 무섭게 변모해 있었다.

거리에는 차와 사람들의 온갖 욕망이 들끓었다. 끊임없는 질주와 조급한 발걸음. 그것들이 서로 부딪히며 엇갈리며 쉴 새 없이 일으키는 포말이 김상철에게는 느껴졌다. 그는 곧 인파 속에 휩쓸렸다. 하지만 그는 급류 위를 떠도는 하나의 풀잎처럼 고독했다. 이제 이신학 씨의 모습은 영영 찾을 수가 없는 것일까. 전설처럼 가슴속의 각인으로만 남을 것인가. 1년 전이었다. 그가 모 재벌그룹의 중역으로 있다는 풍문이 떠돌았었다. 상철은 의미 없이 바빴던 일상에서 소스라치게 깨어나 그의 집을 찾아갔지만, 그 집에는 이미 다른 사람이 살고 있었고, 예의 그 재벌회사에 알아봤지만 그건 헛소문일 뿐이었다. 얼마 후 다시, 시골로 낙향했다는 소문

마감

이 있었지만 확인할 길이 없었다. 풍문조차도 그것으로 끝이었다. 그 뒤로 다시는 그를 만날 수가 없었다.

플라타너스의 커다란 잎사귀 하나가 힘없이 떨어지고 있었다. 녹색이 채 가시지도 않은 철 이른 낙엽이었다. 그 외로운 낙엽은 보도에 내려앉는 순간, 곧 수많은 발길에 짓밟혀 버렸다. 길옆의 한 빌딩 포치에는 제복의 수위가 검은 승용차의 뒷문을 열어 잡고 부동자세로 서 있었다. 사세社勢를 과시하듯 수위의 소매는 금빛 수를 놓은 장식으로 번쩍였다. 곧, 현관에서 위엄을 갖춘 건장한 중년 사내가 걸어 나와 그 문 열린 공간으로 육중한 몸을 밀어 넣었다. 깍듯한 거수경례를 받으며 시트에 기댄 그 중년 사내, 놀랍게도 그는 염 차장, 염달수 씨였다. 김상철의 발걸음은 가로수 옆에 못 박힌 듯 멈춰져 있었다. 곧 차는 사라졌지만, 승용차만큼의 공간만은 진공상태처럼 그의 시야에 남았다. 잠시 후, 수위는 몸을 조금 흩트린 자세로 그 공간을 지워버리며 현관으로 들어갔다. 그 위로 끝없이 솟아오른 빌딩의 유리창들은 하오의 햇빛을 눈부시게 반사하고 있었다. 상철은 현기증이 났다.

주식회사 보국건설은 급성장한 회사였다. 대표이사 회장 강안국, 사장 염달수. 그들의 아성은 탄탄한 자본금으로 드높게 구축돼 있었다.

그 도시 위로 지폐 냄새를 쫓는 수많은 음모의 날개들이 퍼덕이고 있었다.

살구나무와
오리나무 총

|

마당으로 들어섰을 때, 누나는 활짝 핀 살구나무 밑에 서 있었
다. 마치 한 장의 잘못 찍혀버린 사진 같다. 워낙 살구꽃은 눈부셨
고, 그 밑의 꽃그늘보다도 누나는 더 어두워 보였다. 하지만 그건
아주 잠깐이다.

"누야!"

"동호야!"

우리는 거의 동시에 소리쳤고, 누나도 그늘 속에서 뛰어나왔다.
누나가 나를 꼭 껴안았다. 얼굴이 가무잡잡하다. 원래는 그렇지
않았다. 거기다 퀭한 눈 그늘. 그러나 눈빛만은 유난히 빛이 난다.
누나는 환하게 웃었다. 그러다가 또 이내 햇빛을 눈부셔한다. 도시
락도 안 싸간 토요일인데다 그놈의 검둥고무신 때문에 두어 시간
은 좋이 늦어버린 십 리 하학길. 그런데도 나는 주린 배도 잊은 채
오래오래 누나의 머리 냄새를 맡았다.

나보다 꼭 열 살 위, 그러니까 올해 갓 스물두 살인 누나. 작년에
잠깐 다녀갔을 때도 그랬듯이 반가우면서도 금방 가슴이 콱 막힌
다. 왠지 모르겠다. 누나가 시집가고 나서 꼭 한 달 만에 사람들은
난리가 터졌다고 했고, 우리는 곧 피란을 떠났다. 그 피란길에서

형마저 포탄 파편에 잃어버린 나는 순식간에 외톨이가 돼버렸다. 그래서 누나가 그토록 반갑고 가슴이 막히는지도 모른다. 아니다. 이번에도 이백 리 길을 허위허위 홀로 찾아왔을 누나의 외로운 그림자 때문인지도 모르겠다.

봄볕은 노루 꼬리보다도 짧았다.

"동호야, 해 떨어진데이."

부엌에서 이른 저녁 준비를 하면서 어머니가 말했다. 아버지는 벌써 쇠죽을 쑤고 있었다. 등에 걸머멘 책보를 풀어 놓고 식은 밥 한 공기 퍼 넣은 다음, 쑥 다듬는 누나 옆에 잠깐 앉아 있었는데 해는 벌써 기울고 있었다. 어머니의 재촉은 땅거미 지기 전에 닭과 오리를 몰아넣으라는 것이었다.

솔밭을 지나 개울가로 나갔다.

꽥꽥꽥. 놈들은 꼬리를 흔들며 물살을 가른다. 다섯 마리다. 츠츠츠츠. 주둥이를 물속에 처넣고 먹이를 덮치는 놈도 있다. 그런데, 오리를 몰아내다가 나는 문득 물알 한 개를 발견했다. 물가 풀숲에서다. 겉껍질이 없는 물알. 어느 녀석일까. 언젠가도 건넌방 아궁이 속 잿더미에다 물알을 내질러 놓은 적이 있더니. 손으로 조심스레 떠냈다. 삶아서 누나의 저녁상에 올릴까. 그러나 손바닥에 올려놓고 보니 온전치 못하게 물컹거리는 꼬라지가 재수 없다. 4년 전, 누나가 시집갈 때 처음이자 마지막으로 본 자형과 애기라도 안고 함께 못 온 누나가 왜 그 재수 없는 오리알을 보고 떠오르는지 모르겠다. 물알을 개울 둑 너머 멀리 던져버렸다. 그리고는 뒤뚱거

살구나무와 오리나무 총

리는 오리 떼를 오솔길로 몰았다.

병풍산 어깨 위에 가까스로 걸려 있던 저녁 해가 산 뒤로 막 숨어버렸다. 우리 집이 있는 아랫말과 샛말·윗말까지 통틀어야 삼십호나 될까 말까 한 병풍골의 저녁은 언제나 병풍산에서 내려왔다. 병풍산 그림자가 윗말서부터 차례차례 먹물처럼 번져오면 가끔 먼데서 솔바람이 상한 짐승처럼 울기도 했다. 집 뒤꼍의 대숲이 몹시 쓰적이는 때도 있었다. 그러면서 밤은 찾아오곤 했다. 컹컹―. 개 짖는 소리가 유난한 밤이면 아버지와 어머니는 우두커니 앉아 밤 늦도록 호롱불을 지켰다. 병풍산의 밤 짐승을 무서워했다. 나는 아버지와 어머니의 불안스레 일렁이는 긴 그림자를 지켜보다가 웅크린 채 잠이 들곤 했다. 그러나 아버지와 어머니가 무서워한 밤 짐승은 닭을 물어가는 여우나 족제비가 아니었다. 얼마 뒤에야 알았지만, 그건 밤에만 나타나는 산 사람들이었다.

오리를 헛간에다 가두고 난 다음 닭장 속으로 휘휘 누나와 함께 닭을 몰았다. 대숲으로 한 줄기 바람이 시이잇시이잇 파고든다. 누나가 갑자기 멈춰 섰다. 병풍산을 바라본다. 하늘가에다 겨우겨우 윤곽만 드러내고 있을 뿐 어둠으로 온통 몸을 사리고 있는 병풍산. 잠시였지만 누나는 꼭 넋 나간 사람 같다.

"동호는 인자 고마 건너가거라."

저녁을 먹고 얼마 되지도 않아서였다. 담뱃대에다 벌써 두 번째로 담배를 쟁여 넣으며 아버지가 말했다.

사랑방에는 퀭한 어둠뿐이었다. 호롱에 불을 붙였다. 어둠이 슬금슬금 시렁 위로 숨어든다. 무신 야길 할라꼬 날 쫓아내노? 심통을 부려보았다. 그러다가 나는 뒷간엘 가고 싶다는 생각을 해냈다.

문살 사이로 호롱불빛이 때 절은 문종이에 누렇게 배어 있다.

"… 아직도 소식이 없다 말이가?"

"…"

"포로교환이라 캤나. 잡해 갔던 장정덜도 인자 다 풀려 왔다카데?"

"…"

"전사통지서도 없고?"

"허허, 우예 그런 말을 입에 담고 그래쌓노!"

땅 땅. 어머니의 말끝을 가로채며 아버지가 놋재떨이를 사정없이 두드렸다. 나는 그만 움찔 놀라 뒷간으로 갔다. 하늘에는 별이 수없이 돋아나 있었다. 어느 날 갑자기 영영 소식 없이 사라져버리는 별도 있을까?

돌아오는 길에 또다시 아버지의 말소리가 들렸다.

"한 달 아이라 하루를 살았다캐도, 암, 그 집 귀신이 돼야지러."

"…"

이불 속에 모로 누웠다. 사형은 죽었을까? 나는 몸을 뒤챘다. 긴 겨울밤 언세였던가.

전사한들, 시체도 못 찾는 경우가 어디 한둘이겠남….

섶 지고 불 속에 뛰어든 일 아인교. 학도병으로 나간 것부터가 당최…. 아이고 우리 아를 우야꼬.

살구나무와 오리나무 총

허지만 아직 낙망할 땐 아인 게라. 포로로 잡혀간 장정도 있다 카이.

자형은 정말 죽었을까? 그래서 어느 산비탈, 나무꾼의 발길에 차이며 해골로 나뒹굴고 있을까. 누나는 어떻게 될까.

기름이 다됐는지 불꽃이 차차 잦아들고 있었다. 하품이 나고 졸음이 몰려왔다. 그 졸음 속으로 가물가물 내게 다가오는 것은 졸음을 몰고 온 검둥고무신이었다.

마지막 시간 시작종이 막 울리고 나서였다. 영철이 녀석이 감춘 것은 분명히 순희의 검둥고무신이었다. 코 위에 긁어놓은 가위표만 봐도 나는 대뜸 알 수 있었다. 곧바로 선생님이 들어섰다. 우리 5학년 1반 아이들 중에서 나는 그 녀석이 제일 싫었다. 짓궂은 장난에다, 하물며 악독한 빨갱이 새끼였으니까. 거기다 하필이면 순희 그 애의 신발이라니. 수업이 끝나자 아이들은 우르르 몰려나갔다. 녀석은 창밖을 내다보며 느긋하게 휘파람을 불고 있었다. 그런데 이상했다. 발을 동동 구르며 울상을 지어야 할 순희마저도 보이지 않는 것이었다. 복도로 뛰어나가 보았다. 신장에는 녀석의 신발 한 켤레뿐이었다. 곧 뒤따라 나온 녀석도 나처럼 잠시 어리둥절했다. 그러나 곧 제 신발을 꺼내 신고 아무 일도 없었던 것처럼 걸어 나갔다.

"신 내놔 임마!"

"신이라이? 누구 꺼?"

"책보 풀어봐!"

이효원 단편 소설집

"이노마가! 그래 내가 니 신발 도디캤다 이 말이가?"

녀석은 느물거렸고 나는 말문이 막혔지만, 이미 내친걸음이었다.

"풀어봐!"

"이 속에 니 신 없으머 우짤래? 내 발바닥 핥을래? 그라머 보여
줄끼다."

"순희 거! 퍼뜩 내놔!"

"갸는 임마, 벌써 집에 안 갔나!"

내 맨발보다도 픽픽 코웃음을 쳐대는 녀석을 나는 참을 수가 없
었다. 녀석의 콧잔등을 갈겨버렸다. 싸움은 그렇게 시작됐다. 녀석
은 나보다 한 살 위인데다 힘도 센 편이어서 여러 번 나를 타고 앉
았다. 그러나 나는 결코 포기하지 않았다. 둘 다 코피를 쏟고 변소
뒤켠에서 몇 바퀴씩 굴렀다. 그런데 갈수록 나는 밑으로만 깔렸다.

"난 맨발로는 안 가, 이 빨갱이 새끼야!"

그 말 한마디로 나는 녀석을 타고 앉을 수 있었다. 책보를 풀어
헤쳐 순희의 고무신을 빼앗고 싸움을 끝낼 수도 있었다. 녀석은 코
피도 씻지 않고 텅 빈 운동장을 터덜터덜 걸어 나갔다. 나와는 반
대 방향이었다. 녀석의 흔들리는 그림자를 바라보며 나는 우물가
에서 코피를 씻었다. 이거라도 신고가. 녀석은 힘없이 말했었다. 녀
석은 결코 내가 맨발로 십 리 길을 걸어가신 않으리란 생각을 했
을 것이다. 하긴 녀석도 나름대로는 일이 꼬여버린 셈이었다. 순희
가 없어져 버렸으니까. 그 애의 신을 신어 보았다. 무척 작긴 했지
만 걸음을 옮길 때마다 발바닥이 이상하게 간지럽고 기분이 상쾌

살구나무와 오리나무 총

했다. 얼얼한 콧잔등과 뻐근한 팔다리의 느낌도 잊어버릴 정도였다. 그러나 얼마 가지 않아서 나는 그 신을 책보 속에 넣고 맨발로 걸었다. 그 애의 신발이 찢어져 버릴 것 같아서였다. 머리 위에는 햇빛이 눈부셨고, 흙과 자갈을 밟는 내 발바닥은 따뜻하고 자글자글했다. …

"호야, 참꽃 따러 갈래, 우리?"

이튿날, 아침상을 물리자마자 누나가 그랬다. 꼭 철부지 같은 표정이다. 아버지는 쟁기를 꺼내 놓고 외양간에서 소를 몰아내는 참이었다.

"그래…" 어머니는 설거지를 하면서 한숨처럼 말했다. "참꽃은 따서 뭐 하겠노. 같이 바람이나 쐬고 오너라. 아부지 일은 내가 거드마."

아버지도 듣긴 들었을 텐데 아무 말이 없다. 소를 몰고 사립문을 나선다. 아버지의 모습이 토담 모퉁이를 돌아 완전히 사라진 다음에야 나는 비로소 놓여난 느낌이 들었다.

우리도 머슴이 있었다. 무거운 피란 짐을 지고도, 다리 아프다고 보채는 나를 곧잘 목말 태워주던 성택이었다. 그 성택이가 어느 날 밤 갑자기 종적을 감춰버렸다. 아버지의 얼굴이 몹시 흐렸다. 지고향 쪽 하늘을 멀거이 자주 쳐다보던 눈치드만, 쯧쯧. 그 불쌍한 것이 가다가 필시…. 전쟁이 끝나도 성택이는 소식이 없었고, 우리는 다른 머슴도 구할 수가 없었다. 어디 남아난 젊은이가 있어야

제. 참 애꿎은 목숨 숱하게 앗아간 난리여. 몹쓸 난리여.

점심을 내가고, 씨앗 다래끼를 밭고랑 안으로 나르는 일, 거름 흩뿌리기, 곰배질…; 그런 일에서 놓여난 것은 바로 누나 덕택이었다. 집을 나서면서 나는 어제 한 약속 따위는 누나를 위해 깡그리 접어버리기로 했다.

순희는 코흘리개 동생과 우물고누를 하고 있었다. 모두 밭일을 나갔는지 감나무 그늘만 그 애들을 지키고 있었다. 내 맨발을 보자 그 애는 동생 뒤로 얼른 발을 감췄다. 짐작대로 뒤꿈치가 한참 남는 내 신발이었다.

"야, 내 신 벗어!"

"내 꺼란 말여. 내 꺼!"

내가 다가가자 계집애는 울상이 되어 더욱 앙탈을 부리며 뒷걸음질을 쳤다. 그러다가 그만 헐렁한 신발이 벗겨지고 말았다. 계집애는 마침내 토방 밑에 쪼그리고 돌아앉아 울음을 터뜨렸다. 책보를 풀어 계집애 앞에다가 제 신발을 내려놓았다.

"영철이 놈이 감췄다. 알기나 해?"

하필이면 와 내 신을 신고 왔노? 그러나 그 말은 그만둬버렸다. 그 애의 옆얼굴이 너무나 새빨갰기 때문에.

"참꽃 따러 갈래, 내일?"

참 뜻밖에도 불쑥 튀어나온 말이다.

"참꽃은 따가 뭐할라꼬?"

"낼 아침 묵고 느티나무 밑에 온나."

살구나무와 오리나무 총

"싫다 마."

"안 나오머 신 도디캤다고 느그 아부지한테 일러뿐다?"

신발을 꿰신고 나오면서 나는 또 한 번 말했다.

"등 너머 느티나무 밑이데이!"

짙푸른 하늘에는 새털구름 한 송이뿐이었다. 건너편 밭두렁 너머 아지랑이 위로 종다리가 수직으로 날아오른다.

"그대로데이. 전부 다 그대로데이!"

솔밭과 논밭을 지나 냇가 둑길을 걸으며 여태껏 누나가 한 말은 그 한마디였다. 어찌 보면 누나는 꼭 언년이네 누렁이 같다. 킁킁거리며 온 마을 길을 쏘다니는 그 누렁이처럼 잠시도 쉬지 않고 온몸으로 냄새를 맡는다. 길섶의 찔레 덩굴과 거멓게 그을린 논두렁의 쥐불 흔적까지도.

"누야, 이쪽이다."

미루나무 옆 갈림길에서 샛말 쪽으로 꺾어져야 했다. 그런데 누나는 윗말 쪽으로 접어들고 있다.

"누야는 벌써 다 잊아뿌랬나? 샛말 뒤로 가야 길도 빠르고 참꽃도 많지러."

"윗말로 가자."

누나는 홀린 것처럼 돌아보지도 않고 내처 걸었다.

그러나 누나는 윗말 안으로 들어가는 것도 아니었다. 언덕을 넘었다. 산기슭. 뒷산과 언덕 밖에 다른 아무 집도 보이지 않는 거기 그 집으로 누나는 가고 있었다.

토담은 형편없이 허물어지고 지붕은 시꺼멓게 썩었다. 애초에 폐가가 되려고 세워지기라도 한 것처럼, 떨어져 나간 문짝과 여기저기 부스러져 내린 바람벽.

누나가 칸칸이 들여다본다. 뒤꼍으로 돌아간다. 해묵은 억새풀이 어지럽다. 헛간에서 길숙이 누나가 깔깔거린다. 아니다. 부엌 뒤 굴뚝 옆에 숨었나? 누나는 술래다. 계속 술래다. 둘도 없는 누나 친구 길숙이를 찾나 보다. 너무나 정색을 하고 찾고 또 찾는다. 미쳤나?

누나가 사랑방을 들여다본다. 청년들이 빙 둘러앉았다. 길숙이 오빠 덕수도 앉아 있다. 두꺼운 책이 가운데 펴져 있다. 얼굴들이 심각하다. 잠시 후에 노랫소리가 흘러나온다. 저게 무슨 노래지? 아, 그런 게 행진곡이란 거였나 보다.

동구 앞길에서 우리는 자치기를 했다. 그때 신작로 쪽에서 낯선 두 사람이 걸어오고 있었다. 눈매가 날카로워 보였다. 그들은 덕수네 집을 찾았다. 아이들의 손끝을 따라 그들이 마을로 들어간 다음, 형은 그들이 순사라고 우겼다. 품 안에 권총을 차고 있었다고, 그길 봤다고까지 우겼다. 순사가 뭐 순사 옷도 인 입있노? 면 사림이나 우리 선생님하고도 똑같은네 뭐. 이 바보야, 순사 옷 입는 선 쫄병인기라. 그라머 덕수 형을 잡으러 왔다 말이가? 인자 두고 봐라. 틀림없이 잡혀갈 꺼다. 덕수가 무신 죄가 있다고? 그거사 내가 우예 아노! … 아이들과 형은 그렇게 입씨름을 했다. 그러나 그 사람들은 빈손으로 돌아갔다. 그날부터 마을 사람 아무도 덕수를 볼 수가 없었다. 그 전날, 아니 그 전전날부터인지도 몰랐다. 며칠 뒤부터는 덕수가 대처에 나가 있다는 말이 떠돌았다.

거긴 가지 마라, 흉가다. 피란에서 돌아온 후 언제던가. 아버지의 단호한 그 목소리. 다신 가지 마라, 흉가다.

"누야 가자. 엉? 누야!"

누나가 꿈을 깬 듯 나를 쳐다보았다.

"흉가라카더라. 가자!"

누나의 새까만 눈동자가 어쩐지 무섭다. 그러나 오래잖아 슬그머니 고개를 돌렸다. 개하고 눈싸움을 하면 언제나 개가 먼저 눈길을 피하듯이 그렇게.

그 집 뒤는 바로 병풍산의 계곡이자 느슨한 기슭이었다. 도랑물이 말라 있었다. 산기슭으로 가는 오솔길에는 질경이, 민들레, 잔디가 마구 뻗어 나와 있다.

"길 없어지겠데이."

앞장서서 타박타박 걷던 누나가 한숨처럼 말했다.

"길이 우예 없어지노?"

"이 봐라. 이 좋은 길에 발자국 흔적 하나 없다. 풀숲 돼버릴란갑다."

그렇다. 이제 아무도 밟지 않을 그 길은 조만간 지워지고 말지도 모른다.

누나가 삘기를 뽑았다. 언덕은 띠풀 천지였다. 나도 삘기를 뽑았다. 누나가 첫 번째 뽑은 삘기를 내 입에 넣어 주었다. 띠풀 속에서 뽑혀 나온 살이 통통 찐 여린 새순이 달콤하고 보드랍다. 나도 막 입에 가져가려던 삘기를 누나 입에 넣어 주었다. 우리는 마주보고 비시시 웃었다. 꼭 내 유년 시절의 단발머리 그 누나 같다.

모두 다 들에 나간 텅 빈 집. 처마 그늘에서 놀다가 뙤약볕이 쫓아오면 우리는 감나무 그늘로 옮겼다. 또 쫓아오면 살구나무 밑으로 달아났다. 그러다가 나는 칭얼댄다. 누나가 자장가를 부른다. 부채 바람 밑에서 나는 잠이 든다. 그랬을 것이다. 그런 걸 알면서부터는 형을 따라다녔으니까. 삘기를 내미는 손길이 지금도 다사롭다.

바람 한 점 없다. 나비가 날고 벌들이 잉잉댄다. 모든 새싹이 연둣빛 물감에 적신 듯 싱그럽다. 숨 막힐 듯 그윽한 풀 내음. 언덕 끝으로 아지랑이가 눈부시다. 누나는 그때 그날처럼 콧노래를 부르며 삘기를 뽑는다.

덕수는 언덕에 누워 하모니카를 불었다. 삘기 맛보다, 뭉클한 풀 내음보다, 눈부신 아지랑이보다도 덕수 형의 하모니카 소리는 더 멋졌다. 누나와 길숙이는 삘기를 씹으며 나지막하게 노래를 따라 불렀다. 덕수 형은 하모니카를 옷자락에다 탁탁 털어 침을 닦은 다음 내밀었다. 누나에게.

불어 볼래?

누나는 괜히 내 손을 움켜잡았다. 하도 꼭 쥐기에 쳐다보았더니 누나의 얼굴은 고개 너머 영백이네 과수원의 능금알처럼 빨갰다.

살구나무와 오리나무 총

금방 눈물을 터뜨릴지도 모를 것만 같았다.

　그리고 누나가 이백 리 너머로 이 병풍골을 떠나게 될 줄 누나나 내가 어이 알았으랴. 난리가 날 줄을 누가 알았으랴. 하모니카를 내밀던 덕수의 하얀 이와 큰 눈을 다시는 못 볼 줄을, 그리고 그 하모니카 소리를 다시는 못 들을 줄을 어느 누가 감히 알았으랴.

　"누야, 삘기가 그렇게도 맛있나?"

　"…"

　"거기도 촌이라며?"

　"응."

　"그런데 삘기도 없고 참꽃도 없나?"

　"…, 있으며 뭐하노?"

　있으면 뭐하노. 성이 난 것일까? 돌아서며 한 그 말. 타령 같기도 하고 한숨 같기도 하다.

　나는 막 피기 시작하는 보리 이삭을 뽑았다. 밭이었던가 보다. 산자락 밑, 손바닥만 한 밭뙈기 흔적에는 잡초가 우거졌고 그 사이로 듬성듬성 보리가 자라 있었다.

　"자형은 와 여태 안 돌아오노?"

　"…"

　너무 마음 상할 말을 물었나? 이삭을 때낸 보리 대궁을 혀와 이 끝으로 자근자근 누르며, 이번엔 좀 다른 말을 물어보았다.

　"덕수 형보다 훨씬 더 잘 생겼제?"

　"가자!"

그러나 이번에는 정말 성이 난 말투다. 그러면서 누나는 앞서서 비탈을 오른다. 삘 삘릴리―. 보리피리가 다 됐다. 누나가 되돌아서서 손을 내밀었다. 누나는 보리피리를 불며 산자락을 오른다. 삘 릴릴리―. 아지랑이처럼 퍼져나간다. 누나는 지금 어쩌면 하모니카 소리를 흉내내고 있는지도 모른다.

모롱이를 돌았다. 누나의 머리 위로 산이 불타고 있었다. 등성이와 골짜기가 온통 진홍빛 진달래로 뒤덮여 있다. 누나의 발걸음이 나는 듯하다.

꽃 더미 속에 들어선 누나는 한참 동안 넋 잃은 듯이 서 있었다. 그리고 가져온 보자기를 풀어 네 귀를 묶은 다음, 망태처럼 어깨에 멨다. 내게도 보자기를 내밀었다.

"참꽃을 이래 마이 뜯어가 뭐 할라카노?"

"아부지 술이라도 담궈 드릴란다."

그 말이 어째 영영 다시는 못 올 길을 떠나는 마지막 말 같다.

"안 가머 안 되나? 가지 마라 누야."

누나는 대답 대신 내 손을 꼭 쥐었다. 콧등에 작은 땀방울이 송송 돋아나 있다. 퀭한 눈 그늘 속에서 새까만 눈동자가 놀랄 만큼 이글거린다.

꽃을 따기 시작했다. 첫 꽃잎을 따서 누나는 입으로 가져갔다. 나도 그랬다. 달콤한 향내가 입안에 화하다. 두 번째 꽃잎을 누나가 입으로 가져간다.

"연달래다. 그거너 개꽃이다!"

살구나무와 오리나무 총

"아, 참! 요게 바로 철쭉꽃이제."

"바보."

"우예 요래 비슷하노."

"이건 진홍빛이고 그건 연분홍빛이잖아."

"근데, 와 이래 일찍 는공?"

지금쯤 몽우리나 내밀고 있을 철쭉이 흐드러지게 일찍은 피었다. 누나가 꽃잎을 흩뿌리며 말했다.

"연달래꽃 묵으며 참말로 죽는강?"

"몰래. 다 죽는다카데. 처녀 죽은 꽃이라 글타카드라."

"무신 한이 그렇게도 모질꼬……"

누나는 다시 꽃을 뜯어 나갔다. 누나가 지나가자 휘었던 가지 끝에서 철쭉꽃이 바르르 떨었다.

한참 후에 뒤쪽에서 누나가 불렀다.

"우리 꽃싸움할래?"

화려한 꽃 관을 쓰고 누나가 다가오고 있었다. 잔 가지째 꺾은 참꽃을 머리 가득 꽂고 누나는 천사처럼 다가왔다. 꽃잎을 먹고 사는 천사. 그래서 입술이 자줏빛인가 보다. 천사는 아름다웁다. 순수해 보인다. 그런데 너무 어려 보인다. 어쩐지 오늘은 백치 같아 보이기도 한다. 그래서 슬퍼 보인다. 누나는 열 살 손아래인 내게마저 측은하게 보인다.

꽃싸움을 시작했다. 꽃술 중에서도 하나뿐인 긴 암술을 뽑아 서로 맞걸었다. 첫 번째는 내 꽃술이 끊어졌다. 두 번째는 누나가 졌다. 세 번째도 누나 게 끊어졌다. 누나는 너무나 열심이다. 나왔을 리도 없겠지만, 만약 순희와 꽃을 따러 왔더라면 아마도 꽃싸움을 하게 됐을지도 모른다. 누나는 누구와 이처럼 취한 듯 꽃싸움을 했을까. 덕수였을까. 덕수였을까! 누나는 지금 내가 아니라 덕수와 꽃싸움을 하고 있는지도 모른다. 나는 네 번째 다섯 번째……계속 져버렸다. 참 측은한 천사다.

해는 벌써 중천을 비껴가고 있었다. 누나의 자줏빛 입술을 보며 나는 개떡이라도 가져올 걸, 하고 생각했다. 개떡 대신에 송기를 꺾기로 했다. 꽃 속에 누나를 두고 등성이를 비껴 소나무가 많은 비탈로 왔다. 마을이 한눈에 내려다보였다. 내 키보다 조금 큰 소나무의 가지를 꺾어 주머니칼로 송기를 깎았다. 속살이 하얗고 물이 잔뜩 오른 송기가 개떡보다 백번 낫다. 누나도 좋아하겠다. 마을은 아지랑이 속에 졸고 있고 산은 그때 일은 까맣게 잊은 듯 평화롭다.

병풍산은 어둠이 내려오는 곳으로만 나는 생각했다. 처음에 마을 사람들은 가끔 도둑을 맞았다고 했다. 밥이나 쌀, 감자, 닭 같은 것들이었다. 우리 집도 예외는 아니었다. 그런데 그즈음이 공교롭게도 낯선 사람들이 덕수를 찾아왔다 간 며칠 뒤부터였다. 차차 마을 사람들은 도둑맞을 만한 것들을 깊숙이 갈무리하기 시작했고, 어둠을 타고 내려온 시꺼먼 그림자들은 약탈자로 변해갔다. 가끔 사람들을 해치기도 했다. 우리는 밤만 되면 문고리를 꼭꼭 안으로 걸어 잠갔다. 별수 없이 아랫방을 지키는 성택이만 빼고는 모두 다 큰방에 모여서 잤다. 사람들은 어둠 속의 그 어렴풋한 그림

살구나무와 오리나무 총

자들을 병풍산 뒷마을과 등 너머 마을의 청년들일 거라고 했다. 낮에는 면 소재지 순사들이 찾아오곤 했다. 무엇을 빼앗겼느냐, 그 놈들이 누구더냐, 놈들을 도와주지 마라, 그러면 그 빨갱이 놈들 과 마찬가지로 징역 간다, …, 대개 그런 말들을 쏟아놓고 간다고 마을 사람들은 목소리를 낮췄다.

그즈음 우리 집 대숲은 밤이면 시이잇시이잇, 바람에 흔들리곤 했다. 몸을 떨고 있는지도 몰랐다. 가끔 그 음산한 소리에 섞여 휘 파람 소리가 들려오기도 했다. 아부지, 빨갱인갑다! 내가 이불 속 으로 파고들면 아버지는 이불깃을 다독이며 말하곤 했다. 아이다. 잘몬 들었다. 산짐승인갑다. 그러면서 방문을 열고 툇마루에 나가 서서 훠어이훠어이, 하고 크게 팔을 내저었다. 그럴 때면 누나는 쩔 쩔 끓는 손으로 내 손을 잡으며 어쩔 줄 모르고 불안해했다.

마을은 더욱더 흉흉해져 갔다. 우리 병풍골뿐 아니라 병풍산 뒷 마을과 등 너머 마을도 마찬가지라고 했다. 첫말에 순순히 양식을 내놓지 않으면 사정없이 몽둥이를 휘두른다고 했다. 여자들을 납 치해갈 거라고도 했다. 실제로 샛말 밤골댁에서 빨갱이들은 몽둥 이를 휘둘렀고, 다음날에는 몽촌댁 끝순이가 끌려갈 뻔했다는 것 이었다. 그런데 밤골 양반이 무지막지한 몽둥이를 면하고 끝순이 가 멀쩡할 수 있었던 것은 화를 당할 그때마다 가로막아선 그림자 때문이라고 했다. 그게 누구인지, 무슨 영문인지는 아무도 몰랐다.

우리 집에 빨갱이들이 들이닥친 것은 바로 이틀 뒤였다. 내가 놀 라 잠이 깼을 때, 호롱불마저 꺼진 그믐밤은 지척을 분간하기 어려운 어둠뿐이었다. 문 열라는 둔중한 위협과, 곡식은 헛간에 있다는 완강한 아버지의 목소리―. 이윽고 문이 사정없이 흔들리다가 몽둥이에 문짝이 떨어져 나갔다. 그때였다. 멀리서부터 급히 내닫는 발자국소리에 이어 툇마루 아래로 두 사람이 나뒹굴었다. 두 사람은 반사적으로 몽둥이를 치켜들었지만, 그래도 피하지 않고 앞을 막아선 그 그림자를 차마 어쩌지는 못하고 함께 몰려 나가 버렸다. 우리 집의 악몽은 그렇게 끝이 났다. 누나는 떨다가 눈물을 쏟았다. 식겁했제? 저노무 빨갱이들은 인종도 아이지러. 아버지가 누나의 등을 두드리며 안도의 한숨을 내쉬었다. 그도 그럴 것이 누나의 혼사가 결정돼 있었으니까. 그리고 혼담이 시작된 날부터 길숙이도 못 만날 정도로 삽짝 밖을 못 나다니게 한 터였으니까.

대숲의 휘파람 소리는 그 악몽이 지나간 다음부터는 한 번도 들을 수가 없었다.

누나는 갔다. 너무나 갑작스러웠지만, 아버지는 놓치기 아까운 혼처라며 서둘렀고 누나는 울면서 갔다.

지서 순경들은 더욱더 마을에 들락거렸다. 그러면서 덕수가 빨갱이란 소문이 나돌았다. 갑자기 없어진 그놈이 한패가 아니고서야 빨갱이들이 어떻게 동네 사정을 그렇게도 빤하게 아느냐는 것이었다. 마침내 덕수네 가족이 죄인처럼 시달렸다. 넉수 아버지가 지서에 끌려가서 며칠씩 얻어맞고 달구지에 실려 오기도 했다.

송기를 웬만큼 꺾어 등성이에 올랐다. 거의 팔 길이만한 송기가 양손 가득이다. 그런데 누나가 보이지 않는다. 등성이 이쪽에도,

반대편에도 없다.

"누야!"

뻐꾸기가 자지러지게 운다.

"누야, 송기 묵자!"

송기 묵자 묵자…… 메아리만 골짜기 가득 울린다. 높은 데로 가면 혹시 보일까? 등성이를 타고 올랐다. 함부로 산에 가지 말 것. 알았나? 선생님이 노상 그랬다. 이상한 쇠붙이를 보거든 절대로 만지지 말 것. 알았나! 지난달에도 3학년짜리 두 아이가 포탄에 날아가 버렸다. 하지만 그건 물 건너 배밭골 얘기다. 병풍산에는 그런 일이 없었다. 어메가 걱정스러운 얼굴로 기다리고 있는 건 아닐까. 이 위로는 한 번도 와 보지 않았는데. 여기도 혹시 불발탄이 있을지도 몰라. 학교 교실도 두 개나 부서졌고, 병삼이네 사랑채도 내려앉았다. 저기만 해도 포탄 구덩이가 있네. 참꽃 따러 갈래, 내일? 등 너머 느티나무 밑이다! 순희가 느티나무 밑에 앉아 기다릴까? 뻐꾸기가 자꾸 운다. 이젠 두 놈이 마주 운다. 참꽃 비탈도 끝나고 이제는 소나무와 오리나무와 바위가 자꾸 앞을 가로막는다. 가지에 걸려 자꾸 놓친 송기도 이젠 두 개뿐이다. 멀리 던져버렸다. 계곡이 까마득하다.

그 동굴을 나는 하마터면 지나칠 뻔했다. 등성이를 비낀 비탈인데다 크고 작은 바위마저 뒤덮을 만큼 솔숲이 우거졌으니까. 그런데 언뜻 내 발길을 멈추게 한 것은, 알 수 없게도 그 겹겹의 솔가지 사이로 느껴지는 산초 씨 같은 짙은 어둠이었다. 그게 굴의 시커먼

아가리였다.

그 속에서 누나는 바위벽에 허깨비처럼 기대앉아 있었다. 나는 한동안 제정신이 아니었다. 누나가 일어났다. 굴 안을 샅샅이 더듬는다. 찾고 있다. 냄새 맡고 있다. 습하고 어두운 냄새, 아니 피 냄새까? 아니다. 빨갱이 냄새다!

"빨갱이 굴인갑다! 누야! 누야!"

흘깃 쳐다보는 눈빛이 무섭다. 누나가 나간다. 몽유병자처럼 빨려 나간다. 굴 주위를 아무렇게나 어슬렁거린다.

"누야!"

대답도 없다. 돌아보지도 않는다. 참 딱하다. 날 보고 우야란 말이고. 누야!

덕수네는 난리가 끝난 다음에도 시달렸다. 순경들이 오고, 청년들이 몰려와서 족치고, 지서로 끌려가곤 했다. 악질 빨갱이 덕수놈 어디 숨었냐. 피란도 안 가고 왜 부역을 했나. 악질 빨갱이! 그렇게 조졌다고 마을 사람들이 그랬다. 그놈은 죽었임데이. 난리도 나기 전에 그놈들 손에 죽었임데이. 이게 뭔 짓이냐고, 이러자는 게 아이라고 가로막다가 죽었임데이! 덕수 아버지는 그렇게만 울부짖었다고 했다. 마을 사람 아무도 윗말 너머로는 발길을 들여놓지 않았고, 그런 어느 날 밤 그들은 어설픈 세간을 싣고 마을을 떠나 버렸다. 어디로 갔는지는 아무도 몰랐다.

허리를 구부리고 누나가 웃자란 잡초를 헤집고 있었다. 굴 옆, 유난히 큰 소나무 밑의 작은 구덩이였다. 그런데, 아! 누나가 집어

살구나무와 오리나무 총

든 것은 해골이다. 들여다본다. 손으로 흙을 털어내기 시작한다. 내 목에서는 마른침이 꼴깍 넘어간다. 그것 말고는 나는 손끝 하나 꼼짝해지지 않는다. 눈두덩 속에 든 흙도, 턱뼈 속의 흙도 손가락으로 후벼 판다. 아무렇게나 흩어져버린 뼛조각도 몇 개 찾아낸다. 닦아서 가지런히 놓았다. 치마를 들치고 속곳 주머니에서 손수건을 꺼낸다. 손으로 털고 닦은 해골을 손수건으로 또다시 닦는다. 손수건이 어쩐지 낯이 익다. 아, 그렇다. 바로 그거다. 까맣게 잊었던 그 봄날. 이른 봄 살구꽃 아래. 집안이 텅 빌 때면 한 바늘 한 바늘 정성 들여 수를 놓던. 새하얀 옥양목에다 참꽃 빛 수실로 레이스를 뜨던 누나의 손길. 몇 며칠 만에 일은 끝나고 손수건이 완성됐다. 그런데 누나는 다음날 또 새 천을 들고 앉았다.

"누야, 누야는 솜씨도 없제. 거꾸로 수를 놓나?"

"이 멍충아. 새로 시작했잖아."

"잘몬 됐구나."

"치."

"그라머 와 새로 하노?"

"똑같이, 똑같이 하나 더 만들라고."

"와?"

"니는 몰라도 돼."

"피이."

그 손수건. 집을 떠나고 난리를 겪고 네 해를 지나고도 남은 그 손수건으로 뼛조각을 닦고 또 닦는다. 그러나 하나만으로 남은 손수건. 해골이 하얗다.

"누야! 누야!"

귀도 먹었나 보다. 누나에겐 그게 덕순가 보다. 덕수는 빨갱이다. 그런데도 해골은 하얗다. 그놈들 손에 죽었임데이! 소나무에 묶여서 같은 빨갱이들한테 맞아 죽었나? 찔려 죽었나? 그래서 대숲은 휘파람을 잃어버렸나?

누나는 뼛조각을 구덩이에 가지런히 놓았다. 해골을 손수건으로 싸서 또 놓았다. 누나는 그 위에 참꽃을 뿌렸다. 지금껏 딴 참꽃을 마지막 한 잎까지 흩뿌렸다. 그리고는 근처의 다복솔 밑을 헤치고 보드라운 흙을 두 손으로 그러모아 그 위에 뿌리기 시작한다. 한 손, 또 한 손. 누나가 갑자기 손길을 멈췄다. 다복솔 너머 풀숲에서 뭔가 끄집어낸다. 이상한 쇠붙이다. 제법 무거워 보인다.

"만지지 마! 누야!"

누나는 어린애 같다. 내 말은 들은 체 만 체다. 큰일 났다. 뛰어들어 그걸 빼앗았다. 정말 그 순간에 내가 어떻게 그랬는지 모르겠다. 있는 힘을 다해 골짜기로 던져버렸다.

그때였다. 나는 엉덩방아를 찧고 나뒹굴었다. 굉장한 폭음이 귀를 찢었다. 형이 죽던 날의 그런 폭음이 산을 뒤흔들고 골짜기로 메아리쳐 멀리 사라지고 나자 그다음에는 정적뿐이었다. 자지러지던 뻐꾸기 소리도 딸깍 그쳐 있었다. 누나는 그 자리에 쓰러져 있었다. 내가 몇 번 흔들어 깨운 다음에야 부시시 눈을 떴다. 치마폭은 젖어 있었고 지린내가 났다. 누나는 휘이잇, 휘파람 같은 한숨

살구나무와 오리나무 총

을 내쉬며 하늘을 쳐다보다가 갑자기 나를 밀치며 벌떡 일어났다. 무섭도록 새파란 눈빛이었다.

"난리다아! 쥑여!"

나동그라지며 나는 두 바퀴나 굴렀다. 누나는 오리나무 가지를 꺾어 들었다. 무서운 힘이었다.

"쥑여라!"

나를 향해 무섭게 달려들었다. 나는 구르면서 아래로 내달았다. 누나는 오리나무 총으로 나를 겨누었다. 땅땅. 그러다가 또 달려 내려온다. 펄펄 나는 것처럼 빠르다. 성난 덕수의 영혼이 되살아난 것만 같다. 되돌아온 덕수 아버지 같다. 느티나무 밑에서 종일 기다리다 까맣게 탄 순희 같기도 하다. 빨갱이 새끼 영철이놈일지도 몰라. 정말 나는 찔려 죽든지 맞아 죽겠다. 오리나무 총에서 총알이 날아와 심장을 꿰뚫겠다. …

집에까지 그렇게 내달려온 누나는 사흘 동안 내내 쩔쩔 끓는 몸으로 헛소리를 해댔다. 쥑여라 쥑여! 젊은 놈은 다 쥑여!

일주일 후에 누나는 되돌아갔다.

곧 살구가 열릴 텐데…… 세그럽아가 내 혼자 우예 묵을꼬.

겨울,
등천동 산
101번지

|

　도시는 얼어붙은 긴 어둠에서 아직도 깨어나지 않고 있었다. 간혹, 먼 꿈결처럼 아득한 수은등과 점점이 떠 있는 네온 불빛이 차가웠다.

　산 101번지 문간방을 막 나선 안 씨는 잠깐 멈춰 서서 방한모의 귀 가리개와 주황색 조끼를 다시 여미며 발밑의 어둠을 익혔다. 언덕 아래로부터 허술한 지붕과 귀가 제대로 맞지 않은 문짝들이 매서운 바람에 연이어 들썩이는 소리가 들려왔다. 오른쪽 무릎까지 주무르고 나서야 그는 조심스레 발을 떼어놓았다. 골목길은 가파르고 미끄러웠다. 대여섯 걸음쯤 내려갔을까. 담벼락을 의지해가며 비탈을 내려가던 그는 한 번 기우뚱하다가 겨우 균형을 잡았다. 그리고는 한참 동안 오른쪽 무릎을 주물렀다. 어둠 속의 그의 모습은 33년의 연륜답지 않게 털 빠진 노새처럼 노쇠해 보였다. 그러나 내려가야 했다.

　차차 그의 모습은 어둠 속에 파묻히고, 대신 어깨띠의 청백색 반사광만 묘지의 도깨비불처럼 흔들리며 차츰차츰 멀어져 갔다.

　그가 구청을 거쳐 작업장인 강변도로에서 빗자루를 들고 일을 시작했을 때쯤에야 동녘 하늘은 조금씩 열려오기 시작했다. 하얀 입김을 날리며 질주하는 차바퀴 소리가 서리처럼 포도에 내리깔리고 있었다. 그 질주 음에 깔려 비명에 간 동료의 얼굴이 미명의 강변에서 떠올라왔다. 으깨진 몸으로 빗자루를 들고. 그는 빗자루를 한층 더 빨리 놀리기 시작했다. 포도에 내리깔리는 질주 음을 쓸어내고, 빗자루 든 환영을 지워버려야 했다. 근 열흘 이상 눈 한 번 오지 않는 메마르고 매서운 추위 탓인지 무릎의 동통이 얼어붙듯 했다.

멀리 벌거벗은 공제선 밑으로 좀 전에 내려온 동네가 도시의 끝처럼 어둑했다. 어둑한 그 그늘을 딛고 도시의 새파란 하늘빛은 날 선 비수처럼 매몰차 보였다.

도시의 끝, 찬바람 치솟는 언덕배기에 더께 앉은 넝마처럼 제멋대로 퍼질러놓아진 거기가 그 현란한 도시의 치부恥部 등천동登天洞이었다.

하늘로 오를 듯 가파른 비탈길은 올라갈수록 비좁게 휘어져 미로처럼 복잡했다. 그래서 성실한 도시의 쓰레기차들도 이 언덕 밑에서는 두 손을 들고 만다. 〈새 나라의 어린이〉나 〈소녀의 기도〉에 등천동 주민들은 공습경보 사이렌보다 더 민첩했다. 청소차가 언덕 밑에 꽁무니를 들이대고 하품하듯 뚜껑을 열면 골목마다 쓰레기통으로 무장한 사람들이 구름처럼 몰려나온다. 차 밑에 다다르면 힘껏 넌져 올려야 하고, 인부들이 차 위에서 딱 한 번 엎었다가 다시 아래로 던졌을 때 오차 없이 패스를 받아야 했다. 가령 호흡이 맞지 않았다던가, 되던져진 쓰레기통이 재수 없게 쓰레기가 덜 쏟아졌을 때면, 그들은 어김없이 연탄재나 썩은 생선 창자를 뒤

겨울, 등천동 산 101번지

집어쓰기 일쑤였다. 날렵하게 받아내지 못해 땅바닥에 곤두박인 사과 궤짝이 제멋대로 분해돼버리기도 했다. 그럴 때도 그들은 궤짝의 잔해를 수습하여 다시 두들겨 맞춰 놓고는, 자신의 사나운 일진만을 탓할 뿐이었다. 등천동은 그런 동네였다.

산 101번지 이만복李晩福 영감네 집은 이 언덕배기의 거의 막바지에 얹혀 있었다. 왕모래가 부스스한 낡은 블록 벽, 비바람에 지쳐 시커멓게 웅크린 시멘트기와 지붕, 어느 집인들 다르랴만, 그래도 이만복 영감네로 말하자면 그중에서도 적잖이 다섯 칸이나 되는 ㄷ자 집이었다. ㄷ자의 가운데에 대문을 마주한 주인 영감 내외의 방과 부엌이 있었고, 그 좌우로 두 칸씩 아궁이만 딸린 방이 붙어 있어 각각 한 사람씩 월세로 들어 있었다.

그들의 일과는 시작부터가 제각각이었다. 청소원 안 씨가 어둠 속으로 사라지고 난 다음, 날이 뿌옇게 밝아오면 주인 영감은 손바닥만한 마당을 두세 번씩, 그리고 대문 밖 골목까지 쓸어낸다. 일곱 시가 되면 국립 대학교 1년생(치고는 나이가 좀 든) 정일룡鄭一龍 군이 두꺼운 책가방을 메고 언덕을 내려간다. 방학인데도 귀향마저 보류한 101번지의 호프였다. 서적 외판원 박기주朴基柱가 여덟 시에 삭은 철대문을 나서면 마지막 남은 문간방은 그때까지도 오밤중이다. 야화夜花는 빛바랜 겨울 해가 낡은 지붕 꼭대기에 올라간 다음이거나 설핏 기울 때쯤에야 아침을 맞는다. 그리고는 아침 겸 점심, 또는 점심 겸 저녁을 한 술 끓여 먹고 나서 싸구려 화장품으로 화려한 성장을 하고 삼류 맥주홀 〈신천지〉를 향해 언덕을 내려간다.

101번지에서는 유일하게 손님을 맞는 그녀이기도 했다. 하지만 그건 그녀가 억병으로 취한 날이면 으레껏 달고 들어오는 취객이었다. 결국 일 년 내내 방문객 하나 없는 101번지의 다섯 가구 중에서, 엄밀히 말하자면 그녀도 예외일 수는 없는 셈이었다. 그녀는 항상 기다렸다. 그 누구를, 그리고 편지를 기다렸다. 그 점에서는 이만복 영감 내외도 마찬가지였다. 어쩌다 오는 편지래야 외판원 박기주와 정 군의 시골집에서 오는 것뿐이었다. 그런데도 야화와 만복 영감네는 늘 기다렸다. 편지요! 어쩌다 이웃집에 대고 소리치는 집배원의 목소리에도 와당탕 문을 열고 목을 빼는 그들이었다.

만복 영감네의 기다림이란, 영감의 아내가 실성한 노파처럼 대문 밖에 넋 놓고 앉아 있다던가, 중증 당뇨병에도 불구하고 마당과 골목을 엄숙한 의식처럼 쓸어대는 일과도 무관하지 않았다. 그런데 만복 영감은 벌써 사흘째 마당을 쓸지 못하고 있었다. 뼈를 깎는 혹한에도 삭정이 같은 몸으로 여느 때처럼 비질을 마친 영감은 그날따라 무작정 골목을 나선 것이었다. 언덕 밑에서 쓰러진 영감은 마침 집을 나선 정 군이 아니었더라면 영락없이 얼어 죽고 말았을 것이다. 영감, 다 알우. 마당 쓸구 골목 쓸구 마중까지 나갔구랴. 그럴수록에 몸을 아껴야제. 급한 고비를 넘긴 다음이었다. 영감은 그 말끝에 버럭 화를 냈었다. 이 할망구가 웬 헛소리를 이렇게 늘 어놔! 난 자식 둔 일 없단 말여!

벌써 어둠이 내려앉고 있었다. 세밑의 하루해란 그렇게 부질없이 짧았다. 메마른 바람에 종일 흙먼지가 쓸려 다니던 마당 가로 영감의 밭은기침 소리가 새어 나왔다. 그날 그렇게 끝냈어야 하는 건데 이눔의 인생.

영감과는 사뭇 달랐지만, 외판원 박기주의 일상도 깨트러져 있기는 마찬가지였다.

속이 쓰라려서 다시 잠을 깼지만, 제산제와 물만 들이켜고 빈속으로 엎드려서 그는 방안에 젖어 드는 어둠을 응시하고 있었다. 오늘 하루, 끝없이 침몰하는 육신으로 시간을 죽였었다. 긴 시간을 바람 소리를 들으며 무작정 잠을 청했고 잠 속에서 잠보다 많은 개꿈에 시달렸다. 흉몽에 잠을 깨고 속 쓰림과 미열과 가슴의 통증에도 잠을 깼다. 그리고 야화의 출근하는 하이힐 소리에도, 바람 소리에도 잠을 깼었다. 폐결핵과 위궤양의 싸움인지, 항생제가 제산제와 소화제를 비웃고 있는 것인지 모를 일이었다. 현기증과 미열과 흉통에 못 이겨 항생제를 챙겨 먹다 보면, 이에 질세라 속 쓰림과 소화불량과 위벽의 손상은 그칠 날이 없었다. 이 악순환을 위해 사는 것인지, 장가도 들지 못한 서른한 살 청춘의 발목에 사슬을 묶어놓고 송금 독촉장이나 보내는 여섯 식구 때문에 사는 것인지 알 수가 없었다. 그런 것들을 위해 이토록 야박하고 을씨년스런 도시에서 자신도 한 번 읽어본 일이 없는 전집류의 팸플릿을 들고 열리지 않는 대문을 두드리고 빌딩 수위의 옆구리를 간질이는 치욕을 감당해야 하는가. 날고 싶다. 사슬을 끊고 창공으로 훨훨 날아오르고 싶다. 내 생이 그런 질곡만을 위해 창조되진 않았으리라.

어둠은 소리 없이 방안의 모든 잡동사니들을 지워나갔다. 그는 그대로 내버려 두었다. 전등 스위치 하나만 켬으로써 일시에 쫓아 버릴 수 있는 어둠이었지만, 그는 섭씨 40도의 목욕물 속에서 면도 날로 정맥을 끊고 침몰할 때의 안락처럼 손끝 하나 까딱 않는 무 작위 속으로 소리 없이 젖어 드는 어둠이 더없이 좋았다.

언덕을 한 발 한 발 내려서며 기주는 갈 곳을 궁리해 보고 있었 다. 하늘은 잿빛이었다. 그 잿빛 하늘 아래로 '신정은 사흘 연휴, 구 정은 근무일'의 정부 방침에 순종하여 1월 1일 새 아침의 도시는 거센 날개를 접고 조용하였다. 저 날개 밑 어디쯤 한 이틀이나 사 흘 죽은 듯이 푹 묻혀 지낼 곳은 없을까. 야화였던가. 몇 시에 내 려가느냐고, 그렇게 단정적으로 불쑥 묻지만 않았어도 아홉 시 차 라고 간단히 대답해버리지는 않았을 것이다. 송년회는 애당초 귀 향과는 아무 관계도 없이 시작됐다. 박 씨, 우리 씨팔, 송년회나 한 번 할까, 내일? 단조롭고 고달픈 삶의 찌꺼기가 가래처럼 엉겨 붙 은 목소리로 야화는 말했었다. 망년회에다 내걸 만한 명제 하나 갖지 못한 것과 마찬가지로, 야화의 제안을 거절해야 할 볼일 또한 있을 리 없는 101번지 족속들이었다.

야화의 방으로 싫다는 만복 영감 내외를 꾸역꾸역 모셔다가 못 먹는 술 딱 한 잔, 찌개 두어 숟갈, 그리고 야화의 매미 소리 한 곡 대접해서 건너보낸 다음, 송년회는 그저 싸구려 술판으로 족했다.

겨울, 등천동 산 101번지

상을 두드리고, 목청을 뽑고, 쌍소리를 퍼지르다가는 껴안기도 하며, 그렇게 떠들고 마셔댔지만, 전혀 스스럽지 않은 그들이었다. 지금껏 뿌리 엉킨 식물처럼 다투며 또 등 비비며 살아왔었고, 그러기에 쌍소리의 반어법反語法까지 몸에 밴 그들 사이였으니까.

그런데, 새벽녘에 야화가 불쑥 예의 그 단정적인 질문을 해버렸었다. 죽음처럼 웅크렸던 이틀간을 알 턱이 없는 그들에게 기주는 아홉 시 차라고 자조적인 반어법으로 말해버렸다.

"역시 예매를 해놨군, 박 씨도."

"예매 않고 고향 갈 재주도 있냐, 넌?"

"흥! 책장수만 예매할 줄 아나? 왜 이래 이거, 이 야화는 말씀이야, 열한 시 표가 예약돼 있다구. 알았어?"

이어서 일룡이는 열 시 표를 샀다고 했고, 그 틈새에 원래 과묵했던 대로 안 씨만 입을 다물고 있었는데, 야화는 그마저 가만두지 않았다.

"빗자루 귀신은 그래, 여태 그 흔해 빠진 표 한 장도 못 구했어?"

잠시 머뭇거리다가 안 씨는 말했다.

"역시 젤 동작이 늦었군. 열두 시 표야 난. 하지만 3일날 올라오면 되니까 충분하지 뭐……. 그나저나 박 씬 쉬어야지, 피곤할 텐데. 어이구, 벌써 쉴 시간도 없구만 그래, 준비하려면."

그것으로 101번지의 송년회는 이의 없이 끝나버렸다.

알뜰한 배웅까지 받고 나온 지금, 애초에 귀성 표는 예매하지도 않았었노라고, 그게 계획이었다고 말하기엔 이미 너무 늦어 있었다.

그들의 배웅을 배반할 수도, 그들의 귀성을 언짢게 할 수도 없을뿐더러, 그러면서까지 또다시 어둠 속에 갇힌다는 건 자신에 대한 치욕이라고 단정하며 그는 내처 걸었다. 그러나 끝 보이지 않는 도시를 앞에 두고도 50킬로의 빈약한 육신 하나 눕힐 곳이 없었다.

썰물 빠진 갯벌처럼 한산해진 아스팔트 위로 버스가 한 대 달려왔다. 망설이다가 그는 타지 않았다. 시내로 가는 버스였다. 어디로 가든 무슨 상관이지? 또 버스가 왔다. 머뭇거리는 사이에 버스는 또 지나갔다. 어떻게 할까?

이윽고 그는 열 번째 차를 타기로 마음을 정했다. 굳이 열 번째 차라야 할 이유는 아무것도 없었지만, 어쨌거나 일단 그렇게 정한 이상 목적지가 어디든 무조건 승복하기로 그는 자신과 약속을 다졌다. 다섯 번째 차부터 그는 버스의 옆구리에 나붙은 노선표 따위는 보지 않기로 했다. 어차피 그것과 자신과는 관계가 없었으니까.

아홉 번째 차가 오듯이 열 번째 차도 반드시 오게 마련이었다. 이윽고 열 번째 차가 달려오자 그는 출입구만을 똑바로 응시한 채 차에 올랐다.

그런데 그가 탄 버스는 고속버스터미널로 가는 차였다. 그는 그 차의 행선지를 알고부터 마치 도축장으로 가는 길목에서 버둥대는 소처럼 자신도 모르게 발을 뻗디디고 상체를 산뜩 뒤로 섰혔다. 그러나 버스는 한적해진 도로 사정으로 평소보다 훨씬 빨리 달리고 있었다. 눈을 감아버렸다. 식은땀이 나고 미열과 흉통과 속 쓰림이 또다시 엄습하고 있었다.

겨울, 등천동 산 101번지

버스에서 내리자 잠시 아뜩하였다. 이 도시 어디 한 구석 기다려 주는 데 없는 자신이 치욕스러웠다. 지하도가 입을 벌리고 있었다. 그쪽으로 갈 수밖에 없었다. 때늦은 귀성객 틈에 끼어 그들처럼 지하도로 흘러 들어갔다. 어딜 가세요? 곧 떠날 수 있습니다! 마지막 지하도 계단에서 곱슬머리 청년은 은근하면서도 재빠른 어조로 귀향을 권유해 왔다. 지하도를 완전히 빠져나왔을 때 또 한 청년이 다가섰다. 영일迎日이나 월산月山, 칠천 원! 관광버스로 모십니다! 그는 쫓기듯 터미널 건물 안으로 빨려 들어갔다.

밖은 정적이었다. 그 정적을 베며 매섭게 달려든 바람이 방문을 흔들었다. 이불 속에서 청소원 안 씨는 외로움에 몸을 떨었다. 떠날 사람은 이제 다 떠났다. 박 씨도 정 군도 야화도. 눈이 내릴지도 모른다는 생각이 들었다. 새하얗게 눈 덮인 고향 땅의 품에 안기며, 아마도 그들은 이 도시의 주인이라도 된 것처럼 허풍을 떨지도 모른다. 부럽다. 무섭도록 그들이 부러웠다. 부대낄, 다투기라도 할 피붙이가 있다면, 그건 얼마만한 즐거움일까. 무릎이 쑤셔왔다. 늘 그렇지만 쑤신다는 말로는 근처에도 가지 않는 고통. 무릎 골수염. 무릎에서부터 등골을 타고 올라와 순식간에 머릿속까지 무너져 내리는 괴로움.

희뿌연 방안의 어둠 속으로 그들의 목소리가 들려왔다. 또 송금 독촉장이군. 등골 빠진 귀신 나거든 난 줄 알어. 논 팔아 책 사고, 책 팔아 뭘 사나? 우라질 놈의 끝도 없는 씨름! 안 씨, 건너와! 반값

세일로다가 한 번 줄게, 안 씨한테만. 주름투성이 일그러진 탈을 쓰고 땀을 쏟으면서 뛰고 춤추고 몸부림쳐온 그들. 그런데, 그 탈을 벗겨버리면 아마도 헤헤 웃는 얼굴이리라. 아아, 썩어오는 다리!

"안 씨! 안 씨 있우?"

주인 할멈이 문을 흔들었다.

"안 가우?"

"네?"

"아, 아까 들으니까, 안 씨는 열두 시 표라면서? 곧 나서야겠구만, 건너오시우, 떡국이나 들고 가아. 떡을 좀 많이 뺐다우. 서양에는 양력설밖에는 없다잖우. 그렇쟈? 그러니 음력설에야 갸들이 건너올 시간이 나겠우? 손주 놈들이 몇이나 될는지…."

넋두리 끝에 곧 눈물이 배어 나올 것만 같았다. 안 씨는 별수 없이 따라 일어났다. 배가 고파서가 아니라, 대꾸 한마디 떠오르지 않아서였다.

영감은 화투 점을 떼고 있었다. 쓰러진 이후로 변소 출입조차 겨우 하던 푼수치고는 바람벽에 친 병풍이며 차려입은 한복이 너무 단정하였다.

"할아버지, 좋은 패 떨어지셨어요?"

"그저 심심풀이시. 좋은 패가 나하고 상관이 있남?"

"아이구, 손님 떨어졌잖아요! 오늘은…."

말하다가 안 씨는 찔끔하고 말았다.

"이봐 안 씨! 늙은일 놀리려는 겐가?"

안 씨는 넘어가지 않는 떡국을 꾸역꾸역 밀어 넣고 집을 나왔다. 할멈이 대문 밖까지 따라 나왔다. 그리고는 아무도 없는 골목 양쪽을 연신 두리번거리고 서 있었다. 안 씨는 언덕 아래로 제법 내려온 다음 되돌아보았다. 이제 상반신밖에 보이지 않는 할멈은 아직도 그 자리에 서서 소리쳤다.

"안 씨! 누가 우리 집 찾거든 데려다주고 가기유. 키가 크다구. 미남이구!"

알았다고 들어가란 손짓을 해 보이며 안 씨는 언덕을 계속 내려왔다. 그는 할멈이 완전히 보이지 않는 데까지 와서야 잠깐 다리를 쉬었다. 그대로 주저앉아버리고 싶었다.

아랫동네 큰길가로 내려와 그는 약국을 찾아다녔다. 무거운 다리를 끌며, 소염제를 살까, 수면제를 살까.

화투장만한 뒤창이 뿌옇게 흐려 있었다. 눈이 오려나? 할멈은 속으로 점쳐보았다. 영감은 계속 화투장만 만지고 있었다.

"영감, 세뱃돈 있우?"

"왜? 나한테 세배라도 하려나?"

버럭 화를 내며 영감은 화투장을 던졌다.

"그런데 이 할망구가 조막손 구구를 하나? 쥐 보지도 않은 돈이 어디서 나?"

말을 끝내기가 무섭게 영감은 밖으로 나가버렸다.

할멈은 뒤창으로 고개를 돌렸다. 뿌옇게 흐린 유리창이 물에 뜬

얼음조각처럼 어른거렸다. 영감 다 아우. 조심한다면서도 자꾸 영감의 심사를 건드리는구려. 인젠 정신마저 다 빠져 달아났나 보우. 불효막심한 자슥… 그놈의 인슐린인가 뭔가 하는 주사 한번 흡족하게 못 맞히고 섭생은커녕… 어떡허우. 방세도 인젠 더는 못 올리겠구. 용돈을 못 드린 지도 참 오래구려…. 치맛자락으로 눈두덩을 누르는 할멈의 귀에는 비행기 소리가 이명처럼 번졌다. 그 속으로 아들의 모습이 자꾸만 겹쳐져 왔다. 유학을 떠난, 늦게 둔 외아들. 학교를 마치고 거기서 결혼을 했다는 아들, 귀국하라는 편지에도, 정착해서 모셔 가겠다는 아들. 그리고 5년째 소식이 끊어진 아들….

말단 공무원으로 늦복을 사주처럼 믿고 살아온 영감이었다. 할멈은 장롱에서 영감의 비단 주머니를 찾아내 낡은 지폐 몇 장을 그 속에다 소중히 집어넣었다.

영감은 문패를 갈아 달고 있었다. 때 절어 희미해진 나무 문패 대신 인조대리석 문패를 달았다. 李晩福. 우윳빛 돌에 골 깊이 새겨진 글씨가 까맣게 선명하다. 멀리서 가까이서, 그리고 골목을 오르내리면서까지 문패를 가늠해보고서야 영감은 그 일을 마쳤다. 그는 조끼 속주머니를 더듬었다. 꼬깃꼬깃 접힌 몇 장의 지폐가 손주 놈 불알이나 만지는 것처럼 앙증맞다. 아무리 급해도 건드리시 않았던 시폐었나. 서둘러 마당도 쓸었다. 며칠만인가. 그동안 흙먼지와 티끌이 꽤나 많이 앉아 있었다. 요즘 들어 부쩍 돋아난 검버섯과 미라 같은 몰골에도 영감의 손길은 힘이 있어 보였다. 할멈은 문을 열고 영감의 뒷모습을 말없이 내다보고 서 있었다.

겨울, 등천동 산 101번지

창밖에서 고속버스는 계속 떠나가고 있었다.

영일 행 아홉 시 차가 홈에 들어왔을 때, 기주는 행여나 빈자리가 생기지나 않을까, 먼발치에서도 불안했었다. 빈자리를 채우기 위해 누군가가 그를 데리러 뛰어올 것만 같았었다. 하지만 그건 부질없는 불안이었다. 예약된 자리는 어김없이 주인이 찾아 들었고, 차는 거의 1분 정도나 미리 출발해 버렸다.

그랬음에도 그는 그저 그렇게 서 있었다. 이방인처럼. 귀향 행렬에도, 이 도시 어디에도 스며들 수가 없었다. 바다 위에 뜬 한 방울의 폐유처럼.

창가에 선 채로 주머니를 더듬었다. 지난밤 술로 짓눌러버렸던 고통이 잊지 않고 다시 고개를 쳐들었다. 다행히 약봉지가 아직 비어 있지는 않았다. 대합실 맞은편의 자동판매기에서 우유 한 잔을 빼내 약을 삼켰다.

이제…, 종이컵을 쓰레기통에 던져 넣고 돌아서며 그는 생각했다. … 어디로 갈까?

"어?"

막막한 첫걸음을 막 떼어놓았을 때, 뜻밖에도 그는 조그만 선물 꾸러미를 든 일룡이와 거의 정면으로 마주쳤다.

"어떻게 된 겁니까, 박 씨?"

"거… 일이… 그렇게 돼버렸어."

아무것도 들지 않은 양손을 주머니에 어색하게 찔러 넣으며 기주는 그렇게 얼버무렸다.

"그렇게 되다뇨? 차를 놓쳤어요?"

"그래, 맞아…"

"일찍 나오셨잖아요. …어쨌거나 임시 차라도, 관광버스 말입니다, 좀 비싸긴 해두 길 건너에 많을걸요?"

선물꾸러미의 새빨간 포장이 화사했다.

"그렇든? 아, 자넨 열 시였지? 15분 남았군."

"예, 빨리 건너가 보십시오. 그것도 계속 있을는지…"

"아냐, 자네 떠나는 걸 보고 갈라네. 난 기왕 차를 놓친 몸이거든."

"그럼 이렇게 하죠. 제가 아저씰 배웅하고 오는 걸루요. 시간도 넉넉해요."

"번거롭게 왔다 갔다 할 것 있어? 내 말대로 하게. 자 이리 와. 커피나 한잔하지."

일룡이는 난처한 표정으로, 그러나 할 수 없다는 듯이 기주가 빼주는 커피잔을 받았다. 그들은 나란히 플라스틱 의자에 앉았다. 일룡이는 말없이, 그리고 천천히, 아주 천천히 커피를 마셨다. 줄곧 창밖의 흐린 하늘에 시선을 보낸 채.

"자, 일어서지. 저기 차가 들어왔군."

일룡이는 한 모금 남은 커피잔을 든 채 움직이지 않았다.

"상관없어요. 난 표를 사지 않았거든요. … 그럼 왜 길 건너로 가지 않고 여길 왔냐구요? 야화를 환송하려구요. 그러니까 먼저 가시라니까요."

"아니지. 거참 잘됐군! 야화를 환송하는 데 나도 한몫 끼고 싶은

데? 거절은 안 할 테지?"

일룡은 대답 대신 남은 커피를 홀짝 마시고 종이컵을 쓰레기통에 보기 좋게 골인시켰다. 월산행 열 시 차가 떠나고 있었다.

"어디지? 야화 고향."

"죽포竹浦."

"죽포래? 몰랐어, 난. 한 번도 들은 일이 없는데?"

"저도 몰랐어요. 집 나올 때 물어보고서야 알았지요."

"참, 안 씨는 열두 시랬지?"

"안 씨 고향은 어딘지 아세요?"

"자넨 알아?"

"글쎄요. 야화 고향을 불쑥 물어보고 나니까, 같이 따라 나온 안 씨한테 미안하데요. 그래서 물어봤더니, 그냥 씁쓰레하게 웃으며 등을 떠밀더군요. 늦겠어. 아, 어서 가지 않구! 그러면서요."

"안 씨 환송은 틀렸군."

"네?"

"아니야, 아무것도."

둘은 입을 다물었다.

"내, 꽃 한 송이 사 올게. 있으라구."

기주는 대합실을 천천히 걸어 나오며 코트 깃을 치켜세웠다. 무슨 꽃을 살까?

"박 씨! 구두가 먼지 뒤집어쓰고 낮잠 자는 거 보니까 며칠 톡톡히 재미 본 모양인데, 이따 연탄불 좀 갈아줘, 응? 아홉 시쯤."

노크도 없이 방문을 열어젖히고 껌을 짝짝 씹어 재끼며 내뱉던 그 말투. 그건 죽음처럼 무너져 있던 영혼마저 키들키들 일으켜 세우는 이상한 재주였다.

"놀길 잘 논다. 어떤 놈 불알 녹으라구?"

"난 뭐 안 봤나? 그랬단 봐라, 밤중에 이 불 확 빼 가버릴 테니까!" 발밑의 아궁이를 구두 뒷굽으로 쿡 찌르며 껌 한 쪽 던져놓고 그녀는 돌아섰다. 언덕을 내려가는 또각이는 구두굽 소리. 그건 쓰러지는 영혼을 찔러대는 생생한 자극이었다.

그 밤에 〈신천지〉를 찾아갔었다. 그런데, 싱거운 맥주 딱 한 병 먹고 나서 그녀는 잘못 찾아왔노라고 등을 밀어냈다.

"집에 가서 기다리라구요. 실비로 서비스할 텐께."

그녀는 자정이 넘어 살찐 돼지 한 마리를 끌고 기어들었다. 허술한 벽 너머로 억병으로 취한 노랫소리와 엿처럼 끈끈하고 탁한 육담과 교성을 흘려보냈다. 미친것들. 괘씸한 년. 이불을 뒤집어써 버렸다. 그러나 그 미친것들이 부럽기조차 했다. 하룻밤 아니 단 한 시간만이라도 좋다. 지폐 몇 장, 동전 몇 개, 손때 절은 토큰 두어 개까지도, 탐욕의 음흉한 눈으로 그 뒤에 숨어 있는 거미의 끈적이는 덫에 걸려 다 털려 버리고 싶다. 그리고 절대의 고독과 처절한 패배와 굶주림과 무기력으로 나를 분쇄해 버리고 싶다. 그렇게 가슴속으로 외쳤다.

무슨 꽃을 살까? 저 많은 꽃들은 온갖 형용사를 다 갖고 있으리라. 사랑 순결 진실 고백 희망 행운 청춘 위로…. 하지만 그런 거추

장스러운 형용사들이 그녀의 고달픈 삶에 어디 가당키나 한가. 핏빛 장미꽃을 집었다가 너무 요염해서 놓아버리고, 하얀 국화 한 송이를 사 들고 그는 돌아왔다.

일룡이는 혼자였다.

"곱고 은근하군요. 향기가."

"죽포엔 누가 있다던가?"

"글쎄요."

야화의 환송을 위한 시간은 야화가 아직 나타나지 않음으로써 퍽 을씨년스러웠다.

"박 씬 영일이라고 했죠? 정말 근사하겠군요. 해맞이라…."

"이름만 그럴듯하지, 월산보단 못할걸? 선물이 참 화사하군. 좋아하시겠어. 국립대학생 아들이 터억 선물 들고 내려가면 말이야."

"이거요? 야화 선물입니다."

"야화 선물?"

바로 그 밤이었다. 뒤집어쓴 이불 속에까지 일룡이의 느닷없는 고함소리가 들려왔다.

"이 새꺄! 언다 오줌을 갈겨? 내 신발이 네놈 오줌통으로 뵈냐?"

야화의 취객은 느닷없는 악다구니에 어, 하고 휘청거리며 한발 물러서는 기색이었다. 밤늦게까지 책과 씨름하면서도 그동안의 소음을 참아왔던 일룡의 폭발을 알 만하였다. 지체 없이 옆 방문이 우당탕 열렸다.

"뭐어야? 왜 남의 영업을 방해하고 지랄이야!"

"여기가 네년 영업장이냐?"

"싫으면 이살 가지, 끄윽, 어떤 년이 잡고 늘어졌냐, 이 새끼야!"

"이 개 같은 년! 더러운 년!"

그는 뛰어나갔다. 그러나 이상하게도, 껴안고 당당하게 들어가는 그들의 먹살을 잡기는커녕 뒤쫓는 일룡을 붙잡고 늘어졌다. 참 알 수 없는 일이었다. 일룡은 침을 퉤퉤 뱉고 방으로 들어가 버렸다.

"그래, 그날 밤 일이 미안한 게로군. 거야 뭐 일테면 야화 쪽에서 더 미안할 테지."

"그날 밤엔 고맙게도 말려 주셨지요. 그런데 그다음 날은 곯아떨어지셨는지…."

"다음날?"

"손님 맞은 다음날이면 야화는 내 빈방에다 몰래 돈을 놓곤 했습니다. 야화의 짓이란 걸 어렴풋이 알긴 했지만 차마 다잡을 수가 없더군요. 왜냐구요? 처음엔 어리둥절하기도 했죠. 그런데 다시 곰곰이 생각해 보니, 술에 취하거나 거친 소리를 해대지 않고는 지탱하지 못하는 그녀에게는, 뭐랄까, 익명을 원하는 그 행위가 곧 어두운 삶에 대한 정신적 카타르시스일 거라는 결론에 이르렀던 겁니다. … 그래서 똑같은 일은 계속됐습니다. 그런데, 갈수록 그 의미는 퇴색해버리고 그 돈이 내게는 형벌로 다가오곤 했습니다. 그녀가 손님을 데리고 오면 다음날 어김없이 닥쳐올 그 형벌 때문에 견딜 수가 없었단 말입니다."

"알 만하네. 문을 박차고 뛰어나온 심정. 그런데 그다음 날은?"

겨울, 등천동 산 101번지

"그런 모욕을 줬는데도 다음날 또 돈이 놓여 있더란 말입니다. 견딜 수가 없었습니다. 자정께 대문 소리가 나자마자 뛰어나가 봉투를 들이밀며 이게 뭐냐고 대들었습니다. 그녀는 쳐다보지도 않은 채 방으로 들어가며, 책값. 추워, 문 닫어! 하고 지나가듯 태연한 게 아닙니까. 책값? 더러운 돈으로 책을 사? 니가 뭔데? 봉투를 방안에 집어 던지며 퍼부었더니 그녀는 봉투를 도로 밀어내고선 문을 쾅 닫아버렸습니다. 그러면서 뭐랬는지 아십니까? 받아둬! 돈에도 깨끗한 돈 냄새나는 돈 있냐? 그래도 내 돈은 정직하게는 번 돈이다!"

"정직하게는 번 돈이라? 하긴 몸 팔아 번 돈보다 더 정직한 돈이야 있을라구? 고등 사기꾼만 돈 끌어모으는 세상에. 그래 깨끗이 두 손 들었겠군?"

"… 그랬어야 되는 건데…."

일룡은 대합실을 한 바퀴 둘러보고 나서 말을 이었다. 20분 전이었다.

"순간적인 패배감 때문에 문을 열어젖히고 방으로 뛰어들었습니다. 그녀의 콧대를 꺾어놓고 싶었던 거죠. 이봐! 시건방 좀 그만 떨라구. 그런다고 니가 무슨 성녀로 둔갑이라도 할 줄 아냐? 꼴에 자존심은! 도로 집어넣긴 싫다 이거지? 좋아! 그럼 이렇게 하지. 이 돈으로 오늘 밤 널 정식으로 사겠어. 어때? 냉소를 곁들여 말했더니, 뭐야? 넌 나중에 출세해서 듬뿍 쥐고 와. 나 그때까지 등창 나게 갈고닦은 솜씨로 까무러치게 해줄 테니까. 이 대가리에 피도 안 마른 새끼야! 그러면서 내 따귀를 사납게 올려붙였습니다. 난 그만 허물어지고 말았습니다. … 이 하찮은 술 한 병으로…" 일룡이 선물꾸러미를 내려다보며 말했다.

"괜찮아. 송년회 때 보니까 야화는 이미 다 털어버리고 아무것도 없었어."

일룡은 괴로운 표정으로 무슨 말인가 더 하려다가는 입을 다물어버렸다. 그 돈이 왜 형벌인 줄 아십니까? 난 가짜란 말입니다. 국립대학에 미친 부모를 위해서 입학도 하기 전에 국립대학생이 돼버린 겁니다. 그런데, 3년 학원 생활 끝에 이번에 또 떨어졌군요! … 그러나 그건 야화 몫으로 남겨둬야 할 말이었다.

이제 15분도 채 남지 않았다. 꽃송이를 들여다보며 기주가 말했다.

"혹시 부산 쪽은 아닐까?"

"부산이라뇨?"

"그 사내 말야. 야화가 밤낮 편지 기다리는. 부산에 있다고 했지 아마?"

"언젠가는 광주라고 하던데요? … 그러니까 그 사낸 주소도 없는 떠돌이가 아닐까요?"

"하긴 그렇군."

하긴 그래. 그건 멀쩡한 거짓말이거나 환상일지도 모르지.

"박 씨, 한잔할까?"

미닫이문이 열리며 야화가 들어왔다. 그러니까 일룡이 따귀 맞았다는 그다음 날 밤인가 보다.

"점잔 빼는 거야? 난 지지난밤에 칼 들고 쳐들어올 줄 알았지."

겨울, 등천동 산 101번지

"영업방해죄로 걸러들려구?"

야화는 날름 혀를 내보이며 손을 잡아끌었다.

옆방에는 소주와 마른안주 몇 가지가 소반 위에 놓여 있었다. 아뜩한 정신과 음식이라곤 전혀 들어 있지 않은 풀잎 같은 몸으로 술잔을 비우고 또 비웠다.

"야 이것아. 넌 뭐 땜에 집배원 목소리만 들리면 목을 빼? 뭘 기다리는 거야?"

"걸 왜 물어? 건방지게시리." 그러면서 그녀는 홀짝, 또 술잔을 비웠다.

"싫으면 관두라구. 그깟 목 빼 봤자지. 한 번도 편지조차 오는 걸 못 봤으니까."

"쳇, 아무렇게나 생각하라지. 박 씨하곤 상관없는 일이니까. 왜 꼭 알고 싶어? 돈을 쥐기 전엔, 그 사람은 오지 않는다고 했어, 듬뿍 한밑천 쥐고 날 데리러 올 때, 편지를 띄우고 온다고 했단 말야. 멀지 않았다구! 박 씨가 뭔데? 술이나 마셔."

"잘 논다. 그런 년이 사흘이 멀게 그 짓이야? 와서 보면 좋아라 하겠군."

그녀의 웃기는 천연덕스러움에 그만 불쑥 해버린 말이었다.

"당신네들 같은 옹졸한 녀석인 줄 알았지? 그이를?"

마스카라가 물기를 타고 흘러내렸다. 걸레처럼 얼룩진 얼굴을 그녀는 닦을 생각조차 하지 않았다.

"그만 처마시고 잠이나 자자." 그녀는 벌떡 일어나더니 상을 윗목으로 물렸다.

"왜? 돈 아까워? 그제 약속 어긴 대가로 오늘은 무료다!"

일룡이 일어섰다. 차가 들어오고 있었다. 기주도 함께 일어서서 나란히 폼으로 다가갔다.

개찰은 5분 전에 시작됐다.

정각 11시에 차는 떠났다.

시야에서 미끄러져 나가는 버스의 꽁무니를 바라보며 기주는 이 꽃을 어떻게 할까, 잠시 망설였다.

"죽포가 아니고 혹시 광주나 부산으로 간 게 아닐까요?"

"글쎄……. 기차로 갔을지도 모르고……. 거칠기 짝없는 야화의 입을 곧이곧대로 믿은 우리가 바보였지."

일룡이 선물꾸러미를 가슴 위로 들어 보이며 우울하게 말했다.

"이게 갑자기 무거워지는군요."

"허! 환송을 못 한 건 우리 쪽이지만, 야화는 어쨌거나 제 갈 길로 떠났을 거 아닌가. 마음이면 됐지. 바람을 타고서라도 그 마음은 전해졌을 거야."

일룡의 쓴웃음이 바람에 날렸다.

"다시 올라올까요?"

"왜? 안 올 것 같애?"

"송년회를 제의한 게 야화였죠? 지금 생각해 보니까 그게 어째 꼭 송별회 같았던 기분이 드는군요."

"꼭 올 거야, 야화는. 자 들어가지."

겨울, 등천동 산 101번지

대합실로 들어오며 기주가 꽃을 내밀었다.

"이 꽃으로 자넬 환송하겠어. 어서 건너가야지?"

일룡은 한발 물러서며 꽃을 받지 않았다.

"아저씬요?"

"혹시 안 씰 만날까 하고……."

일룡은 잠깐 생각에 잠겼다가 자신의 선물꾸러미를 내밀었다.

"그럼 이걸 드릴게요."

"안 돼! 그건 자네 아버님께도 좋은 선물이야."

"그럼 그 꽃도 마찬가지군요."

일룡은 곧 터미널을 빠져나갔다. 행선지도 모르는 안 씨를 여기서 찾겠다니, 한강 모래밭에서 좁쌀 찾는 게 낫겠습니다. 일룡의 뒷모습이 그렇게 말하는 것 같았다. 같이 건너가자고 우기지 않고 떠나준 일룡이 새삼 고마웠다.

일룡의 모습이 사라지자 기주는 또 막막했다. 정말 안 씨라도 나타나 주었으면 싶다.

박 씨! 건너갑시다. 동태 두 마리 잡았소. 안 씨의 목소리가 귓전에서 맴돈다. 어느 새벽 질주하는 차바퀴에 깔릴지도 모를 삶을 붙들고 그는 언제나 경건하게 저녁밥을 지었다. 그 저녁밥은 어느 때나 최후의 만찬처럼 엄숙하고 늘 위태로웠다. 일룡이 야화의 낙향을 말했던 것처럼, 정말 안 씨도 다시는 안 올라왔으면 좋겠다. 그 짓보다 나은 일이 없을라구.

11시 20분이었다. 이러고 있다가는 정말 안 씨와 마주칠지도 모른다는 생각이 불현듯 떠올랐다.

기주는 대합실을 나와버렸다.

하늘은 무겁게 내려앉아 있었고 몸은 수세미처럼 피곤했다. 시내버스 정류장 표지판이 바람에 흔들리고 있었다.

그는 그 표지판 밑에 서서 한 발짝도 옮기지 않았다. 그리고 똑바로 자기 앞에 와 멎는 버스를 탔다.

버스는 아파트 숲을 지나고 하얗게 언 강을 건너고 한산한 도심을 지나 고개를 넘었다. 그리고 한참 후엔 어느 먼지 많은 변두리의 종점에다 그를 내려놓았다.

기름때로 질척한 차부를 빠져나오자 먼지 묻은 바람이 귓불을 사납게 때렸다. 엉성하고 낯선 길을 그는 아무 데고 걸어갔다. 손이 시렸다. 흰 국화는 아직도 손에 들려 있었다. 일룡의 말대로 야화는 안 올라올지도 모른다. 폐업을 축하함. 그는 꽃을 쓰레기통에 던져 넣고 주머니에 손을 찔러 넣었다. 몇 군데 대폿집과 밥집이 보였으나 모두 문이 잠겨 있었다. 골목길에 아크릴이 반쯤 떨어져 나간 여인숙 간판이 보였다.

흐린 날이긴 했지만, 여인숙은 대낮인데도 깜깜했다. 한참을 푸드득거리더니 겨우 꺼진 형광등이 찌잉 하고 울었다.

검붉은 불빛. 갓 아래로만 빤한, 구석의 그 불빛만 빼고는 실내는 동굴처럼 깜깜했다.

젖은 웃음소리가 들렸다. 불빛 아래쪽이었다. 마른 울음소리이

기도 했다. 그 젖은 웃음과 마른 울음 사이로 신음 같은 만취한 목소리가 흘러나왔다.

"이 옹졸한 새끼들아. 정월 초하룻날부터 이 야화를 요 꼴로 내팽개친 멍청이 꺼벙이 머저리 칠뜨기 배냇병신 박 가 안 가 정 가 새끼들아! 갔다 오다 칵 교통사고나 나뻐려라…"

안으로 잠긴 〈신천지〉의 출입문에는 흰 쪽지가 붙어 있었다.

「신정휴업」

기주는 간신히 눈을 떴다. 육신은 여전히 바위처럼 무겁게, 그리고 끝없이 가라앉았다. 그럼에도, 한 가닥 의식만은 너무나도 긴 잠에 지쳐 우드득 기지개를 켜고 있었다. 이 지겹고 무거운 육신아! 정말 그렇게 푸념하며, 넋은 훌쩍 떠나버릴지도 몰랐다. 넋은 연기처럼 사라지고 을씨년스런 여인숙 방에 임자 없이 나뒹구는 처참한 육신으로 남을 자신이 떠올라 그는 몸을 떨었다.

여인숙을 나오자 눈이 부셨다. 은세계였다. 무거운 몸을 끌고 이제 갈 곳이라고는 등천동 산 101번지밖에 없었다.

눈 쌓인 언덕을 오르다가 기주는 일룡을 만났다.

"벌써 오시는군요."

"굉장한 눈이군."

그들은 귀향 안부 따윈 묻지 않았다.

집 앞에 도착하자 대리석 문패가 눈부셨다.

얼마 후에 안 씨가 돌아왔다.

그다음에 야화도 돌아왔다.

"우라지게 빨리도 왔네. 씨팔, 우리 신년회나 한번 해!"

일룡이는 지난 하루, 바람뿐인 고궁에서 잿빛 하늘을 쳐다보며 마셔버린 술이 생각났다. 제미, 혼자 먹긴 어쩐지 쓰더라니!

곧 술판이 벌어졌다. 안 씨는 변소에 가서 한 주먹의 수면제를 똥통 속에 던져버리고 들어왔다.

눈 쌓인 겨울 오후, 산 101번지에는 노랫소리에 섞여 누가 먼저 시작했는지 고향 자랑으로 와자지껄했다.

밖에서는 만복 영감이 눈 쌓인 마당을 쓸고 있었다. 아침에 이어 벌써 두 번째였다.

겨울, 등천동 산 101번지

잿빛 웃음

하얀 물보라를 발코니로 흩뿌리며 빗발은 억세고 줄기차게 쏟아지고 있었다. 그 너머로는 어둠이었다. 파리한 가로등만 점점이 등을 웅크리고 있을 뿐, 시커먼 강을 껴안은 도시는 그 어둠 속으로 앙금처럼 가라앉아 있었다. 7월 한 달 내내 비 한 방울 없이 양철 지붕처럼 잘잘 끓던 도시였다.

"아빠, 호우가 뭐예요? 호우경보 말예요."

밤 뉴스가 끝나고도 연속극 앞에서 떠나지 않던 일곱 살배기 작은 아이가 거실의 열어 놓은 창가에 서 있는 내 옆으로 다가서며 물었다. 그러자 놓칠세라 큰 녀석이 단박 끼어들었다.

"호우란 뭐냐. 호랑이처럼 사나운 비다, 이런 말씀이야."

한 손을 허리에 걸치고 세 살 위인 형의 위신을 세우려 자못 근엄한 표정까지 지어 보이며 능청을 떨었다.

"피이, 비가 뭘 사나와. 사기다!"

"요 쬐끄만 게."

"애들이 왜 이래! 테레비 좀 보자, 응? 별 걸 가지고 다 떠들어 떠들길."

핀잔을 주면서도 아내의 얼굴은 실소를 머금고 있었다.

"얌마! 무섭지 않으면 왜 경보를 내리냐. 호랑이 호자 호우경보다, 왜."

참고 있던 웃음이 쿡 터져 나왔다.

두 녀석의 어깨에 나란히 손을 얹었다. 바람을 타고 물보라의 작은 입자들이 얼굴을 핥으며 실내로 밀려들었다.

"저걸 봐. 저래 줄기차게 퍼붓는 게 호우야. 한꺼번에 많이 쏟아지니까 경계하란 뜻이고."

"쏟아져 봤자죠. 강으로 다 들어갈 걸 뭐."

"요 맹추! 미처 강으로 빠지기 전에 자꾸 쏟아지니까 물바다가 되고 사태도 나지."

"그래. 집도 잠기고 또 홍수도 나고 산사태도 나고…"

"그럼 우린 끄떡없겠다, 그치? 10층인데 뭐."

지난 첫여름에 이사 온 아파트가 대견해 죽겠다는 듯 녀석은 어깨까지 으쓱였다.

"그래, 그래."

4년 전이던가. 좁은 마당으로 쏟아져 들어오는 물을, 대문간에 둑을 쌓고 양동이로 필사적으로 퍼내다가 끝내 막지 못하고 피신을 하고야 말았던 때가 꿈결 같다.

갑자기 하늘이 쩍 살라지듯 번개가 일며 천둥이 도시를 뒤흔들었다. 내 양손 안에서 아이들의 어깨가 움찔, 반사적으로 움츠러들었다.

"보통 비가 아니네요."

잿빛 웃음

아내도 어느새 등 뒤에 와 서 있었다.

"문 닫읍시다. 써늘해요."

아이들이 소파로 들어가 앉았다. 문을 닫으려 하자 또 한 차례 사나운 번개와 천둥이 울었다.

"그때 생각이 나네요."

그래. 짓밟히는 만큼, 찢겨 나는 만큼, 아니 그보다 우린 더 끈질 겼고, 그래서 이 도시에서 제일 싼 집, 그런 동네에다 내 집을 마련 했었지. 그런데 그곳이 제일 극심한 수해지구가 됐고.

텔레비전은 여전히 혼자 지껄여댔다.

스무 평도 채 안 되는 우리의 공간은 네 식구를 오도카니 모아 놓은 채 서먹한 침묵의 그림자를 드리우기 시작했다.

삐리리 삐리 삐리리리……. 느닷없는 초인종 소리가 그 이상한 침묵 속으로 송곳처럼 파고들었다. 방정맞은 저놈의 새 소리! 갈아 치우지 못하고 여태껏 그냥 뒀나?

"누굴까? 경비실에서 인터폰 없었죠?"

아내는 열한 시를 향해 숨 가쁘게 달음질치는 벽시계를 흘끔 쳐 다보며 머리칼을 곤두세웠다.

"옆집 여잘까요?"

"그럴 테지."

"아니죠! 이 밤중에. 옆집이면 인터폰을 했겠죠."

그러면서 현관으로 다가간 아내의 목소리는 턱없이 떨려 나왔다.

"누구세요?"

아내는 현관문의 어안렌즈 구멍에 눈을 갖다 댔지만, 그건 그저 습관일 뿐이었다. 밖은 어두웠다. 비는 줄곧 사정없이 퍼부었다.

"누구시냐구요!"

아내는 또 한 번 거의 울부짖듯 소리치고 있었다. 큰애가 TV를 껐다. 두 아이의 시선이 현관으로 집중됐다. 어딘가에 벼락이 떨어지는 참혹한 파열음이 들렸다. 초인종이 또다시 방정맞게 울었다. 그 소리에 아내는 화들짝 한걸음 뒤로 물러서고 말았다.

"빗소리 때문에 들리겠소, 어디?"

내가 다가서자 아내는 안으로 들어섰다. 문을 열었다. 습기 찬 바람이 훅 실내로 밀려들었다. 복도의 어둠 속으로 형광등 불빛이 채 뻗어나가기도 전에, 시커먼 그림자가 공간을 가득 채웠다.

"누구요!"

일순에 모든 가시를 곤추세우는 고슴도치는 그것이 반사적인 행동이며 본능이리라. 나는 짧고 팽팽하게 외쳤다. 그러나 아무 말도 건너오지 않았다. 낡은 모자와 철 지난 야전 점퍼에서 빗물이 주르르 흘러내리고 있었다. 사내는 깊이 눌러썼던 모자를 천천히 벗었다. 삭발한 머리가 섬뜩했다. 왼쪽 볼의 흉터가 부르르 잠시 경련을 일으켰다. 아, 종수! 뇌수 한쪽을 덜어내서라도 기억에서 털어버리고 싶었던 그 인간 송수였다. 순간, 문을 젖히고 있던 내 팔이 생명이 끊어지는 연체동물의 다리처럼 힘없이 풀어져 내렸다.

녀석은 질퍽질퍽 짐승 같은 발자국을 남기며 들어와 거실 한쪽에 웅크려 앉았다. 현관 쪽 거실 벽에 정물처럼 붙어 있던 아내가 그제야 허둥지둥 안으로 들어왔고, 아이들은 슬금슬금 저희 방으로 꼬리를 감췄다.

아내가 밥상을 차려왔다. 담배에 성냥불 하나 그어댈 정도의, 그런 짧은 순간이었다. 아내의 그 날랜 동작은 의식이 표백돼 버린 조건반사, 바로 그것이리라.

줄곧 고개를 숙여 외면한 채 천천히 밥숟갈을 드는 녀석의 모습이 전과는 대조적이었다. 그 생소함이 한층 더 불안하다. 저놈이 어쩌자고 저리 침묵할까. 나는 녀석의 외틀고 앉은 옆모습을 곁눈질로 훑었다. 볼의 칼자국이 천천히 꿈틀거리고 있었다. 녀석의 흉터는 밥을 먹을 때면 언제나 기어 나올 벌레처럼 꿈틀거렸었다. 게다가 항상 찌를 듯 살의를 내쏘던 녀석의 눈빛이었다. 그러나 지금, 게걸스런 강아지가 자귀 났을 때처럼 녀석의 깨지락거리는 꼴에 나는 잠시 측은한 생각이 들었다. 하지만 아니었다. 그것은 오히려 또 다른 사태를 앞둔 긴장과 공포의 기폭제임을 나는 이내 깨달았다. 녀석이 숟갈을 놓은 것이었다. 밥을 반밖에 비우지 않았다. 소파 옆 거실 바닥에서 수천 갈래의 촉각을 곤두세우고 앉아 있던 아내가 숟갈 놓는 소리에 벌떡 튕겨 일어났다. 부엌에서 소주 한 병과 잔을 상위에 갖다 놓았다.

"더 드세요."

입술을 겨우 비집고 나온 말속에서 아내는 '삼촌'을 빼고 있었다. '삼촌! 술 한 잔 더 드세요.'라고 말했어야 옳았다. 아내는 떨고 있었다. 그래서 아이들의 삼촌이란 지위에서 녀석을 지워버리고 싶은, 본능같이 끈끈한 잠재의식을 화사한 포장지로 가릴만한 겨를

이효원 단편 소설집

이 없었을 것이다.

녀석은 2홉들이 소주 한 병을 다 비웠다. 그리고는 아이들이 들어간 방으로 그림자처럼 사라져버렸다. 곧 질린 얼굴로 아이들이 방을 뛰쳐나왔다. 오들오들 떨고 있었다. 녀석이 앉았던 자리에는 질펀하게 물기가 퍼져 있었다.

거실의 불을 끄고 우리 네 식구는 안방으로 들어가 오도카니 모여 앉았다. 제가끔 건넌방을 향해 민감한 촉수를 길게 뻗쳐 나갔다. 그러나 굳게 닫힌 그 방문 앞에서 우리들의 촉수는 막막할 수밖에 없었다. 방안의 무거운 침묵 위로 형광등 불빛의 하얀 파편들이 끝없이 내려앉고 있었다.

"무슨 말을 했었죠?"

마치 출타라도 했었던 것처럼 아내가 지난 시간을 되짚었다.

"말은 무슨 말!"

"왜죠?"

"거참, 누구한테 묻는 거요?"

"얼마나 요구할까요, 이번엔?"

"자 그만, 애들 재워요. 늦었어."

녀석의 흉측한 발자국은 집안 구석 구석과 우리들의 가슴에 끊임없이 참혹한 상서를 남기고는 꼬리를 어슬렁대며 사라지곤 했었다. 녀석은 여섯 달 이상을 그냥 보낸 적이 없었으며 우리들의 상처는 아물 날이 없었다. 그런데 3년, 녀석은 발길을 끊고 우리에게 침묵했었고, 오늘 그 침묵의 3년을 건너뛰어 빗속을 뚫고 불쑥 나타나 말이 없다.

잿빛 웃음

그때 나는 회사 일로 사흘간 지방 출장을 다녀왔었다. 방문을 들어서자 집안은 쑥밭이 돼 있었고 아이들과 아내는 흐느끼며, 몸을 떨며 앞뒤도 없이 토막 난 넋두리를 쏟아놓았었다.

아이들이 새파랗게 질려 가게로 달려갔었다고 했다. "엄마 무서워! 술 가져오래." 첫마디에 벌써 아내는 다리가 풀리고 억장이 무너져 내렸다.

녀석은 번갈아 가며 내 직장까지도 거침없이 나타나서 행패를 부렸고, 나는 그 때문에 철새처럼 직장을 옮겨 다녀야 했다. 우리의 가계부는 언제나 악성빈혈 상태였고, 아내까지도 가게에 나앉으면서까지 우리는 결코 주저앉지만은 않았다.

"안녕하슈. 인사 올린 지 너무 오래된 것 같아 왔시다. 아, 사업을 시작하셨다구요? 든든합니다, 아주."

아내는 술병을 내려놓으며 한참 만에야 겨우 할 말을 찾았다.

"그동안 별고 없으셨구요?"

"몇 시에 들어오슈?"

"형님은 지방 출장 중이에요."

"어라, 지방 출장? 고 새 전화로 내통했소?"

"삼촌!"

"문안 여쭈러 왔다고 했잖수. 그런데 피해서야 되겠수? 비겁하게."

"…"

술상을 봤다. 아이들은 어미의 치마폭만을 한사코 놓치지 않고 따라다녔다. 녀석은 자작으로 연거푸 술잔을 비웠다.

이효원 단편 소설집

"그렇다면 섭섭해도 할 수 없군. 이번엔 한 장만 있으면 되겠수."

"한 장이라면?"

"유치하게 왜 이러슈? 백만 원 말이오."

"어쩌면! 그게 어디 적은 돈이에요?"

"사업주께서 그렇게 엄살이오?"

"아무튼 전 몰라요."

"그럼, 남편 올 때까지 기다리라 이거요?"

"오셔도 마찬가지죠!"

"뭐? 이년이!"

이년이라고 했다. 흉터가 부르르 경련을 일으킨 녀석은 소주잔을 쥐고 던질 기세였다.

"너희들 나가 있거라. 어서!"

어미의 단호한 말에 아이들이 슬금슬금 물러 나갔다.

"못 들은 걸로 하겠어요!"

"이 여우 같은 년!"

녀석이 그녀의 얼굴에 소주를 뿌렸다. 독하고 쓰디쓴 냄새가 놈이 입에서 게워낸 이물질만 같이 역겨웠다.

"여태껏 참아온 게 분해, 분해!"

기다리기라도 한 듯 놈은 술상을 뒤집어엎고 아내를 두들겨 패기 시작했다. 그리고 아내가 입꼬리에 피를 흘리며 널브러진 다음에야 대문간에서 서성이는 아이들을 밀어붙이고는 자취를 감춰버렸다.

"어떻게 찾아냈을까, 여길?"

잿빛 웃음

아내가 말했다. 자는 줄 알았던 큰아이가 돌아누우면서 아내를 쳐다본다. 아내는 빗소리가 배어 있는 창을 향해 한숨을 내쉬었다.

"언제는 일러줘서 찾아내던?"

"걱정 말고 자라, 이제."

아이를 다독거려 주고 나는 일어서서 창을 열었다. 방안의 잿빛 공기를 말끔히 환기라도 시켜줄 듯 바깥의 습기 찬 공기가 한꺼번에 밀려들었다. 빗발은 어쩔 셈인지 조금도 수그러질 기색이 보이지 않았다.

문을 닫고 불을 껐다. 불이 꺼지는 순간, 벽시계의 종소리가 놀랄 만큼 크게 울렸다. 아내의 몸이 풀썩 솟구쳤다 가라앉는 게 보였다. 아내를 추슬러 눕혔다. 나란히 누운 나와 아내의 시선이 탐조등 불빛처럼 방안의 어둠 속을 헤매다니며 교차되곤 했다.

당하고 난 해방감으로 다리를 뻗고 지내는 것도 고작 서너 달뿐, 우리는 또다시 불안의 늪으로 빠져들었었다. 녀석은 언제나 예고가 없었으며, 여섯 달 이상을 그냥 넘긴 적이 없었으니까. 그런데 살얼음 같은 여섯 달이 아무 일 없이 지나가고 1년이 가까워지자 우리 앞에 다가온 것은 색다르고 이상한 또 다른 불안이었다. 고개를 오르면서 아무도 모르게 브레이크가 고장 나버린 차가 내리막길을 마구 질주하고 있는, 바로 그런 현상이었다.

녀석의 행적은 도대체 짐작조차 할 수 없는 하나의 불가사의였다. 언젠가 나는 문득, 녀석이 이 하늘 아래 어느 구석에선가 엉덩이 붙이고 마음잡고 살고 있기를 간절하게 빌어보기도 했었더랬다. 그랬다가 나는 곧 부질없는 내 생각에 놀라곤 했다. 그렇다. 확실히 부질없는 바람이었다. 나는 곧이어 더 완벽하게 녀석이 어느 어둠의 시궁창에서 소리 없이 칵 죽어 없어졌기를 굳게 바랐고, 그 음모는 곧 아내와 나의 가슴 깊이 쟁여둔 묵시의 합의사항이 되었었다. 기억세포에서 녀석을 지워버리기 위해 우리는 녀석의 얘기를 결코 입 근처에도 떠올리지 않았었다.

"그만 자요." 아내가 뒤척이며 말했다. 아이들은 새우처럼 등을 웅크린 채 잠들어 있었고, 나는 아내의 불면의 신음소리와 아이들의 불안에 떠는 숨소리를 들으며 허물어진 우리들의 둥지와 형편없이 작아빠진 내 날갯죽지에 대해 자책을 퍼부었다.

아버지의 행적은 정말 무책임하고 잘못된 것이었다. 국회의원 선거에서 연거푸 떨어지고 실의의 몇 년을 보내다가 세상을 하직하면서 남긴 것은, 두 사람의 아내와 거기 따른 각각의 아들과 못다 갚은 빚더미뿐이었다. 녀석의 어머니는 녀석을 앞세우고 무시로 쳐들어오곤 했다. 여태껏 피둥피둥 살아 있었었구나, 이년! 남의 서방 꿰차고 생사람 가슴에 총질이나 시키고, 그것도 모자라 재물 빼돌리고 서방까지 잡아먹은 네년을! 오냐, 내 손으로 죽여주마. 남의 대 끊어질까 애초에 누가 책임지라더냐. 여기 어엿한 장손 있다! 저 볼에 흉터가 보여, 안 보여? 세밍에 못 죽을 년!

머리채를 잡아 뜯으며 퍼붓는 완악한 그녀의 악담은 순서도 끝도, 도무지 뜻도 알 수 없는 상소리들이었다. 녀석은 그럴 때면 으레 마당 가의 장독을 때려 부수곤 했다. 어머니는 언제나 당하고

만 있을 뿐만 아니라 녀석에게 덤벼드는 나까지도 용납하지 않았다. 그러면서도 어머니는 혼자서 아버지가 남긴 빚더미에 올라앉아 있었고, 스스로 악에 받친 녀석의 어미가 죽었을 때 녀석을 거둬들여 갖은 정성을 다 쏟았다.

녀석은 단 한 번도 나를 형이라 부르지 않았고 철저히 나를 백안시하려 들었다. 계모의 학대를 온 세상에 증명이라도 하려는 듯 갖은 짓을 다 해대며 어머니의 분노와 역정을 유발하려 했었다. 녀석의 몸속에는 정말 독사같이 차가운 피가 흐르고 있다는 사실을 언젠가 어머니가 읍내에 나가고 없을 때 나는 깨달았다.

"종수야, 우리 토끼사냥 갈까?"

"……"

"종수야."

"…"녀석은 계속 손톱만 물어뜯고 있었다.

"싫어?"

"…"

"너, 형이라고 불러봐 한 번."

"…" 내가 다가서는 만큼 녀석은 돌아앉았다.

"그럼 좋아. 대신 어머니한텐 어머니라고 불러야 돼. 알았어?"

"…" 녀석은 일어나서 성큼성큼 대문 쪽으로 걸어 나가고 있었다.

끝내 손찌검이 시작됐다. 녀석은 바득바득 이를 악물고 대들었다. 변명이나 항변 한마디 없이 오직 독사같이 차가운 눈빛만으로. 하지만 세 살이나 아래인 녀석이 내 힘을 당해낼 재주는 없었다. 녀석은 코피를 흘리며 짚단처럼 계속 나가떨어졌다. 그러면서도 끝내 풀어지지 않는 표독스러운 눈빛. 아무리 두들겨 패도 계속 발딱발딱 오뚝이처럼 일어서는 모진 성깔. 나는 소름이 돋았다. 싸움은 어머니가 당도해서 삐걱거리는 대문 소리가 날 때야 끝이 났다. 그렇게도 두들겨 맞았던 녀석은 바람처럼 뒤꼍으로 돌아가 얼굴을 깨끗이 씻어버리고 유유히 나타났다. 나는 두 손을 들고 말았다. 코피를 씻고 돌아올 때 나를 쏘아보던 또 한 번의 섬뜩한 눈빛, 그 일을 그 후로도 끝내 입 밖에도 꺼내지 않던 녀석의 완벽한 냉혈성…

녀석은 몇 년 후에는 그예 집을 나가버렸고, 녀석의 각다귀 같은 행적은 그때부터 시작되었다. 녀석은 어머니의 울타리를 끝없이 짓부숴왔다. 그 울타리 안에 들어오기 위해서가 아니라, 그 안의 모든 것을 파괴하기 위해서였으리라. 울타리가 아무리 망가져도 어머니는 더 이상 감출 것도 없었고, 내가 가장이 되어 새로운 담장을 쌓기 시작할 때도 녀석의 행위는 계속되었다.

타이르고 얼러도 소용없는 일이었다. "어려운 말씀 집어치슈! 각자 수준대로 생각하면 되니까." 녀석의 주장은 그렇게 완강했다. 그다음에 한 번 더 거절하면, 곧바로 회사로 쳐들어와 폭탄선언을 하고 사무실을 발칵 뒤집어엎어 나를 깨끗이 날려버리곤 했다.

어머니가 병석에 누웠나.

"종수가 돌이키는 걸 봐야 하는데, 봐야 하는데…"

가슴에 못을 박고 살아온 수많은 날에의 회한보다, 병석에 누운 두 달 동안 어머니는 노상 종수만을 되뇌었다.

"어머니 가슴에 못을 박은 게 누군데요. 그 녀석은 제발 잊어버려요."

"..."

말없이 고개를 돌리는 어머니의 꺼진 눈두덩에 눈물이 비쳤다.

"그놈은 틀렸어요. 말도 통하지 않고요. 천성이에요, 그놈은."

"아니다. 그게 아니다. 네게 미안할 뿐이구나."

"적선도 할 만한 데 해야지, 그놈은 강도예요."

"돌이키는 걸 보고 눈을 감아도 감아야지. 불쌍한 것."

그러면서 어머니는 나날이 기력이 떨어져 갔다. 삭정이 같은 손으로 자꾸만 가슴을 쓸며 답답하고 아프다고 했다. 마치 그 속에 풀어져야 할 것이 풀어지지 못하고 차돌마냥 굳어버린 응어리가 박혀있는 것처럼.

마침내 회복의 기미가 멀리 달아나버렸음을 알았는지 어머니는 어느 날 나를 불러 앉혔다.

"종수 말이다." 거의 꺼져가는 기력치고는 의외로 또렷한 눈빛과 목소리였다.

"그 아이가 그리된 건 천성 탓이 아니야 절대로. 사변, 그놈의 사상인가 뭔가 하는 것 때문이야. 아니다. 너희 외삼촌 죄다 그건. 아니, 모든 게 내 죄다 내 죄야."

"경찰이셨잖아요, 외삼촌은. 6.25 때 전사한."

제복을 입은 외삼촌이 우리 집에 들르면, 그의 품에 번쩍 올라안겨 나는 얼마나 자랑스러웠던가.

외삼촌! 이거 권총이지. 어떨 때 쏘는 거야?

허허, 원 녀석. 이건 말이다. 빨갱이들을 잡는 데 쓰지.

그래서 많이 잡았어?

그럼! 너 이 녀석 아직도 이 외삼촌이 얼마나 훌륭한 경찰관인 줄 모르는 바보로구나. 하하하하…

"그래. 그 외삼촌이 말이다. 결국은 숨어있는 빨갱이를 잡으러 종수네 집에까지 갔잖냐. 종수가 돌이키는 걸 보고, 그래서 그 일은 내 대代에서 마감을 해야 되는 일인데, 네게만은 그 무거운 짐을 떠넘기지 않으려고 말하지 않았는데."

푸념을 늘어놓으며 어머니는 또다시 가슴을 쓸어내렸다.

"군화발로 온 집안을 저벅저벅 뒤지고 다닐 때, 그때 세 살이었던 종수가 얼마나 놀랐겠니. 끝내 다락에서 저희 외삼촌을 끌어냈단다. 칼 꽂힌 총부리를 옆구리에 들이대고 제 외삼촌을 잡아가려는데 그 어린 가슴이 얼마나 아팠을꼬. 갑자기 종수가 총을 잡고 늘어지더라는구나. 어린놈의 아귀힘이 얼마나 옹골찼던지 좀처럼 떨어지지 않았단다. 완력으로 밀어붙이다가 그만 그 아이의 볼에 상처를 냈다는구나. 대검에 찔린 게야. 그 틈에 청년은 도망치려했고, 곧 총소리가 나고 청년이 선혈을 쏟으며 마당 한복판에 픽 꼬꾸라졌잖았냐. 어린것의 가슴에 비수를 꽂은 게야. 그 순간에 그 아이의 머리 속은 충격으로 꽉 차버려서 다른 건 아무것도 비집고 들어갈 틈이 없는 게야."

전세가 불리해지면서 우리는 외삼촌 덕분에 한발 앞서 피란을

떠날 수 있었고, 외삼촌이 잔당들의 보복으로 살해되고 말았음에
도 우리는 무사할 수 있었다.

어머니가 돌아가셨다. 그런데도 종수는 발끝조차 내보이지 않았
다. 녀석이 나타나지 않는 날들이 늘어갈수록 녀석에 대하여 내가
지녔던 최소한의 연민마저도 한 줌씩 계속 허물어지고 꼭 그 만큼
씩의 증오가 다시 채워지곤 했다.

석 달 만에야 나타난 녀석은 소주를 찔끔거리며, 언뜻 희미한 눈
물을 비쳐 보였다. 너도 어쩔 수 없는 인간의 족속이었구나 싶었
다. 덩달아 눈물이 나왔다. 녀석과 소주라도 나누며 어머니의 말을
전하고, 그래서 녀석의 증오와 내 증오를 씻어 보자고 나는 생각했
다. 하지만 녀석이 금세 또 낄낄낄 웃었다. 나는 내 눈을 의심하였
다. 한줄기 눈물이 흘러내린 녀석의 일그러진 얼굴에는 득의의 희
열 같은 것이 물그림자처럼 스쳐 지나가고 있었다. 알 수 없는 일이
었다. 녀석은 곧이어 술병을 비우고는 바람처럼 사라져 버렸다.

여섯 달 후에 다시 나타난 놈은 저번의 조금은 긴가민가했던 내
의구심을 여지없이 짓밟아 놓았다. 놈은 여전히 적은 말수, 그러나
음산한 말투와 사나운 몸짓으로 돈을 요구했다.

"도대체 넌 어디서 뭘 하는 거야?"

"묻지 마슈."

"인제 나이도 있잖아. 서른이 훨씬 넘었어. 어떡하든 자리를 잡아
야지. 언제까지 이럴 참이냐? 네 깊은 상처를 모르는 건 아니다만."

"가부만 얘기하슈!"

이효원 단편 소설집

"…"

"사흘 후에 회사로 가리다."

이 말을 흘려놓고 녀석은 천천히, 그리고 무겁게 발자국을 뚜벅뚜벅 하나씩 떼어놓으며 사라졌다. 그리고 사흘 후에 돈을 챙겨갔다.

여전히 퍼붓는 창밖의 빗소리가 깜깜한 방안으로 흥건하게 밀려들었다. 아내가 자꾸 뒤척였다. 뚝딱뚝딱 거실의 벽시계 소리가 자꾸만 커져가고 있었다. 수 분 뒤면 청각의 한계를 넘어버릴 것처럼.

어머니의 죽음 뒤에 내보였던 녀석의 낄낄거리던 웃음. 눈물로 웃는, 의미를 알 수 없는 그런 웃음을 그 뒤 꼭 한 번 다시 목도한 것은 처음 마련한 판잣집이 수해를 당했을 때였다. 물이 빠진 다음, 벽이 무너지고 방구들이 내려앉아 폐가처럼 되어버린 집을 바라보며 한숨을 쉬고 있을 때 녀석은 불쑥 나타났다. 처음으로 소주 한 병을 사 와 말없이 내게 한 잔을 따랐다. 그리고 나머지는 병나발을 불었다. 고개를 젖히고 병나발을 부는 녀석의 감은 눈가로 찔끔 눈물이 비어져 나오고 있었다. 목울대가 동작을 멈추자 녀석은 빈 병을 입에서 떼 내 쓰레기 더미에 사납게 내던지며 갑자기 낄낄낄 웃기 시작했다. 그러면서 사라져버렸다.

놈의 웃음. 눈물 섞인 웃음. 그건 절정의 희열일지도 모른다. 방화放火한 광인狂人의 불길을 보는 쾌감이 그럴까. 뿔처럼 돋아난 파괴 본능의 충족에서 오는 감격일까.

불안하다. 3년 만에 나타난 녀석이 불안하다. 하는 일을 짐작조차 할 수 없듯이, 그런 행색으로 그 시각에 현관의 수위를 따돌리고 나타날 수 있었다는 것도 불가사의였다. 비상계단을 타고 왔을까. 1층 복도를 뛰어넘었을까. 그렇다면 놈은 남의 담을 넘어 안방까지 드나드는 상습절도나 강도란 말인가.

3년 동안 우리는 녀석에게 뜯겨나갈 몫을 손해보험 납입금처럼 여기며 살아왔다. 그걸 적립하기 위해 사는 것처럼, 미리미리 평생분의 납입금을 적립해놓고 해방되고 싶기라도 한 것같이 말이다.

그러나 녀석은 오지 않았다. 불안과 의아스러움이 무뎌지도록 계속 나타나지 않자 〈마침내 녀석은 이 세상에서 사라져버렸다〉라고 우리는 은밀히 전제했다. 그리고 나와 아내는 약속이나 한 듯이 그 적립금으로 집을 사버렸다. 두 달 전에 산 이 아파트.

채 어둠의 꺼풀을 벗지 못한 유리창엔 아직도 빗소리가 배어 있었다. 머리가 무거웠다. 아내와 아이들은 밤새껏 칠흑 같은 어둠의 가시밭길을 쫓겨 다니다 지쳤는지 웅크린 자세로 아직 깨어나지 못하고 있었다.

녀석의 굳게 닫힌 방문 앞을 지나 화장실로 갔다. 칫솔을 입에 물었다. 헛구역질이 났다. 비둘기처럼 머리 맞대고 지낼 둥지를 40년 동안 꿈꿔오다 찌들어버린 초췌한 사내가 거울 속에 있었다. 그가 유심히 나를 쳐다본다. 세월의 더께처럼 이마에 주름살이 그어져 있고 턱에는 까칠하게 수염마저 돋아 있었다. 고뇌의 싹인가. 가긍한 존재였다.

캐터필러만큼이나 무자비한 그놈과 나 사이에 낀 억센 살煞을 풀어버리는 방법은 없을까. 지금껏 아물지 않는 녀석의 깊은 상처를 내가 도대체 어떻게 치유해줄 수 있단 말인가. 스스로 상처를 달랠 수 있게 도와주는 방법은 없을까.

그때 인터폰 소리가 내 어깨를 쳤다. 환하면서도 이물감이 있는 치약 거품을 입에 문 채 인터폰을 받았다.

"혹시 말이지요, 머리 빡빡 깎은 남자, 잠바 입은 마흔 안쪽인데요, 아, 볼에 흉터가 있죠. 1층부터 확인해오는 길입니다만, 혹시, 아시는가 해서요."

수위는 급한 듯 다소 더듬거렸다.

"무슨 일이요, 대체?"

"아, 아시는군요! 내려오셔서서 확인 좀 해보시겠습니까?"

훌렁훌렁 입을 헹궈 뱉고는 복도로 나섰다. 녀석의 무한궤도가 바로 여기서, 기어코 그동안의 유예 분을 톡톡히 벌충하는구나 싶자 다리가 휘청거렸다.

승강기의 문이 닫히면서 나는 아뜩한 어지럼 속으로 빠져들었다. 굳게 닫힌 방문 앞에서 보기 좋게 기만당한 배신감은 현기증에다가 메스꺼움까지 내게 덤으로 얹어주었다.

수위는 우산을 펴들고 설명도 없이 나를 건물의 반대편 쪽으로 데리고 갔다. 다소 약해지긴 했지만, 빗줄기는 여전히 흩뿌리고 있었다. 화단 가에 수십 명의 사람들이 둘러서 있었다. 수위가 그들을 헤치며 길을 터주었다.

빗물을 지고 무겁게 서 있는 향나무와 꺾어진 새빨간 장미. 그 사이로 누군가가 잔디 위에 덮여있는 두꺼운 천을 들쳤다. 녀석이 거기 누워있었다. 간밤의 비에 피가 말끔히 씻겨나간 듯 으깨진 얼굴이 백지장같이 새하얬다. 제복의 순경이 천을 다시 덮었다.

너덧 걸음 앞쪽으로 1층의 발코니와 창문이 비에 젖어 있었다. 나는 천천히 고개를 젖혔다. 발코니, 발코니, 발코니… 열 번째에 우리 집 발코니가 보였다. 빗줄기가 내 얼굴을 차갑게 때렸다. 빗물이 얼굴을 타고 흘러내렸지만 나는 닦지 않았다. 얼굴을 내렸다. 빗줄기는 거세지는 않았지만, 여전히 꺾어진 장미꽃을 때리고 있었다. 꽃송이는 끊임없이 몸을 떨었다. 겹겹의 우산들 사이로 수많은 눈동자가 나를 응시하고 있었다.

사람들을 헤치고 빠져나오자 한 사내가 나를 뒤따랐다.

"어떤 사이요?"

사내는 신분증을 내 눈앞으로 얼른 내보이다 집어넣으며 말했다.

"동생…"

"어떻게 된 겁니까?"

승강기에 따라 오르며 그가 다그쳤다.

"내가 묻고 싶은 말이오."

집에 들어서자 큰방 문이 빼꼼 열렸다. 그 틈으로 여섯 개의 눈동자가 한꺼번에 쏟아져 나왔다.

"아빠, 어디 갔다 오셨어요?"

깨어난 식구들이 내가 없자 그새 잔뜩 겁을 먹고 오금이 붙어 있었던 모양이다.

"일어들났구나."

건성으로 대답하며 내가 녀석이 있던 방으로 들어가자 그는 내 발뒤꿈치를 밟듯이 뒤따라 들어왔다. 큰방 식구들 때문에 문을 닫았다.

"김종수가 있던 방이오?"

그가 김종수라 했다. 어떻게? 그러나 묻기가 번거로웠다.

"그렇소. 하룻밤."

내가 책상 밑의 종이 뭉치를 발견한 순간, 그가 재빨리 그걸 집어냈다. 종이를 펴자 돈이 나왔다. 그가 돈을 셌다. 그리고 읽고 난 종이쪽을 내게 건넸다.

패배—

내 자신을 나도 모르겠소.

장례비용 10만 원.

화장할 것. 시답잖은 절차는 사양함.

녀석의 글씨가 그 흉측했던 손처럼 거칠었다.

"알 수 없는 놈이군."

밝혀내란 듯이 그가 날 쏘아보며 중얼거렸다.

"종수를 알고 있습니까?"

"놈이 찌른 사람이 죽지 않았단 말요. 그래서, 들어보고 단박에 그놈인 줄 알았소. 내 손에 세 번이나 잡힌 놈이니까 말이오. 그런데 이번엔 잡기 전에 이렇게 돼버렸소."

"그런데 알 수 없다는 건?"

"이거 보쇼. 늘 강도질을 하면서도 어떨 땐 거리의 애들을 도와주고 다닌단 말요. 결국 놈의 도둑질은 우발적이고 습관적인 거였소. 죽을 놈이 강도질을 하진 않을 거 아뇨?"

"…"

"그러니까 자살 동기는 그 이후에 생긴 거라 이 말이오. 패배란 무슨 뜻이오?"

"패배, 패배라…"

패배란 말을 뒤따라 길게 한숨이 흘러나왔다. 자식! 네놈의 파괴력은 어느덧 내 끈질긴 삶의 바퀴를 움직이는 추진력이 돼 있었다구. 나약한 녀석! 요만큼 일어난 걸 보고 벌써 패배라니. 넌 그 아물지 않는 상처를 쥐어뜯으며 이 세상의 누구도 책임지지 않는 증오를 나한테라도 계속 퍼부어야 했어!

노크 소리가 났다.

"아빠!"

그에게 눈짓으로 양해를 구하고 밖으로 나왔다. 세 식구가 긴장된 모습으로 모여 서 있었다.

"아빠, 저 아저씨 누구야? 어델 갔다오구?"

"응. 아빠 친구야. 삼촌 보내고 오는 길에 만났지."

"갔어요, 정말?"

세 식구가 동시에 뜻밖의 표정을 지었다.

"어머, 내 정신 좀 봐! 차부터 내올까요?"

"아빠, 호우가 나서 야단났대. 사람도 많이 죽고."

"짜식아! 호우가 난 게 뭐냐? 호우 때문에 사태가 나고 침수가 된 거지."

어느새 비는 그쳐 있었다.

나는 전혀 뜻밖의, 한 번도 체험해 본 일 없는 우주유영을 하는 듯한 이상한 무중력상태에 빠져들어 갔다. 감당하기 어려운 일이었다.

잿빛 웃음

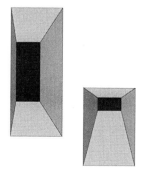

섬

어디로 갈까. 천천히 커피를 마시면서 그는 잠깐 생각했다.

그러나 그 잠깐이 지난 후에도 그에게 있어서 확실한 것이라고는 커피 맛이 유난히 그윽하다는 사실, 단지 그 한 가지밖에 없었다. 유리창이 덜컹거렸다. 등 뒤에서는 여전히 중년 사내들의 침울하게 두런거리는 목소리가 들려왔고, 창 너머로는 어판장의 허술한 양철지붕 한 자락이 날카로운 비명을 지르며 계속 펄럭이고 있는 게 보였다. 하늘은 여전히 잿빛이었다. 파도가 허옇게 거푸 밀려오고 고삐 묶인 어선들이 옆구리를 비비적거렸다. 여객선도 한 척 있었다. 여객선이라기에는 너무 초라하고 낡은 모습으로 고동 소리를 잊고 있는 목선이었다.

"내일은 뜨겠지." 그의 등 뒤에서 일행 중의 어느 한 사내가 이윽고 결론처럼 말하고 있었다. "그동안 목소리가 잠겨버리지나 않았나, 고동을 뿌우 뿌우우 연거푸 울리면서 말일세. 기다리자구. 내일 아니면 모레 글피라도 난 꼭 가봐야겠네."

어제도 그런 패들이 있었다. 그들은 되돌아가고 말았을까? 아니, 이 부둣가 어디쯤에서 지금도 뱃고동이 울리기를 기다리고 있는지도 모른다. 여태껏 한 번 들어본 적도 없는 이름 없는 그 섬. 그들

이효원 단편 소설집

이 그토록 가보고 싶어 하는, 본능처럼 간절한 의지가 자신의 가슴속에서도 어느덧 싹트고 있는지를 그는 좀 더 확실히 가늠할 수 있었으면 싶었다.

어디로 갈까. 찻집을 나서는 그에게 버릇이란 놈이 또 실없이 중얼거렸다. 찻집의 이 층 목조계단은 발을 내려디딜 때마다 삐걱거렸다. 그 보급소의 계단이 꼭 이랬었다. 그 소리는 가슴을 후벼 파는 갈등의 소리였다. 마지막으로 보급소를 내려올 때 낡은 나무계단의 유난히도 삐걱거리던 마찰음. 그는 삐져나오는 쓴웃음을 깨물었다.

부두로 나오자 그는 천천히 걷기 시작했다. 낯선 이곳에 무작정 그의 발길이 닿았던 그제 저녁보다 또 어제보다도 바람은 더 세차게 불어서 팔월인데도 여름은 흔적조차 없었다. 물보라가 하얗게 흩날렸다. 파도 저쪽 잿빛 하늘과 맞닿은 검푸른 바다 너머, 섬은 어디쯤 있을까. 고삐 묶인 배들이 몸부림을 치고 있었다. 어판장 뒤쪽으로 녹슨 함석지붕의 제빙공장이 보였다. 그리고 허술하게 늘어선 선술집들. 간판과 문짝들이 연이어 들썩이고, 모든 술집들은 문을 꽁꽁 걸어 닫고 움츠리고 있었다. 그 속 어디에선가는 어부들이 낮술을 마시고 있을 것이다. 시꺼먼 팔뚝과 구레나룻이 근질근질해서 작부를 끼고 몸부림을 칠지도 모른다.

부두 끝 쪽에서 두 사람이 걸어오고 있었다. 흐린 시계 속에서도 조금은 뚱뚱해 보이는 남자와 체구가 작은 여자였다. 여자의 머리채가 말갈기처럼 흩날리고 있었다. 목덜미까지나 내려올까 말까 한 길이였지만 아주 싱싱해 보였다.

섬

그에게도 한때 여자는 있었다. 지금 남자의 겨드랑이에 어깨를 집어넣고 걸어오는 저 여자처럼 몸집이 참새만큼 작은, 그러나 눈이 맑은 여자였었다. 학교만 그만두지 않았어도 그는 그녀를 겨드랑이에 끼고 그녀는 아이들을 낳아 또 그녀의 작은 날개 밑에 품고 그렇게 살아왔을 것이다. 그 아이의 섬뜩한 눈빛을 그는 지금도 잊을 수가 없다. 청소 당번을 번번이 돈으로 사서 대신 시키고도 담임인 그의 분노 앞에서 그 아이는 그를 형편없이 경멸하고 있었다. 쟤는 내 도움이 필요하다구요. 그렇다고 공짜로 돈을 줄 순 없잖아요! 그 말끝에 녀석은 픽 쓰러졌고 그는 국민학교 오학년, 그것도 육성회장 아들의 고막을 터뜨린 형편없는 폭력 교사가 되어 참패를 당했다. 나무 한 그루, 운동장 한 뼘, 어디 한 군데도 자신의 체취가 묻어있지 않는 데가 없는 교정을 걸어 나오자마자 그는 곧바로 노동판에 뛰어들었다. 그런 애들에게조차 매질 한 번 하지 못할 힘이라면 서둘러 걷어내 짓뭉개버려야 할 일이었다. 물론 그녀에게서도 그는 멀리 잠적해 버렸다. 노동판을 따라 곳곳을 흘러 다닐 때도 여자들은 있었다. 때로는 뿌리째 뽑혀서 때로는 바람에 날리고 물에 떠내려가서도 아무 데서나 잎을 피워 올리고 질기게 살아가는 잡초 같은 인생들이었다. 지금 이 시각 그들은 어디서 어떤 표정으로 살아 있을까.

　남녀가 점점 가까워지고 있었다. 그러자 그는 이상한 실망을 느꼈다. 끊임없는 남자의 지껄임에 대꾸하면서 그녀가 큰 눈으로 자신을 잠간 바라보았을 때, 아까보다는 훨씬 더 뚱뚱한 사십 대 중

반의 사내에게서는 탐욕을, 그리고 이십 대 여자의 눈에서는 짙은 우수를 읽을 수 있었기 때문이다.

바람에 실려 오는 끈끈한 소금기가 목덜미를 핥았다. 부둣가에 성큼 나앉아 있는 낡은 매표소 건물이 바람과 물보라를 맞으며 등을 잔뜩 웅크리고 있었다. 그가 다가갔을 때 얼룩진 유리창 안은 텅 비어 있었다. 막혀 있는 매표창구 위로 팻말이 걸려 있었다. 〈풍랑으로 출항 못 함〉

그런데 바로 그때, 그의 눈앞으로 사람의 머리가 올라왔다. 창바로 안쪽 대합실 장의자에 누워있던 사내가 몸을 일으킨 것이었다. 사내가 이쪽으로 천천히 얼굴을 돌렸다. 주름투성이의 찌든 얼굴이었다. 무표정했지만 무엇을 청하고 있음이 역력했으므로 그는 안으로 들어갔다.

"담배 있소? 초면에 실례지만."

사내 옆에는 비닐이 군데군데 벗겨져 나간 작은 백 하나가 덩그러니 놓여 있고, 사내는 그 백처럼 남루하고 지쳐 보이긴 했지만, 그러나 한때는 힘깨나 썼을 듯도 한 체격이었다. 그가 담배를 꺼내 권하자 사내는 그대로 입에 물고 또 기다리다가 마침내 성냥불까지 붙여주자 길게 한 모금을 빨아들였다. "고맙소."

대답 대신 그도 담배를 붙여 물었다.

"선생도 저 배를 타러 왔소?"

"글쎄요…. 한데 노형께선 초행길이 아닌가 보죠?"

"글쎄, 초행이라면 초행이구…."

섬

"날씨가 쉬 갤 것 같지 않습니다그려."

"그래도 기다릴 거요."

섬에 가는 것이 숙명이기나 한 것처럼 주저 없이 중얼거리는 이 사내가 그는 이제 더 이상 초라하게 보이지만은 않았다. 되레 사내의 다음 말을 기다리는 마음이 되어 의자에 걸터앉았다.

"그래, 선생은 어떻게 예까지 왔소?"

"그냥…, 흘러왔을 뿐이지요. 아무 차나 타고 아무 데나 내리고 또 아무 차나 타고…, 그렇게 기웃거리면서 말입니다."

"그런데, 여기서 지칫거리고 있는 건 아마 저 섬에 대한 갈망 때문일 거요."

"… 초행이라면서, 섬을 알고 계십니까?"

"그렇소. 섬은 말이오, … 아니 그보다는 순서를 좀 바꾸는 게 어떻겠소? 시간은 충분하니까 말이오. 나는 선생의 모습에서 선생이 인간에 대한 깊은 실망과 혐오, 그리고 또한 그만큼의 그리움을 함께 지니고 있음을 느꼈소. 이건 뭐 단순한 내 추측으로 치부해도 좋소. 어디 그 얘기부터…."

그는 이 찌든 사내의 말이 당돌하기는커녕 오히려 친근감이 들 정도였다.

"전 지금 노형이 그리고 있는 노형의 자화상을 보고 있는 듯한 느낌인데요?"

"아무려면 어떻소?"

그럼 어디 노형 얘기부터 들어볼까요? 라고 그는 말하려다가 말았다. 무슨 얘기든 듣고 싶어 하는 사내의 기대를 실망시키고 싶지는 않아서였다. 아니, 그보다는 그 도시를 떠나온 이후로 누구와도 긴 얘기를 나눠본 일이 없었기 때문인지도 몰랐다.

"지난겨울은 정말 길었지요. 겨우내 공사장 일거리가 끊어져 있던 터에 해동은 왜 또 그렇게 어려운지 연일 눈과 진눈깨비가 번갈아 흩뿌렸습니다. 골방에서 뒹굴며 내가 할 수 있는 유일한 일이란, 광고란 토씨 하나 빼놓지 않고 신문을 뒤적거리는 것뿐이었지요. 그러던 어느 날입니다. 이윽고 한 장의 광고를 오려 들고 집을 나섰습니다. 그런데 말입니다. 바로 이웃에 있는 그 우유 보급소의 낡은 계단을 오르내리면서도, 총무라는 청년이 이리저리 뜯어보고 캐묻고 나서 그럼 한번 해보겠소? 라고 말할 때까지도, 어쩐지 믿기지가 않데요. 혼자로는 풍족할 만한 보수까지 보장한다는 그런 꿈같은 일자리가 나한테까지 선뜻 돌아오다니 말입니다. 그런데 총무가 보증금 얘기를 꺼내면서, 한 달 수금을 몽땅 거둬 줄행랑을 쳐버릴 수도 있으니까요. 안 그렇소? 하고 말했을 때야 비로소 나는 일거리를 잡았다는 실감이 나더군요. 그래서 꼬깃꼬깃한 내 저금의 반을 기꺼이 털어 넣고 우유배달부가 됐던 겁니다."

"성과가 좋았겠구만."

"성과요? 첫날에 우리 여섯 명, 그리고 다음, 다음날도 내일 새 직원이 들어올 때마다 왜소하고 쇠처럼 단단하게 생긴 사장은 실적, 또 실적을 외쳐댔습니다. 그런데 30여 명이 되던 다음날 사장과 총무가 사라져버렸습니다!"

"저, 저놈들을! 그래 그 쳐죽일 놈들을 찾긴 찾았소?"

"조를 짜서 무작정 찾아 헤맸지만, 겨우 일 주 만에 우린 놈들이 깔아놓은 각본대로 당연히 지쳐버리고 말았지요. 낡은 사무실마저 싸구려 월세였으니…"

"오, 그러니까 그 길로 도시를 떠나버렸군. 그럼 지금도 찾고 있는 중이오?"

"아닙니다. 동료 중 한 사람의 제안이 우릴 다시 일으켜 세웠습니다. 경찰에 고소장을 내고 한편으로는 신문에다 현상금을 걸고 심인 광고를 내자는, 귀가 번쩍 뜨이는 제안이었지요. 몽타주까지 작성해서 말입니다. 우린 비용을 갹출하고 나서 오랜만에 술판까지 벌였지요. 그런데 돈을 거둬갔던 녀석이 또 우리를 배신해버렸습니다!"

사내는 이번에는 참담한 표정으로 대꾸 한마디 하지 않았다. 그러다가 그가 다시 권한 담배를 피워 물고는 창밖으로 먼 시선을 보냈다.

"그 섬엔 말이오, 남아도는 초원이 있고 고기도 마음대로 잡을 수가 있소. 바다는 남빛으로 유리알처럼 맑고 오늘 같은 날에도 거긴 바람이 훈풍처럼 순하기만 하지. 한쪽으로 병풍 같은 바위벽이 막아주고 있기 때문이거든."

"밥벌이를 하러 하나 둘 떠나가고…, 그러나 나는 날마다 보급소에 나갔습니다. 이윽고 남은 건 두 사람뿐…"

그는 먼지 낀 이 층 창가에 앉아 어디로 갈 것인가를 막연하게 생각하고 있었다. 남은 또 한 청년도 내내 말이 없다가 오후가 돼서야 입을 열었다. "무슨 생각을 하셨습니까, 형씨는?"

"글쎄요."

"갈 데가 없습니까, 형씨도?"

"그럼 당신도? 그래 어쩔 작정이오?"

"막막하군요. …" 술집으로 가서 거푸 술잔을 비우면서 청년의 어깨는 힘없이 처져 보였고 그는 청년의 몫까지 울적해졌다. 눈가까지 불그레해진 다음에야 청년은 고개를 들더니 정말 용기 있는 제안을 내놓았다.

"놈들의 뱁새 같은 소갈머리를 보기 좋게 비웃어보는 겁니다!"

청년의 계획은 빈틈이 없었고, 사장이 했던 대로 일을 시작하더라도 종업원의 생계는 물론 의욕만 있다면 사업도 얼마든지 확장시킬 수가 있었다. 잠자리마저 없다는 청년을 그는 월세 골방으로 데리고 와서 한 식구가 됐고, 청년은 신문 광고니 뭐니 일을 도맡아서 하면서도 꾸역꾸역 그를 사장 자리에 앉혔다. "저야 그저 형님을 도와서 일이 잘되기만 바랄 뿐입니다. 나머지는 형님 처분대로 하십시오." 그는 그때껏 그처럼 사람의 훈훈한 온기를 느껴본 적이 없었다. 일도 순조로웠다. 면접을 마친 사람은 사십 명이었고, 그들은 이틀 후 정해준 시간에 보증금을 접수하고 사장실로 들여보내졌다. 사십 명을 앞에 세워놓고 그가 의욕적인 훈시를 막 끝냈을 때 일을 끝내고 들어온 청년이 신문지에 싼 돈뭉치를 책상 위에 올려놓았다. "신입사원들의 보증금입니다." 그러고 나서 "신입사원 여러분은 나가서 대기하십시오."라고 말했다. 그들이 빠져나가자 청년은 귓속말로 재빨리 속삭였다. "저 사람들 보내고 큰길

섬

택시 정류장에서 기다릴게요. 약국 앞에 말요. 삼십 분 후에 나와요." 곧이어 청년이 그들을 데리고 계단을 내려가는 소리가 한참 동안이나 쿵쿵 울렸고, 그는 도무지 영문을 알 수가 없었다. 그는 뜻 모를 택시 정류장을 수없이 되뇌면서 창밖을 내다보았다. 가방을 어깨에 멘 청년이 신입사원들과 뭔가를 열심히 얘기하며 골목길을 내려가는 게 보였으나 곧 휘어진 골목길로 사라져버렸다. 곧 그도 사무실을 나섰다. 끈으로 단단하게 묶인 돈뭉치는 묵직했고 계단을 내려디딜 때마다 삐걱거리는 마찰음은 가슴을 후벼팠다.

"…, 그길로 나는 내 골방에 둘러멜 가방 하나까지 챙겨 들고 택시 정류장으로 나갔습니다."

사내의 표정에는 언뜻 실망의 빛이 스치는 듯도 했으나 그것은 그의 착각일 수도 있었다. 바람 소리가 창을 흔들었고 사내는 말이 없었다.

"그런데 청년은 나타나지 않았습니다. 약속 시간이 지나면서 하나둘 나는 빈 차를 세기 시작했지요. 그러다가 서른 번째 택시를 지나 보내지 못하고 그예 타고 만 것입니다. 이어서 고속버스를 탈 때는 오히려 서둘렀다고나 할까요? 아무튼 차는 남쪽으로 달리고 있었습니다. 승객들이 자리에 익숙해졌을 때쯤 나는 그 뭉치를 조심스레 풀어보았습니다."

"잠깐! 내가 얘기할까? 또 배신을 당했군! 그길로 내처 흘러 다녔고."

"네?"

"아무튼! 한데 그건 대체 뭐였소?"

"신문지 뭉치였죠. 정확한 무게로 위장된…. 그런데 도대체 어떻게 단정을 하셨습니까?"

"그게 만약 사십 명의 돈이었다면 선생은 곧 되돌아가고 말았을 테니까."

과연 그랬을까? 얘기의 종반에 가까워져 올 때부터, 그는 사무실 계단을 내려와서 배신을 확인할 때까지의 갈등을 처음 만난 이 사내에게 내보이는 것 같아 꺼림칙하면서도 그동안의 외로움 때문에 내쳐 말해버렸던 것인데, 사내의 그 말을 듣고 보니 마음이 한편 푸근해지면서도 자신이 과연 그랬을지는 여전히 의문인 채로 남아 있었다. 그러나 아무래도 좋았다. 잠깐의 침묵을 위해 그는 또다시 담배를 꺼냈다.

"내가 꼭 그 섬에 가야 하는 건 종소리 때문이오."

"종소리라니요?"

"도회지 생활이 피곤해지기 시작하면서부터 나는 귀향만을 위해 돈을 모았소. 북녘땅의 작은 섬, 갈 수 없는 고향을 그리면서 말이오. 어쩌면 그 처절한 망향을 달래기 위해서, 아니 그때그때 마취시켜 버리기 위해서였는지도 몰라. 돈을 꽤 모았었지. 그런데 말이오. 몽땅 사기를 당해버렸소!"

"저런! 그래 그놈을 찾았나요?"

"말도 마오. 꼬박 네 해를 헤맸소. 다른 아무 일도 하지 않고 말이오. 그러니 뭐가 남았겠소? 모든 게 거덜 나고 난 영원한 빈털터리가 돼버렸지. 그런데 바로 그때쯤 이윽고 놈을 찾았소."

섬

"거참 대단한 집념이었습니다."

"당신 같으면 어쨌겠소?"

"그래, 돈은 찾았습니까?"

"놈은 나만큼 비참한 꼴이 돼 있었소! 털어도 동전 한 푼 떨어질 것이 없었단 말이오. 더 큰손한테 걸려들었던 모양이었소. 기가 막혔소! 그런데 그때 갑자기 내 귀에는 이상한 종소리가 들리기 시작했소…."

"…?"

"들어봐요, 저 종소리! 그날 밤에 말이오. 나는 갔다 온 것보다 더 확실한 꿈을 꾸었소. 이 나이 먹도록 그처럼 확연한 꿈은 꾸어 본 일이 없거든. 들리지 않소?"

사내는 창 쪽을 향해 손을 귓바퀴에다 갖다 대고 눈을 지그시 감았다.

"글쎄요. 파도 소리밖에는…"

"잘 들어봐요. 예까지도 들린다니까. 영원히 쉬지 않고, 지친 가슴들을 평화롭게 가라앉히는 저 종소리 말이오. 이 나이 되도록 하나도 이뤄놓은 것 없는 나를 그래도 품에 안아주겠다는 섬과 종소리였소."

그러나 그에게는 여전히 파도와 바람 소리뿐이었다. 너무나도 늙고 지친 이 사내는 아마도 꿈을 꾸고 있는지도 모를 일이었다.

"노형은 숙소가 어디십니까?"

"난 여기가 좋소이다. 저 종소리를 놓치기 싫거든. 잠결에도 말이오."

"자, 그럼 오늘은 이만…"

그는 문 쪽으로 가다가 되돌아와 담뱃갑과 성냥을 사내 옆에다 꺼내놓고는 다시 걸어 나가 문을 열었다. 등 뒤에서 사내의 목소리가 들려왔다.

"고맙소. 섬에 가기로 작정했다면 거참 좋은 생각이오! 그 섬에 가서 말이오," 사내의 말이 닫히는 문소리와 함께 딸각 끊어졌다.

목선 위에는 날개를 접고 목소리마저 접은 갈매기들이 앉아 있었다. 물보라가 그의 얼굴을 때렸다.

부두를 천천히 가로질러 그가 여관 골목 가까이 왔을 때, 성긴 빗발이 흩뿌리기 시작했다. 그는 골목 입구에서 소주와 오징어를 사 들었다. 늙은 사내와 섬을 생각하면서 혼자 술잔을 기울여보고 싶었다.

그런데, 여관 대문을 막 들어섰을 때 그는 뜻밖에도 아까 부두에서 머리칼이 말갈기처럼 흩날리던 그 여자의 커다란 눈과 마주쳤다. 문설주에 기대앉아 신문을 펴든 채 여자가 목례를 겸해 고개를 까딱해 보였다.

"뜻밖이오, 여기시 민나게 되다니."

"혼자서 여행을 하세요?"

그는 쓴웃음을 깨물며, 그쪽은 왜 혼자죠? 라고 물으려다가 말았다. 뚱뚱한 사내가 마침 술병 든 봉지를 안고 들어왔기 때문이었다.

"아까 부두에 나왔던 양반이군." 그렇게 운을 떼자마자 뚱뚱한 사내는 두툼한 손으로 느닷없이 그의 손을 잡아 흔들었다. "형씨도 한 잔 생각나셨구먼. 까짓거 합석합시다, 우리. 어떠우? 자, 들어가요."

수선스럽기는 하지만 꽤나 스스럽잖게 구는 이 사내가 그는 짐작과는 좀 다르다는 생각이 들었다.

곧 술판이 벌어졌다. 그들은 그보다 하루 먼저 이 여관에 도착해 있었고, 그가 이 여관에 든 걸 그 사내는 이미 알고 있었다고 했다.

"형씨도 섬에 가우?"

술잔을 건네며 사내가 물었다.

"두 분도 그럼……. 여행지라면 다른 데도 많을 텐데."

"그 섬은 말이우, 우선 풍광이 일품이고 인심 좋고 공기 맑고, 어쨌든 그보다 훨씬 중요한 건 말이우, 초조하고 짓눌린 도시인의 가슴을 아주 깨끗하게 다시 충전시켜 준다는 점이오. 이만하면 며칠씩이고 기다릴 만하잖수?"

"부럽군요, 두 분이. 실례지만, 애인 사이신가요?"

무겁게 가라앉는 외로움을 그는 술 몇 잔에 기대어 실없는 말로 얼버무리고 있었다. 남자는 후들 웃으며 여자를 쳐다보았고, 여자는 사내를 한 번 마주 보았다가 다시 그를 쳐다보았다.

"잘 봤소." 곧이어 사내는 여자의 어깨를 껴안고 킬킬 웃으면서 말했다. "썩 어울립니까? 형씨는 어째 혼자서 여행을 하우?"

"내게도 전에는 여자가 있었지요."

당신의 여자 같은…. 말꼬리를 삼키며 그는 여자를 쳐다보았다. 그러면서 술을 마셨다. 바람 소리에 묻혀 비는 내리고 있는지 어떤

지 알 수가 없었다. 낯선 곳 낯선 방안은 안개처럼 눅눅하게 젖어 들고 있었다. 밤늦게야 그는 그 방에서 건너왔다.

이튿날 그는 늦잠을 잤다. 어렴풋이 눈을 뜨자 세찬 빗줄기가 함석지붕을 시끄럽게 두드리고 있었다.

그러나 그는 아직도 짙푸른 하늘과 유리알 같은 바다와 나무와 풀들이 제멋대로 자라난 초원 속에 있었다. 주름투성이의 사내가 앞장서는 대로 그는 키 작은 여자의 어깨에 팔을 두르고 나란히 언덕을 올라갔었다. 거기서 그들은 이름 모를 풀꽃 속에 누워 파도소리에 묻혀 오는 종소리를 듣고 있었다. 그런데 이상한 것은, 그 영상 속에서 깨끗이 지워지고 없는 뚱뚱한 사내의 존재였다. 과거의 미세한 어느 한 부분 속에서도 만나기는커녕 지나쳐본 일마저 없었으므로, 그들은 그 사내를 상상조차도 하지 못하고 있었다.

그는 자리에서 벌떡 일어났다. 몸이 새털처럼 가벼웠다. 이상한 아침이었다. 우선 안내했던 늙은 사내부터 찾아가 볼까 생각하며 그는 옷을 챙겨 입었다.

그러나 앞을 가로막아 선 것은 뚱뚱한 사내였다.

"형씨, 나 부탁 하나 합시다."

어리둥절한 그의 손을 잡고 사내는 방 안으로 들어와 앉았다. 그리고는 내 간이나 미꺼 있는 자기들의 방을 의식이나 한 듯이 목소리를 한층 낮췄다.

"볼일이 좀 있어서 그러우. 무례한 걸 모르는 바는 아니지만 그래도 형씨한텐 왠지 부탁을 좀 드려도 될 것 같은 생각이 드우. 저 여자 좀 봐줘요!"

"뭐라고 하셨습니까, 방금?"

"여잘 잘 좀 감시해 달라고 했수."

"점점 모를 소리만 하시는군요. 아무나 집어 가기라도 하는 물건
이랍디까?"

"제 발로 걸어 나갈까 봐 그러지."

"그럼, 달고 다니잖구요."

"친척 집엘 가봐얄 텐데 어떻게 버젓이 달고 가우? 제기랄! 날씨
탓에 돈이 떨어졌지 뭐유."

"그건 알겠습니다만, 예까지 동행하고 또 그처럼 정이 깊어 뵈던
데 아무려면 제 발로 도망이야 하겠습니까? 이해가 안 가는구려."

"그러실 테지. 한데 사실은 말이우, 저 여잔 드문 일이긴 하지만 이
따금 이상증세가 나타날 때가 있어요. 특히 고독할 때가 그렇지요."

"…"

"형씨가 말벗이라도 돼주면 아무 일 없을 거요. 형씨를 아주 좋
게 본 눈치던데. 자, 그럼! 늦어도 저물기 전에 돌아오리다."

사내는 결론이라도 내린 듯 그의 두 손을 쥐어주고는 바쁘게 나
가버렸다. 빗줄기가 무수한 빗금으로 마당에 내리꽂히고 있었다. 이
따금 쪽마루에까지 물방울이 튀어 올랐다. 그는 잠깐 동안 멍하게
서 있다가 밖으로 뛰어나갔다. 뿌옇게 젖은 골목길은 이미 사내의
모습을 지워 버린 후였고 그 위로 비는 계속 빗금을 그었다. 되돌아
선 그에게 주름 많은 사내의 목소리가 되살아나고 있었다. 섬에 가

기로 작정했다면 거참 좋은 생각이오. 그 섬에 가서 말이오, …

그가 되돌아왔을 때, 여자는 방바닥에 엎드려 이따금 천장을 향해 두 다리를 까딱거리면서 신문을 보고 있었다. 여자는 고개 한번 들지 않았다. 그는 잠깐 동안 두 손을 마주 비비다가 자신의 방으로 들어갔다. 그랬다가 다시 대문간에 있는 주인 방으로 갔다. 근열흘 동안이나 보지 않았던 신문이나 뒤적거려 볼 참이었다. 그러나 그는 빈손으로 되돌아올 수밖에 없었다. 그 여자가 빌려 간 신문이 이 집에서는 단 하나뿐인 신문이었기 때문이다. 여자는 이번에는 팔베개를 하고 누워서 다리를 꼰 채 천장을 쳐다보고 있었다.

"신문 다 봤소?"

"들어오세요. 날 지키려면 바짝 옆에서 지켜야죠."

도무지 꿈속처럼 영문을 모를 일이었다. 할 말을 잃은 대신 그는 성큼 방으로 들어섰다. 그녀가 일어나 앉고 그는 신문을 집어 들고 앉았다.

"정말 도망갈 것같이 말하는군."

"뛰어봤자 벼룩인걸."

"난 벼룩도 못 잡는 느림보니까."

"선생님이 아니라 뚱보 말예요."

신문은 첫 장부터 광고란만큼노 재미없는 기사들이었다. 넘겼다. 일기예보. 계속 비바람. 그는 또 넘겼다. 중간 면의 광고란 한쪽 귀퉁이가 찢겨 나가고 없다. 굴리고 굴린 신문은 어떤 손님의 휴지 구실이라도 했는지. 다음 면. 살인사건. 시체로 발견된 오십 대 남자. 재산은 아직 발견된 것이 없음. 전과 오범. 수사는 원한 관계 추적 등의 초동 단계. 혹, 쇠처럼 단단하던 보급소 사장은 아닌가? 그러나 아니다. 다행인가 불행인가.

"이봐요. 내가 어떤 여자로 보여요?"

"외로움을 못 견디는 여자."

"틀린 말은 아니군요. 그럼 뚱보는요?"

"사랑이 넘치는 사람. 보통 사람보다 적어도 두 배 이상은."

그녀는 갑자기 깔깔깔 웃었다.

"잘못 짚었어요! 선생님이야말로 순수한 사랑이 아직도 많이 남아 있는 남자로 보이는데요? 그렇죠?"

"웃기는군!"

"뚱보가 날 뭐라고 하던가요?"

"잠시만 고독해도 도망쳐버릴지 모른다고 하더군."

"지금 막 고독해지려는데요? 쇠주라도 한잔하면 모를까."

술을 사왔다. 마셨다.

그녀의 눈가에 취기가 올랐다. 젖어오는 눈으로 그녀가 말했다. 그녀의 몸은 자기 것이 아니라 카페 주인의 소유라고 했다. 며칠 전, 손님으로 온 뚱보가 주인에게 여행용으로 며칠간 대출해 달래서 딸려왔다는 것이다. 그러나 그녀는 그 뚱보가 뚜쟁이인 것도, 저 섬에다 팔아넘길 속셈인 것도, 팔아넘기고 나서 주인에게 덤을 얹어주기로 밀약이 돼 있는 것도 간파하고 있다고 했다.

"바보로군! 도망쳐버리지 못하고."

"그 뚱보가 어떤 인간이게요. 도망쳐봤자 저승까지도 따라와 뒤져낼걸요? 도망은 포기한 거예요. 기왕 이 생활을 할 바에야 그 섬에서 하고 싶기두 하구요. 그래서 그냥 모른 체 매달려 가는 거예요. 난 거기서 지친 사람들의 가슴을 씻어 보낼 거예요. 선생님도 섬에 갈 거죠?"

"가야겠는걸? 방금 결정했어."

"실망하셨죠? 전 이런 여자예요. 미안해요."

그녀는 눈물을 감추려고 돌아앉았다. 그는 신문을 다시 뒤적거리기 시작했다.

다섯 시가 다 돼서야 뚱보는 후줄근하게 젖어서 돌아왔다. 오자마자 뚱보는 지랄 같은 날씨라고 한참 동안 너스레를 떨고 나서 슬그머니 그의 손을 잡아끌고 그의 방으로 건너왔다.

"형씨. 나 이제야 얘기지만, 육시럴 날씨 때문에 계획에 차질이 생겨버렸소. 경비가 자꾸만 늘어간다 이 말씀이우. 사실 저 애는…"

이어서 뚱보는 불과 몇 시간 전인 아침나절에 했던 거짓말에 대해서는 변명 한마디 하지 않은 채 둘러 엎어 버리고 이제야 사실을 늘어놓고 있었다. 뚱보는 여자의 몸값을 치르고 나서 데려왔다고 했는데, 그건 그가 생각해도 사리가 닿는 얘기였고, 다만 그 부분만은 그녀가 미처 알지 못하고 있음이 확실했다.

"해서, 방금 한 바퀴 돌고 오는 길이우. 그런데 이놈의 동네는 관광지도 아니고 뭣도 아니고, 저 섬보다 값이 형편없단 말요. 어떻소? 저 아이 괜찮우? 형씨는 어차피 섬에 갈 거니까 이쯤에서 넘겨

받으슈. 섬에 가기만 하면 한 장 정도는 틀림없이 남는다니까…"

잠시 후에 그는 계약을 해버렸다. 지금까지의 방값까지 덤으로 얹어서. 돈을 건네주고 나자 방값과 밥값과 뱃삯 정도밖에는 남지 않았다. 그래도 좋았다. 든든한 재산이 하나 생겼으니까. 새벽녘의 꿈이 개꿈이 아닌 줄을 그제야 그는 알 수 있었다.

"그동안 재미도 좀 보셔. 괜찮을 거요. 뭣하면 데리고 살아도 손색은 없지."

뚱보는 그의 손을 잡아 흔들고 나서 다시 여자 방으로 건너갔다.

"나 볼일 보고 올게. 좀 늦을지도 모르겠는걸?" 그렇게 가볍게 말하고는 외출하듯이 휭 나가버렸다. 그리고 이제 고삐는 그의 손에 쥐어져 있었다.

그는 자신의 소유인 여자와 마주 앉아 이른 저녁을 먹고 술을 마셨다. 제법 취하도록 마셨다. 술이 취해 오르자 여자는 자꾸 울었다. 미안해요, 선생님, 정말 미안해. 알 수 없는 소리만 했다. 술버릇치고는 그래도 아주 고약한 편은 아니라고 그는 생각했다. 여자의 자그마한 어깨와 젖은 눈을 바라보며 그는 고삐를 놓아줄까, 하는 생각도 들었다. 고삐만 놓아준다면 어디에 가서라도 잘살 것 같기도 했다. 그러나 또 곰곰 생각해보면, 고삐를 스스로 물어뜯고 야생마처럼 뛰어 도망치는 걸 보고 싶어 하는 심사인지도 모를 일이었다. 그러다가도 어느새 그는 또 고삐를 단단히 움켜쥐고 있기도 했다. 자신의 소유였으니까.

볼일이 있다고 말해두고 그는 혼자 여관을 나왔다. 빗발은 가늘어져 있었지만 바람은 여전했다. 몇 군데 상점과 술집에서 새어 나온 흐릿한 불빛으로 부두는 겨우 윤곽을 드러내고 있었다.

주름투성이 사내는 컴컴한 창가에 앉아 여전히 종소리에 귀를 기울이고 있었다. 그는 사내를 데리고 나와 저녁을 사주면서 여관에 가자고 말해 보았지만 막무가내였다.

"잠시라도 종소리는 놓치기 싫소."

"노형, 섬에 가면 뭘 하시겠습니까?"

"뭘 하냐구? 그냥 난 죽어버려도 좋아. 하지만 곧바로 죽지 않는다면 죽는 날까지 염소를 키우고 싶어."

"염소라고요?"

"그 염소란 놈이 말이지, 좀 고집이 세긴 해두, 보기보단 참 깨끗한 짐승이야. 더럽혀진 건 물론, 비나 이슬에 젖은 것까지도 절대로 입에 대지 않는 짐승이거든. 메헤헤헤…, 풀을 뜯다 말고 먼 바다나 구름을 바라보며 기분 좋게 울고 있을 때, 난 그 녀석들의 목을 끌어안고 평화로울 거야. 그리고는 죽어도 좋지. 아무 데서나 쓰러져도ㅡ. 피가 다 마를 때까지 종소리를 들으며 이름 없는 풀꽃과 놀다가, 살과 뼈가 부드러운 바람에 날려 흔적이 없어져도 내 혼은 섬에서 떠나지 않을길…"

노인은 지그시 눈을 감고 있었다. 마치 섬에서 평화롭게 숨을 거둔 것처럼.

"저도 섬에 갈 겁니다. 동행해도 되겠습니까?"

"반갑소! 그 섬은 누구의 것도 아니니까."

"노형과 함께 말입니다."

"고맙소!"

"여자가 하나 딸렸는데두요?"

"더 보기 좋겠군."

노인은 주름 많고 껄끄러운 손으로 그의 손을 덥석 잡았다. 그리고 고개를 돌렸다. 눈이 충혈되고 있는 듯했다.

여관에 돌아왔을 때, 여자는 그때껏 내빼지 않고 오도카니 앉아 있었다. 그는 일방적으로 합방을 해버렸다. 그래도 그녀는 한 마디 이의도 달지 않았다. 밤이 깊었다. 여자가 몸을 떨면서 안겨 왔다. 터무니없이 몇 번씩이나 "절 용서해 주시는 거죠?"라며 울먹였다. 그는 이상하게 눈물이 많은 여자라는 생각이 들었다.

다음날도 비바람이 불었다.

아침에 그가 눈을 떴을 때도 여자는 여전히 도망치지 않고 옆에서 자고 있었다.

그는 매표소로 갔다. 노인은 막 잠에서 깨어난 부스스한 얼굴로 담배를 피우고 있었다.

"오늘은 날씨가 갤 것 같군."

"비바람이 더 억세진 것 같은데요?"

"그래도 갤 거야. 두고 봐. 종소리가 더 가까워졌어."

"그럼 첫 배를 타야죠?"

"여부 있나! 준비들 하고 있으라구. 우린 이제 섬으로 가는 거야!"

그때 노인의 어깨 뒤쪽 얼룩진 창문 너머로 희미한 그림자가 보이기 시작했다. 멀리서 우산을 쓴 두 사내가 걸어오고 있었다. 그는 그들이 중간에서 방향을 틀지 않고 곧바로 걸어와, 이 주름투성이 노인 몰래 점점 가까이 와서, 마침내 매표소 문을 열고 들어온 다음, 매표소의 칸막이를 치우고 나서, 〈풍랑으로 출항 못 함〉의 팻말을 철거하고, 표를 팔기 시작하기를, 그래서 이 주름투성이 사내의 예감이 희한하게 들어맞아 주기를 조마조마하게 바랐다.

　"정말 오늘 배가 뜰까요?"

　"이 사람! 늙은이 한번 믿어봐!"

　"그럼, 내기할까요?"

　"조오치. 어떤 내기라도."

　그는 자신이 무참하게 져버리기를 굳게 바라며, 믿으며, 마침내 내기를 걸었다.

　"제가 지면 노형을 아버지라 부르겠소."

　노인은 처음으로 으흐흐 하고 이를 잠깐 드러내고 웃었다.

　"그럼 내가 지면?"

　"그땐 제가 노형의 동생이 되지요."

　그 사내들이 이윽고 창밖에 다가왔다. 잠시 안쪽을 들여다보다가 곧바로 문을 열고 들어섰다. 이 찌그러진 늙은이에게 이제는 아버지라고 부를 차례라고 그는 생각했다. 그러나 그 말이 왜 그리 나오기가 더딘지 그는 안타까웠다. 사내들은 그들을 번갈아 쳐다보다가는 노인 앞에 손을 불쑥 내밀었다. 그런데 사내의 손에는 하

섬

얗게 차가운 수갑이 들려 있었다. 나머지 한 사내는 신분증을 얼른 내보였다. 노인은 힘없이 두 손을 내밀며 그에게 말했다.

"그놈을 죽여버렸던 거요. 갑자기 내 귀에 울려오는 종소리를 들으면서 말이오."

두 사내가 노인을 앞세우고 걷기 시작했다. 문 앞에서 노인이 되돌아보며 말했다.

"염소를 기르시오!"

수많은 주름살 속에서 노인의 얼굴은 꿈꾸는 듯 평화로워 보였다. 그 평화로움을 그에게 건네주고는 앞장서서 비바람 속으로 걸어 나갔다. 우산에 가려진 세 사람의 모습이 뿌얀 시야 속에서 차차 사라질 때까지 그는 그저 창가에 가만히 서 있었다.

무수한 빗줄기는 이윽고 그들의 모습을 완전히 지워버렸고, 그는 그 자리에 주저앉아 담배를 피워 물었다. 덜컹거리는 창문 소리를 들으면서 그는 아직도 손에 쥐어져 있는 담뱃갑에서 남은 담배 개비를 하나하나 세어보았다. 열여섯 개가 남아 있었다. 열여섯 개나 남아 있는 담뱃갑이 혼자 들고 있기에는 너무나 무거웠다.

담배 연기가 길게 피어올랐다. 어디로 갈까. 피어오르는 담배 연기를 바라보다가 그는 깜짝 놀랐다. 방금 고약한 버릇이 또 한 번 실없이 중얼거렸기 때문이었다. 그는 오랜만에 단호하게 중얼거렸다. 섬으로 가야 해. 염소를 키워야지. 은은하고도 장엄한 종소리를 들으며, 꿈꾸는 나무를 키우며 구름과 달빛과 별빛과 눈부신 해와 유리알 같은 남빛 바다를 가슴으로 어루만지며, 염소를 키워야지, 그녀와 함께.

그때 갑자기 파도 소리가 덮쳐왔다. 문이 열린 것이었다. 그 사실을 확인한 순간 그는 느닷없이 그 자리에 나동그라지고 말았다. 구둣발이 가슴을 강타했기 때문이었다. 그러고도 계속 온몸을 짓밟히면서 그는 희미하게 그들의 말소리를 들었다.

"가서 맞다 그래!"

아주 한참 후에 발길질이 멈췄을 때 그는 겨우 정신을 차렸고, 그때야 그는 일당이 세 사람인 것과 그들이 보급소의 신입사원들인 것도 알 수가 있었다. 그는 입이 터져 말이 나오지도 않았지만, 그 청년들도 그에게는 아무것도 물어보지 않았다.

한참 후에 또 한 청년이 들어왔다. 그 청년을 향해 그를 제일 많이 걷어찬 청년이 말했다.

"계산 끝냈어?"

"고마운 여자였어."

"이걸 그래도 인간이라고, 마주치지 않겠다는 것만 봐!"

"떠나면서 언짢아 해주기까지 하더군."

나중에 온 청년은 또다시 그에게 두어 번 발길질을 한 다음, 경멸이 눈초리를 퍼부으며 종이쪽을 내밀었다. 그가 몸을 제대로 움직일 수기 없자, 청년은 쪽지를 바닥에다 놓고 구둣발로 그의 코앞에다 밀어 넣었다. 가물가물하는 눈으로 그는 신문 조각 같은 그 쪽지를 바라보았다. 잠시 후에야 그는 그것이 어제 신문에서 찢어져 나간 광고란의 일부임을 알 수 있었다. 어설픈 그의 몽타주 사진 밑에는 이런 글자가 보였다. 이 사람의 거처를 연락해 주시는 분께 위의 금액을 사례하겠음.

청년은 또 한 장의 쪽지를 구둣발로 밀어주었다. … 이런 식으로라도 제 고삐를 끊어줄 수 있는 건 선생님뿐이군요. 이 돈으로 카페 주인에게서 저를 찾겠어요. …

청년들에게 끌려 나오면서 그는 아무 말도 할 수가 없었다. 그녀는 어디쯤 갔을까. 나는 벼룩도 못 잡는 느림보다. 그가 생각해낸 건 단지 이것뿐이었다.

부둣가를 거의 벗어날 때쯤, 그는 마지막으로 한번 되돌아보았다. 수평선 위로 하늘이 조금씩 개고 있었다. 그러나 섬은 한 발 한 발 멀어져 갔다. 그제야 그에게는 종소리가 분명히 들려오기 시작했지만, 그 또한 조금씩 멀어져 가고 있었다.

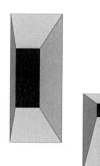

선택과 둔주

선택이란 말에게도 은빛 비늘을 번뜩인 시절이 있었을까. 대합실 창밖으로 만추晚秋의 하늘은 파랗게 멀기만 하다. 늙은 역장은 열차의 경적이 사라지자 천천히 플랫폼에서 퇴장하였고 이제 플랫폼은 아무도 없는 빈 무대가 되었다. 멀리서부터 땅을 흔들며 열차가 달려왔을 때 역장이 한 일은 손을 한 번 들었다 내린 것이 전부였다. 그런 그를 향하여 열차는 짧은 경적을 한 번 울려주면서 그대로 바람처럼 스쳐 가고는 그만이었다. 역장은 지금쯤 아마도 모자를 벗고 윗단추 하나를 끄른 다음 의자에 몸을 묻고 오수를 청할지도 모른다.

햇빛은 무수히 레일 위에 내려앉아 또다시 먼 곳 어디에서 달려오고 있을 열차의 흔적에 귀를 기울이고 있다. 그저께 나는 문득 한 장의 편지를 써서 부쳤다. 그러나 우체국을 나오면서 부질없게도 나는 내가 무엇을 썼던가, 잠깐 다시 기억을 더듬어 보았고, 그리고 곧이어 가볍게 후회까지 했었다. ─여기 이 눈부신 가을, 불수의운 동不隨意運動과의 송별연에 당신을 초대하오. 이제는 함께할 수 있는 당신의 남편─. 그렇다. 내가 후회를 했던 것은 남편이란 낱말 때문이었다. 경솔한 짓이었다. 하지만 잠시의 경솔함은 가벼운 후회로 족한 것이다. 단 두 개뿐인 불가해한 답안을 마련해 놓고 선택을 강요하는 짓 따위와는 무관하기 때문이다. 내 편지와는 상관없이 그녀 스스로 선택의 시간은 충분했으리라. 내 작은 실수가 그녀에게는 참을 수 없는 불쾌함이라면 내 편지는 이미 그녀의 손에 닿을 수 없는 운명을 타고난 게 아닐까. 그렇다면 그 편지는 수취인 없이 오랜 세월을 두고 바스러져 가더라도 그것으로 당연할 것이다.

개찰구 너머 역사 앞마당에 은행잎이 노랗게 떨어져 쌓이고 있다. 저 아름다운 낙엽을 위하여 은행나무는 나목으로 서서 찬 겨울을 지키고 또 바람의 시샘을 받으며 움을 틔웠을 것이다. 그리고 언제까지나 아름답고도 슬픈 역사를 끊임없이 이어갈 것이다. 오늘예요! 그날 아침 식탁에서 아내가 한 말이었다. 아마도 뜨락의 은행나무가 연둣빛 움을 겨우 틔우기 시작한 날이었을 것이다. 그녀의 눈빛은 내 오금을 박을 만큼 충분하게 단호하고 날카로웠다. 생략해버린 그다음 말들을 나는 그녀의 의도대로 충분히 알고도 남았다. 미루고 또 미룬 끝에 마지막으로 약속한, 오늘이 그 입원 날이잖아요. 그녀의 눈빛이 그렇게 다짐하고 있었기 때문이다. 나는 분명히 고개를 끄덕였었다. 그리고 밥숟갈을 놓고는 잠시 동네 산책이라도 다녀올 듯 간단하게 집을 나선 나였다. 나의 외출이 간단한 산책이 아니라는 사실을 그녀가 감지한 순간, 나는 이미 그녀의 손이 닿지 않는 먼 거리에 와 있었으리라. 그들은 나를 캄캄한 벽과 철창 속에 가둔 다음 서서히, 아니 생각보다 더 간단하게 정신병자로 만들어 스스로 죽어가게 만들려고 했을 것이다. 동기야 어쨌건 결과는 마찬가지일 터였다. 그러나 지난밤 클럽 〈재회〉에서 우연히 만났던 그 여인

선택과 둔주

은 내 아내가 이제는 돌의 의미를 알게 되었으리라고 했다. 불안과 외로움을 안으로 또 안으로 삭이며 오직 기다림만으로 까맣게 응고되는 돌의 의미를—. 연둣빛과 초록, 그리고 다시 초록빛이 사위어 샛노랗게 변해가는 은행잎의 미세한 색깔의 변화와 잎새의 정확한 숫자까지도 무시로 세면서 바람처럼 소식 한 자락 없는 나를, 언제고 문득 돌아와서는 긴가민가한 서툰 눈길로 떠났던 자리를 더듬거릴 때 낯익은 흔적이 되기 위해서도, 그래서 또다시 나를 미아로 만들지 않기 위해서도 돌처럼 그 자리에 붙박여서 기다리고 있을 거라고 했다. 그녀는 올까? 온다면 그녀는 오염된 선택에서 끝없이 탈출하고 싶은 나와 정말 동행할 입장이 되어 있을까? 그녀를 만나는 순간 나는 또다시 불수의운동을 일으키는 것은 아닐까? 불수의운동. 아무리 되뇌어 보아도 이 단어에서는 언제나 생경한 조어造語의 냄새가 난다. 우리 몸 가운데 자신의 뜻대로 움직일 수 없는 부분이라야 내부기관을 빼고는 기껏 코와 귀 정도가 있으리라는 것이 애초의 내 상식이었다. 그것들은 눈이나 입과는 달리 열고 있기 싫어도 결코 다물거나 감아버릴 수 없는 것이, 생각해 보면 안타까운 노릇이었다. 그러나 내 몸은 나의 빈약한 상식을 비웃기라도 하듯이 가장 수의적이라야 할 입에서부터 불수의운동을 일으키고 말았다. 어느 날 갑자기 마흔 살이 넘은 내가 아내 앞에서 밥을 질질 흘렸던 것이다. 장난인가 아닌가를 그녀가 미처 판별하기도 전에 다행히 중상이 끝나 있기는 했지만 나는 끝없이 민망하고 주눅이 들었다. 숟갈을 놓으며 겨우 나는, 과로 탓인가… 라고 말했을 뿐이다.

이효원 단편 소설집

그녀는 언제나 내게 군림하고 있었다. 내가 부장으로 있는 회사의 대표이사 사장까지 겸임하고 있는 지엄한 회장님을 아빠라고 불렀고 전무님과 상무님을 오빠로 두고 있는 그녀이고 보면 당연한 노릇인지도 몰랐다. 해서 내가 가끔 그녀가 내 아내라는 사실조차도 깜빡 잊어버릴 때가 있었고, 또 그녀가 아내의 역할을 제대로 하고 있는지를 상기하는 일조차도 게을리할 때가 많았다.

그 이상한 증세는 내게 사정없이 달라붙어 몸속 어느 구석, 아니면 옷자락 어디에라도 잠복해 있었는지 얼굴·눈꺼풀·손·혀에까지 느닷없이 튀어나와 나를 주눅 들게 했다.

이 세상에서 헌팅턴(Goerge Huntington, 1862~1927, 미국의 신경학자)이란 사내만큼 잔인하고 비인간적인 족속도 있을까. 처음으로 그 병을 발견해낸 가상함에도 불구하고, 하필이면 무도병舞蹈病이란 이름을 붙여놓은 그의 심사에 나는 언제나 아낌없는 경멸을 퍼붓는다. 작명을 잠시만 보류했던들 아마도 헌팅턴증후군 혹은 헌팅턴씨병 정도의 명예로운 병명쯤은 붙여졌을 것이다.

선택의 순간은 언제나 원하지 않는 때에 불쑥 주어지곤 했었다. 그리고 그 주어진 선택은 언제나 제3의 답안을 갖고 있지 않았다. 회장의 죽음은 정말 갑작스러운 것이었다. 굶주림 속에서 꽃피워 올린 자신의 부富를 제대로 써보지도 못한 채, 또 유언 한 마디소자 남기지 못한 채, 주린 배로 내달리던 쇠처럼 단단한 의지를 그때껏 조금도 누그러뜨림이 없던 그가 잠든 채로 이 세상을 떠나버렸다는 것은 너무나도 억울한 일이었다. 그러나 그에게 있어서 더욱더 억울하고 욕된 것은 그가 세상을 뜨자마자부터 시작된 일들이었다. 어쩌면 고인은 자신의 죽음 후에 일어날 그런 추잡한 일들을 평소부터 훤히 내다보고 있었을지도 모를 일이었다. 그날 아침, 장인의 시신 앞에서 치밀어 오르는 억울함과 허망함을 채 다스리기도 전에 내 소매를 잡아끈 것은 전무의 보디가드였다. 뒷방에서 전무는 거의 언제나 그렇듯 간밤의 숙취가 아직도 물씬 남아 있는 모습으로 나를 기다리고 있었다. 매부…. 그랬다. 언제나 나를 경계하듯 업신여기듯 김 부장이란 호칭만으로 차갑게 대해오던 그가 분명히 그날은 '매부'로부터 첫마디를 시작하고 있었다. 난 매부를 믿어. 당연한 일을 믿는다는 건 지극히 당연한 일이지… 그는 아비의 시신에서 혈색이 채 걷히기도 전에 회사의 경영권을 한 손아귀에 움켜쥐는 일에 급해 있었다. 장남이고 전무인 자신이 회장의 자리를 물려받는 건 당연한 일이고 그 일에 반대할 리는 없지 않으냐는 다짐이었다. 매부의 신상 문제에 대해서는 내게 충분한 생각이 있어… 은밀하면서도 육중한 그의 목소리가, 도사견처럼 버텨 앉은 비서 겸 보디가드의 눈길과 함께 반론의 여지를 압살하고 있었다. 그리고 또 오후. 상무가 내 앞에 내민 답안은 다분히 혁명적이었다. 매부…. 아침에 무슨 얘기가 오갔는지도 난 다 일고 있어. 이 회사는 이제 진정한 새 주인을 찾고 있어. 실격자야 그는. 맡겨 봐, 일 년도 못 가서 다 말아먹을 인간이야. 무조건 그라야 한다? 어불성설이야 그건. 매부는 현명한 선택을 할 줄 믿어. 매부야말로 이 회사의 기둥이잖아? 쓰레기는 싹 쓸어버려야 돼. 썩은 가지도 처 버리고. 선택,

선택을 할 때가 온 거야. 진정한 선택을…. 이런 식으로 서로는 서로의 게걸스레 날카로운 이빨에 물어 뜯겨 추한 몰골이 되어 있었다. 형은 동생에 의해 주정뱅이·난봉꾼·쓰레기 같은 인간으로 발가벗겨졌고 동생은 형에 의해 악랄하고 이기적인 인간으로 낙인찍혔다. 이사회는 투견장의 모습으로 내게 다가왔다. 참석자들은 모가지를 내걸고 도박을 할 참이었고 형제는 오직 승리와 패배밖에 없는 처절한 게임에 나설 참이었다. 그들이 내 앞에 내민 허울 좋은 선택권은 그러나 제3의 답안은 전혀 갖고 있지 않았다. 어느 한쪽밖에는 택할 수 없는, 그래서 나머지 한쪽에게는 배신자가 되고 철천지원수가 되지 않을 수 없는 강요된 선택과 맞닥뜨린 것이었다. 이윽고 기립하는 순서가 되었을 때 나는 전무의 위압적인 눈길과 마주쳤다. 그리고 또 다음 순간 냉혹한 상무의 눈길이 무수한 표창처럼 내 온몸에 와 박혔다. 그 찰나 내 몸은 이미 내 것이 아니었다. 어느 날 갑자기 밥을 질질 흘렸던 경험의 이상한 증세가 끈질긴 본능처럼 혀를 널름거리며 되살아나고 있었다. 나는 엉거주춤 일어서다 말고 몸을 비틀기 시작했다. 차라리 의식이라도 잃었으면 좋았을 것이었다. 내 자신의 불수의운동을 내 자신이 뻔히 알면서도 손톱만치도 다스릴 수 없는 그 고통이 정말 죽고 싶도록 치욕스러웠다. 내가 내려다보는 앞에서 또 하나의 나는 나리를 비틀고 이어서 손과 팔을 비틀고 얼굴을 일그러뜨리고, 그리고 동체까지 마구 비틀면서 이윽고 치욕을 감당하지 못해 출입문 쪽으로 걸어 나가기 시작했다. 그 방을 완전히 벗어날 때까지도 나의 무도는 멈추지 않

선택과 둔주

았다. 내가 문밖으로 사라진 그 즉시 그들은 한심스런 실망과 또는 배신감과 함께 각자의 영역에서 단칼에 나를 제명해버렸으리라.

나는 겨우내 열병을 앓았다. 빗물에 젖은 휴지 조각처럼 왜 그렇게 주저앉느냐고, 그리고 이런 좋은 기회를 그냥 놓쳐버릴 거냐고 날마다 매시간 성화를 부리는 아내 때문에도 나는 그 열병을 다시 없는 벗처럼 놓지 않고 단단히 붙들고 늘어져야만 했다. 도시의 지붕 위를 매섭게 치닫는 매운바람 소리에 귀를 기울이면서 꽁꽁 끌어 닫은 덧문 밖에는 눈이 오는가, 진눈깨비가 오는가, 아니면 북서풍과 함께 이마를 찔러도 피 한 방울 나지 않을 야멸친 고기압이 밀려오고 있는가를 알아맞히면서 나는 내 이상한 증세에 대한 연구를 게을리하지 않았다. 권위와 자만으로 똘똘 뭉쳐진 그 의사마저도 내 병을 알아맞히는 데는 수없는 시행착오와 시일이 걸렸고, 그렇게 어렵게 병명을 알아맞힌 다음에도 명확한 구석이라고는 제대로 없는 이상한 병이었기 때문이다. 백과사전·의학 사전·임상심리학·이상행동심리학… 심지어 국어사전까지도, 내 손이 닿을 수 있는 모든 자료를 나는 보풀이 일도록 읽고 또 생각하였고 그래서 그 모든 것의 공통점을 줄줄 욀 수 있을 만치 섭렵하였다. 무도병 舞蹈病(Chorea, St.Vitus'sdance). 전신, 특히 얼굴·손·발·혀 등의 무질서하고 비율동적인 불수의운동이 동시 혹은 교대로 일어나서 늘 불안한 상태에 빠지는 매우 희소한 병이다. 심하면 춤을 추듯이 전격적으로 발작·경련이 일어나서 보행·언어·식사·연하嚥下 등에 장애를 준다. 환자의 뇌를 분석해 보면 대뇌가 위축되어 있고 상처 입

이효원 단편 소설집

은 세포가 많이 나타나 있음을 발견할 수가 있다. 신체적·행동적인 증후는 예외도 있으나 환자가 중년에 이르기까지는 두드러지게 나타나지 않는 것이 특징이다. 때로는 진행성치매進行性癡呆·무감각·우울·불안 등등의 심리적 증후가 먼저 나타나서 정신분열증으로 오진하는 수도 있고, 또 때로는 인격의 변화는 수반하지 않고 신체적 증후만 나타나기도 한다. 소수의 환자에게는 망상이 있고, 보다 심하게 우울해지면 자살을 기도하는 사람도 있다. 발병 후 15~20년 내에 거의 사망한다. 원인은 유전·각종 뇌질환 등의 학설이 있으나 어느 것도 명확하지 않다….

아무도 내가 겨우내 무엇과 싸워왔는지를 모를 것이다. 나는 단속적으로 오르내리는 신열과 겨루면서 또 명확하지도 않으면서 암시 또는 최면의 냄새가 다분히 풍기는 망상·우울·치매·자살 기도·사망 같은, 기억세포에서 지워버리고 싶은 낱말들의 어두운 그림자들과 연일 치열한 싸움을 했었다. 그리고 혼신의 힘을 다해 그런 불길한 그림자에 함락되지 않으려고 몸부림을 쳤다. 그러나 아내는 내가 스스로 병을 키우고 있노라고 성화를 부렸다. 내 이상한 증세에서보다도 아내는 손안에 쥐어진 절호의 선택권도 행사할 줄 모르고 스스로 내던져버린 사실 때문에 나를 정신병자의 카테고리에 넣어버리고 있있다. 그녀는 끊임없이 입원을 강요했고 나는 끈질기게 거부하다가 그 짓마저 지겨워지는 날에는 적당히 입원을 미뤄놓는 것으로 겨우 그 성화에서 벗어나곤 했다. 정신병원을 그녀는 폐품 재생 공장이나 부품교체업소쯤으로 알고 있는지도 모를

선택과 둔주

일이었다. 나는 아내가 부담스러워질 때마다 그녀 앞에서 불수의 운동을 일으켰다. 전전긍긍하며 가슴속으로 칼날 같은 의지를 깎아 세우며, 거기서부터 벗어나고자 발버둥 치는 노력을 하면 할수록 언제나 예고 없이 불쑥 나타나는 그 증세는 누구든 내 증세를 알고 있는 사람 앞에서는 맥을 못 추는 것이었다. 지면知面이라는 단 한 가지 이유만으로도 사람을 피해서 또 다른 낯선 사람들 속으로 떠나야 하는 고뇌를 그녀는 짐작이라도 할 수 있을까. 아내인 그녀마저도 그 이유에서 예외일 수 없다는 서글픈 사실을.

열차는 지금 어디쯤 달려오고 있을까. 터널을 지나고 강을 건너고 산굽이를 돌면서 기관사는 무엇을 생각하며, 승객들은 저마다 어떤 표정을 지으며 또 어디로 가고 있을까. 안락하게 고정된 우단 의자와 스쳐 가는 차창 밖의 풍경 사이에서 그들은 시간을 슬퍼하고 있을까. 그러나 열차는 아직도 내 앞에 다가올 기미가 보이지 않는다.

우체국이 있는 이 소읍의 거리는 지금껏 헤매 온 그 어느 곳보다도 내게 친밀하였다. 우표를 붙이고 편지함에 넣는 순간 편지는 이미 내 손에서 벗어나 있었고 부질없는 후회는 부질없는 것일 뿐이었다. 오직 소중한 것은 문득 편지를 쓸 수 있다는 것, 그리고 그것이 스스로 되찾은 나 자신에 대한 자신감에서 비롯되었다는 사실이었다. 나는 다짐하며, 우체국을 나와 정겨운 거리를 걸으면서 오랜만에 휘파람을 불기 시작했다. 휘파람으로 나는 시간을 거슬러 오를 수도 있었다. 내게도 행동주의적인 검정 교복의 고교 시절이 있었으며 그때 나는 곧잘 휘파람을 불었었다. 아, 그러나 그 시절…! 파랗고 머언 하늘에서 그의 눈동자는 지금도 생생하게 빛나고 있다. 나는 강렬한 눈부심 끝에 기어코 눈앞이 흐려왔다. …노도 같던 함성이 순식간에 비명으로 바뀌면서 스크럼은 풀어지고 대열은 콩 튀듯 흩어졌다. 앞장서던 대학생들이 나무토막처럼 쓰러졌다. 우리는 어느새 넙치가 되어 아스팔트 위에 납작 엎드러져 있었다. 그 위로 총알은 계속 날아왔다. 왼쪽의 친구가 내 손을 잡아끌었다. 사람들이 뒤편 주택가로 뛰고 있었다. 고개를 처박은 채 나도 내 오른편 친구의 손을 더듬어 잡아당겼다. 그러나 아, 그것은 피였다. 내 손과 친구의 손을 동시에 악수한 것은 그의 가슴에서 흘러나온 시뻘건 선혈이었다. 열아홉 살의 흉부에서 쏟아진 피가 까만 교복의 앞가슴을 적시고 소매를 적시고, 그리고 4월의 햇살이 자글자글 달궈 놓은 아스팔트를 적시고 있었다. 그는 한 손을 들어 전방의 무언가를 가리키고 있었으며 그의 눈동자는 무섭게 빛나고 있었다. 그 시선은 그러나 눈이 시도록 새파란 4월의 하늘을 꿰뚫기라도 할 듯 응시하고 있는 것인지, 경무대의 지붕을 향하고 있는지, 아니면 아침까지 참새가 지저귀고 있었을 경무대의 나무숲을 향하고 있는지, 그 담장 앞 바리게이트 뒤에서 겹겹의 횡대로 도열하여 총을 쏘고 있을 까만 제복의 경찰관들을 응시하고 있는지, 그것을 나는 알 수가 없었다. 왼쪽의 친구는 녀석의 눈동자를 보았는지 못 보았는지 연거푸 내 팔을 잡아끌며 다급하게 재촉하고 있었다.

그리고 그건 또 언제였던가. 내 증세는 그때 이미 싹트고 있었는지도 모른다. 꽁꽁 얼어붙은 도시 위로 첫새벽부터 확성기는 〈신성한 권리〉를 떠들어 댔었다. 소리는 얼어붙은 도시를 흔들어 깨우고 또다시 내 안방까지 쳐들어와 끝내 나를 들쑤셔 일으켜 세워서는, 신성하지 못하게도 주눅 들게 하였고 결국은 신성한 권리의 노예로 전락시켜버렸다. 나는 로봇처럼 허정허정 걸어 나가 투표소에 다다랐다. 찬성과 반대. 국민투표는 왜 그 두 가지밖에는 답안이 없다는 말일까. 헌것은 확실히 헌것이었을 것이다. 그래서 새것은 나와야 하리라. 그런데 왜 새것이 모든 이에게 흡족할 수는 없는가. 새것은 확실히 개선되긴 했지만, 그러나 또 어느 부분만은 분명하고 엄청난 개악이었다. 그러나 답안은 찬성과 반대, 그것 둘밖에는 없었다. 그중에서 택일하지 않는 행위는 비애국적인 수치가 되어야 하는 것이다. 나는 두 개뿐인 빈칸을 들여다보다가 그만 실수를 하였다. 인주 묻힌 붓 뚜껑으로 그 두 칸에다 모조리 동그라미를 찍어버린 것이었다. 나는 투표함에 그것이 들어가는 서걱대는 소리에 놀라 어떻게 그곳을 빠져나왔는지도 모르게 집으로 돌아와서 하루 종일 두꺼운 이불을 뒤집어쓰고 끙끙 앓았다.

선택이란 단어에 관한 한 사람들은 철저히 속고 있음을 나는 알고 있다. 〈자유〉로 분장한 신선한 미소에 눈멀어 사람들은 정작 그것이 허리춤에 감추고 있는 무서운 비수를 보지 못하기 때문이다. 선택은 강요된 함정일 뿐이다. 동네 산책 나서듯 집을 나온 나는 무작정 내가 탄 차가 갈 수 있는 최장의 먼 거리까지 갔었다. 그리고 지면이 없는 수많은 인파 속으로 숨어들었다가는 다시 또 더 완벽하게, 내가 아는 모든 것, 나를 아는 모든 것으로부터 멀리 달아나기 위하여 미로처럼 행선지를 바꿔가며 떠돌아다녔다. 그러면서 나는 가끔 내 주소나 과거 일부를 까맣게 분실해버리기도 했었다. 언젠가는 끝내 내 이름마저도 내게서 증발해버린 때가 있었다. 나는 더없이 행복하였다. 해리성건망증解離性健忘症이 깨끗이 표백해버린 내 과거를, 내가 또다시 공상으로 마음껏 보충해 나가는 재미를 사람들은 알지 못할 것이다. 나는 과거완료형 전제군주가 되기도 했고 폭군이 되어보기도 했으며, 때로는 강요 없는 신선한 선택을 지천으로 생산해내는 새로운 신神이 되기도 했다. 작화증作話症의 시간들, 그것은 아슬아슬한 희열의 끝없는 연속이었다. 어느 날 나는 내가 얼마 전까지 프로크루스테스였음을 기억해냈다. 큰 길목에 쇠 침대를 갖다 놓고 지나가는 행인들을 차례로 잡아다가 그 침대 위에 눕혀 붙들어 매었다. 내게는 거인다운 괴력이 있었기 때문에 어떤 행인도 내게 대적하지는 못했다. 나는 쇠 침대의 길이에 맞춰 한 치의 오차도 없이 큰 놈은 다리를 잘라내고 작은 놈은 사지를 잡아 늘였다. 쇠 침대는 워낙 엄격하게 신축의 여지가 없었으므로 내가 뜯어 맞추지 않고 저절로 합격되어 풀려나는 놈은 없었다. 다리를 잘라내거나 잡아 늘이는 일은 나의 위대한 과업이었고 그에 따른 고통은 전적으로 행인들 자신의 키에 그 원인이 있었다. 그 고통 때문에 죽이 나자빠지는 것도 물론 그들 각자의 탓이었다. 세월이 흘러 행인들이 뜸해져 버리자 나는 마침내 침대를 들고 돌아다니며 집안에 처박혀 있는 사람들까지 끌어내어 쇠 침대에 눕히기 시작했다. 그렇게 나는 질서정연하고 균등한 사회를 만들어가고 있었는데, 결국은

선택과 둔주

나를 사로잡아 도로 나의 쇠 침대에 눕힐 테세우스가 나타나기 전에 그만 건망증과 작화의 시간에서 해제돼버리고 말았다.

도시의 을씨년스런 지붕 밑, 짙푸른 바다가 내다보이는 어촌, 산과 들과 하늘로 둘러싸인 촌락들을 헤매면서 나는 이번에는 다시 기상연구에 골몰했다. 그리고 내 예측으로 거듭 바람과 내기를 하곤 했다. 무지개는 항상 해의 반대편에 생기는 것이었고 동쪽에 나타나는 저녁 무지개는 이튿날 날씨가 맑게 개리라는 증거였다. 서쪽 하늘에 저녁놀이 생기면 이튿날은 날씨가 맑았다. 칠흑 같은 하늘에 별빛이 희미하고 그나마 몇 개 보이는 별이 푸른색을 띠는 것은 큰비가 올 조짐이 틀림없었다. 제비가 땅을 스치듯 낮게 날거나 벌들이 제집 주위만을 맴돌면 큰비나 폭풍이 임박한 징조였고, 그러면 나는 허술한 지붕 밑이든 어디든 미리 자리를 잡아놓지 않을 수 없었다. 그러나 하찮은 미물인 개미도 닷새 뒤의 큰비를 미리 알고, 부두에 정박 중인 배 안의 쥐 떼도 배의 난파를 미리 알고 밧줄을 타고 집단 상륙을 감행한다는데, 나는 도대체 무엇 하나를 미리 알 수 있단 말인가.

어제의 일만 해도 그렇다. 문을 열고 들어서자, 클럽 안은 한산했었다. 그러나 나는 눈이 부셨다. 조명 때문에도 그랬고 어둠 때문에도 나는 눈이 부셨다. 하지만 그보다는, 이런 데 와본 적이 내게도 있었던가 싶은 꿈같은 생소함 탓이었을 것이다. 한참 후에 겨우 눈이 익었을 때, 그때야 나는 혼자임을 새삼 깨달았다. 검은 양복에 나비 타이를 매긴 했지만 그래도 어딘가 조금은 허술해 보이는 웨이터가 다가와서 주문을 청했고 나는 맥주를 청했다. 그러자 그는 또 몇 번 아가씨를 원하느냐고 물었다. 나는 아하 그런 게 있었지, 하고 속으로 무릎을 쳤지만 곧 필요 없다고 말했다. 아가씨가 필요하다는 생각이 들지도 않았고, 그런 주문을 받으리란 예상조차도 할 겨를이 없었기 때문이다. 〈재회〉라는 이름의 그 클럽에 간 것은 결코 계획된 일은 아니었다. 편지를 부친 그제처럼 어제도 나는 이 작고 소박한 소읍을 종일 배회했었다. 특급열차는 서 주지도 않는 한가한 역, 우체국 다음에는 국민학교가 있고, 장터 맞은편에 낡은 소방서가 있고, 또 무뚝뚝한 여편네가 뭉그적거리는 밥집도 있는, 신기할 것 하나 없지만, 그러나 정겨운 거리와 중심가를 비껴 있는 물살 느린 개천, 그것들을 거쳐서 나는 농익은 가을이 불타는 높지 않은 산에 올라 낙엽처럼 누워 있었다. 나는 눈부신 가을의 한 부분이 되어 있었고, 불수의운동의 기억도 내게서 가물가물 멀어져 가고 있었다. 전날 아침 문득 편지를 띄웠던 충동이, 그때야 나는 이 친밀한 소읍과 눈부신 가을 속에서의 내 안온한 일상 때문이었음을 깨달았다. 해거름 녘에야 나는 산에서 내려왔다. 시가지로 들어가는 길목에서 땅거미가 막 내려앉기 시작하는 그 시간에 〈再會〉라는 간판은 나를 향해 우뚝 서 있었고, 그 간판을 보자마자 나는 망설임 없이 문을 열고 들어섰던 것이다. 그것은 아마도, 이제는 함께할 수 있는… 이라고 썼던 객기였거나, 날 새도 깃을 찾는 그 시간과 〈재회〉라는 낱말 때문이었는지도 모른다.

술잔을 기울이는 동안 홀 안에는 하나둘 사람들이 늘어나기 시

선택과 둔주

작했다. 더러 외지에서 온 한가한 행락객이 없는 건 아니었지만, 그래도 이 작고 소박한 도시에는 제법 과분하리만치 클럽은 황홀했다. 이곳 사람들은 옷차림에서부터 적당한 멋을 내고, 하지만 조금은 어색한 멋이었고, 게다가 조금은 섹스어필한 몸짓 또는 그런 눈빛을 빛내면서 짝을 맞추거나 패거리를 만들어 두런거렸다. 혹은 파트너를 찾거나 주문하기 위하여 기대의 눈빛으로 앉아 있기도 했다. 구석 구석마다 희미한 등불은 검붉은 불빛으로 오히려 음탕한 어둠을 연출하였고 그 어둠을 뚫고 건강한 탐욕의 눈빛들이 수없이 교차하고 있었다. 나는 혼자였다. 건강한 탐욕이 부러웠다. 그렇다. 이제 나는 어둡고 음습한 터널을 빠져나온 것이다. 지척을 분간하지 못한 채 혼신의 힘으로 몸부림쳤던 그 긴 터널은 어느새 내 뒤로 물러서 있었고, 나는 눈에 익지 않은 강렬한 빛살 때문에 잠시 그 사실을 지각하지 못하고 있었을 따름이었다. 아, 이제 보이기 시작한다. 싱싱한 생명의 빛깔, 그것들의 무수한 입자들까지도 눈멀지 않고 바라볼 수 있다! 나는 다시 찬찬히 실내를 관찰하기 시작했다. 교성을 지르며 눈을 흘기는 여자, 이마를 맞대고 있는 남녀, 여자의 어깨를 잡고 흥정인지 설득인지를 하고 있는 남자, 거기까지 사업을 짊어지고 와서 심각한 표정을 짓고 있는 중년 사내들…. 그렇게 실내는 싱싱하였다.

그리고 다음 순간 나는 지금껏 관찰자였던 나를 오히려 관찰하고 있었던 또 하나의 시선에 찔리듯 마주치고는 잠시 어리둥절하였다. 건너편 테이블에 내 시선이 다다랐을 때 그 여자의 시선은 이미 내게로 고정되어 있었기 때문이다. 내 시선과 마주치자 잠시 거두어 졌던 그녀의 시선은 천천히 술잔을 들어 올리며 다시 내게로 건너 왔다. 그녀는 혼자였다. 내게서 도대체 무엇을 관찰하였으며 저 시 선은 지금 내게 무엇을 말하고 있는 것일까. 외롭지 않으세요? 그렇 게 말하고 있는 것일까. 그녀는 여전히 두 손으로 술잔을 받쳐 든 채 고정돼 있었고 나는 이윽고 그녀를 향하여 눈높이까지 술잔을 들어 올렸다. 우리는 동시에, 그리고 천천히 입으로 술잔을 가져가 면서 서로를 바라보았다. 그녀에게서 나는 이방인의 체취와 기나긴 방황의 우수를 읽었고 곧 웨이터를 사이에 넣어 합석을 제의했다.

과거라는 시간은 누구에게나 있으리라. 하나 그것이 우리에게 주는 의미는 과연 무엇일까⋯. 내게서 뭘 관찰해 내셨소? 나는 자 리에 앉으면서 우선 그렇게 말해버렸다. 하지만 그녀의 말은 좀 엉 뚱했다. 혹시 저를 아십니까?⋯ 그럼 당신은 날 안단 말이오? 산에 서, 누워 계시더군요. 아, 그런 식이라면 하긴 나도 이십 분 전부터 는 당신을 알고 있는 셈이군요. 오전에도 거리를 배회하셨구요. 누 굴 찾거나 기다리는⋯. 그럼 당신은 날 미행하고 있었느냐고 나는 말하려다가 말았다. 거의 애원에 가까운 안타까움이 그녀의 눈빛 에 가득했기 때문이다. 내가 말이 없자 그녀는 실망이 가득한 얼 굴로, ⋯역시 저를 모르시네요, 라고 말끝을 흐렸다. 그리고 술산 을 들어 올리며 그녀는 다시 말했다. 과거가 없어졌어요, 제게서 요. 송두리째 증발해버린 거예요. 거리에서 선생님을 본 순간, 전 꼭 과거를 되찾은 듯한 이상한 확신이 들었어요. 결국 그건 환상이 되고 말았지만요. 나는 그녀를 알고 있지 못한 안타까움 때문에 술을 마셨고 그녀는 실망과 내게 대한 자괴심 때문에 술을 마셨으리라. 버리고 싶은 과거가 훨씬 더 많은 경우는 어떻게 생각하오? 이윽고 나는 그렇게 말하게 되었고 그녀는 그걸 도무지 이해하지 못했다. 그녀가 지난날을 되찾았을 때 후회하지 않으리란 보장을 과연 어느 누가 할 수 있겠는가. 기억상실. 그것은 어쩌면 천혜의 축복일지도 모른다. 내 치욕적인 과거를 그녀 앞에 늘어놓은 것은 단지 지금부터라도 그녀가 한 켜 한 켜 후회 없는 과거를 만들어 쌓아가기를 바라는 마음에서였다.

밴드가 연주를 시작했다. 실내는 비누 거품이 부풀어 오르듯 활기찬 소음으로 가득 찼다. 그녀는 조금은 높고 빨라진 목소리로, 그럼 선생님도 이미 제 과거 속으로 들어와 계시네요, 라고 웃으면서 말했다. 내 아내가 나를 돌처럼 기다리고 있을 거라고 그녀가 말했을 때, 나는 고맙다고 말했던가, 어쨌던가. 밴드는 점차 열정적인 분위기로 치닫고 있었다. 사람들이 속속 밴드 앞 공간으로 나아가 춤을 추기 시작했다. 그녀가 말했다. 예행연습을 해둬야죠. 선생님은 초청자니까요. 선생님의 부인을 위한 리허설, 제가 거들죠. 그녀가 손을 내밀었다. 우리는 스테이지로 걸어 나갔다. 점점 고조되는 음악, 갖가지 빛깔과 갖가지 명암으로 교차 되는 현란한 조명, 그리고 광란하는 사람들…. 그 속에 우리는 서툰 자세로 수습 인생처럼 끼어 들어갔다. 한 곡이 끝나자 다시 음악이 바뀌고 조명도 바뀌었다. 빨강 노랑 초록 파랑 주황…; 원을 그리고 사선을 만들고 바쁘게 명멸하고… 그리고 섬광 같은 또 한 빛줄기. 그 빛줄기가 나는 불안했다. 이쪽저쪽……, 단속적으로 옮겨가는 그 빛줄기 아래에서 그 빛줄기가 닿는 순간마다 그곳은 모든 것에서 일방적으로 노출되고 마는 것이었다. 이윽고 섬광 같은 그 빛줄기가 내게 닿았을 때 나는 몸이 굳어지기 시작했다. 두 번 또 세 번… 계속되는 그 빛줄기 앞에서 나는 기어코 몸을 비틀기 시작했다.

그것은 불빛이었다. 사위를 밝히는 불빛이 아니라 사위의 어둠을 더욱더 완벽한 어둠이게 한 채 한 곳으로만 빛줄기를 쏟아내는 불빛이었다. 그 빛줄기 앞에 완벽하게 노출된 채 아버지는, 아니 우리 식구 모두는 손끝 하나 까딱하지 못했다. 겨울밤, 어둠을 가르는 바람 소리를 들으며 참새들은 초가지붕 처마 속에서 오순도순 체온을 나누며 잠을 청하고 있었으리라. 그때 사닥다리를 타고 올라온 손전등 불빛이 어느 한순간 무한정으로 쏟아져 들어오면 새들은 갑자기 눈이 멀고 날개가 얼어붙어 멀쩡하게 사람의 손에 쥐어져 나오고 만다. 그리고는 긴긴 겨울밤의 밤참이나 술안주로 변하곤 했다. 푸른 하늘을 온통 제 세상으로 날아다니던 새도 한 줄기 불빛 앞에서는 둔하디둔한 사람의 손을 피하지 못했다. 우리는 호흡이 멎고 심장이 마비되어 여름밤인데도 참새처럼 얼어붙어 있었다. 누구요? 한참 만에야 아버지는 떨리는 목소리로 간신히 입을 열었다. 그러나 아버지의 목소리는 강렬한 빛줄기에 묵살되었고, 불빛은 그 뒤쪽에 완벽하고 거센 어둠을 무수히 거느린 채 우리들의 눈썹 한올 한올마저 속속들이 들춰보면서 여전히 침묵만을 지킬 뿐이었다. 맨 처음 어느 날엔가 우리 앞에 불쑥 나타났던 그 불빛은 그래도 소리만은 가지고 있었다. 협조하리라 믿소. 동무는 인민 해방에 일익을 담당하는 거요! 소리와 함께 몽둥이인 듯한 물체가 불빛 속으로 튀어나와 툭툭 땅을 치고 있었다. 소리는 소리 그 자체로써 이미 이쪽의 선택을 결정해 놓고 있었고, 그런 연유로 망설임 없이 곳간의 식량을 거두어 사라졌다. 완벽한 어둠이 걷히고 나자 이튿날에는 움직이는 것이라고는 아무것도 없었고 다만 정적을 찢는 것은 요란한 매미 소리뿐, 땡볕이 온 동네를 찍어 누르고 있었다. 쏟아지는 햇빛 아래로 이윽고 두 사내가 동네로 들어왔다. 그들은 이 집 저 집을 거쳐 결국 우리 집에 다다랐고, 지난 어둠 속에서 어떤 일들이 일어났는지를 꼬치꼬치 캐물었으나 아버지는 완벽하게 입을 다물었다. 모르면 단 줄 알아? 삐꺽했다간 신세 망치는 줄을 알아야지. 놈들을 알아내서 이쪽에 신고하는 게 신상에 좋을 거요. 그들은 윗도리 속의 권총을 슬그머니 드러내 보이며 그렇게 숙제를 남기고 물러갔다. 그 뒤로 동네에 나타나는 불빛은 협조 외에 한 가지를 더 추가하기 시작했다. 경찰놈들이 들락거리는 줄 다 알고 있소. 반동은 결코 무사하지 못할 것이오. 인민에 대한 반역이기 때문이오. 그렇게 밤낮은 계속됐다. 그러나 이제는 침묵으로 방관하거나 침묵으로 관계없음을 위장할 수도 없게 돼버렸다. 불빛은 스스로는 침묵하면서 이쪽에게는 침묵이 아닌 확실한 선택을 요구하고 있었기 때문이다. 어느 날, 대추나무집 아저씨는 한밤중에 지서로 끌려가고 말았다. 그것은 순전히 그 손전등 불빛 때문이었다. 예의 그 불빛이 말없이 들이닥치자 아저씨는 온몸을 떨며 곡식을 숨겨둔 헛간을 가리켰다고 했다. 그러나 그 불빛의 임자들은 지서에서 나온 사내들이었고 함정이었던 것이다. 이튿날 밤에 과수원집 주인은 말없이 불빛이 들이닥치자 겁에 질린 나머지, 놈들은 흉악한 도적들이며 나타나기만 하면 몽둥이로 다리를 꺾어서라도 잡아놓겠다고 엄벙대다가 초주검이 됐었다. 그 역시 반대쪽의 함정이었던 것이다. 이제는 그 불빛이 누구의 것인지, 무엇을 원하는지, 어느 쪽을 택해야 할지, 어떻게 의사표시를 해야 할지, 철저하게 알 수 없는 그 선택의 무서운 중압을 견디지 못하여 아버지는 핏기가 가시고 이윽고 눈에서부터 경련이 일며 얼굴을 씰룩거리기 시작했다. 아버지는 끝내 손발을 떨고 사지와 온몸까지 비틀어댔다. 그러자 그 불빛 뒤에서 사내의 손이 불쑥 튀어나와 아버지를 끌어냈다. 당신, 이제는 확실한 선택을 해야 돼! 이 엉큼한 작자 같으니라고. 아버지는 간질 병자처럼 더욱더 몸을 비틀어대다가 이윽고 몽둥이로 연거푸 내리 찍히고는 꺼꾸러져 버렸다. 곧이어 우리도 마당 가운데로 끌려나왔다. 어머니가 꺼꾸러지는 걸 본 순간 나는 잔등과 머리에 둔탁한 충격을 받으며 아뜩한 현기증 속으로 빠져들었다.

역장은 아직도 오수에서 깨어나지 않았을까. 간밤의 불수의운동은 정말 잘못된 것이었다. 그녀의 새로운 과거에 나는 첫 장부터 먹칠해버리고 말지 않았던가. 치욕스러운 나의 무도가 걷잡을 수 없이 진행되자 처음 잠깐 엉거주춤하던 그녀는 곧 아무 일도 없는

선택과 둔주

것처럼 내 앞에서 열심히 춤을 추었다. 내 불수의운동이 저절로 잦아들기를 그녀는 정말 땀을 흘리며 바랐으리라. 그러나 내 무도는 계속 멈추지를 않았고 그녀의 안간힘도 이미 안타까운 헛수고가 되고 말았다. 광란하던 사람들이 하나씩 둘씩 동작을 멈추고 내 이상한 무도를 목도하기 시작했기 때문이다. 나는 비칠거리며 간신히 클럽을 빠져나왔다. 곧 뒤따라온 그녀가 클럽 문밖에서 내게 말했다. 어디로 가실 거죠? 나는 그때야 겨우 풀려버린 불수의운동을 저주하며 그녀에게 말해주었다. 선택은 언제나 강요된 함정이었을 뿐이오. 또 그런 과거를 가졌다는 게 이처럼 부담스럽다는 걸 당신은 모를 거요. 정말 부러울 만치 당신은 행복하군요. 그러나 그녀는 사뭇 알 수 없다는 표정뿐이었다. 나는 더 이상 그곳에서 지체할 힘이 없었다. 클럽 문 앞에 그대로 그녀를 세워둔 채나는 도망치다시피 그곳을 떠나버렸다. 그녀는 지금 어디서 무슨 생각을 하고 있을까.

대합실 안으로 사람들이 조금씩 모여들고 있었다. 매표창구에서는 남자 직원이 하품을 하며 한가하게 표를 팔기 시작했고 조금 후에는 대합실로 통하는 문을 열고 역장이 기지개를 켜며 천천히 걸어 나왔다. 나는 자리에서 일어나 대합실 안을 배회하기 시작했다. 반대편 창 너머 졸고 있는 시가지의 지붕들 위로 하늘은 여전히 파랗게 멀기만 하다. 그때였다. 내 시야에 들어온 것은 간밤의 그 여인이었다. 그녀가 우체국이 있는 거리를 사뭇 기웃거리며 이쪽으로 걸어오고 있는 게 보였다. 나는 그때야 내가 지금껏 무엇을 기다리고 있었는가를 알 수 있었다. 나는 아내를 기다린 것도 간밤의 그녀를 기다린 것도 아니었다. 단지 내가 아내나 그 여인을 또다시 마주치게 될지도 모를 이곳으로부터 멀리 둔주遁走하기 위하여 내가 타고 갈 열차를 목마르게 기다리고 있었음을 깨달았다. 나는 서둘러 표를 사서 개찰구로 나갔다. 그리고 플랫폼의 이정표 옆에 잠깐 멈춰 서서 간밤의 그 여인에게 미처 하지 못했던 말 한마디를 생각했다. 그녀 스스로 생각해내 주기를 바랄 뿐인 그 말을, 그러나 그녀가 영 생각해내지 못한대도 어쩔 수는 없는 일이었다. ―내게 있어서 당신은 이미 낯설 수 없는 존재가 돼버렸소.

　이윽고 열차가 달려오고 있었다.

선택과 둔주

풀

|

1

한 달 반씩이나, 아니 때로는 왼통 한 계절 이상을 앞질러 살아 버린다고 언젠가 친구한테 말한 적이 있었다. 그러자, 제법 사업을 한답시는 그 친구는 몰려오는 어음 틀어막다 보면 하루하루가 흔적도 없이 사라지고 마노라고 너스레를 떨고 나서, 나더러는 세상에서 둘도 없이 여유작작한 직업인이라고 응수했었다. 한데, 한 달 치고 고작 사나흘도 숨 돌릴 겨를이 없으니 정말 맥 빠질 노릇이다. 어제 하루 겨우 허리띠 풀고 한잔한 끝에 곤죽이 돼 있는 아침 나절, 데스크에서 떨어진 명령이 머리를 무겁게 짓눌러 왔다. 시사 잡지도 오락잡지도 아닌 어정쩡한 월간지에 앞뒤도 없이 삼일절 특집이라니, 쥐어짜기만 하면 손끝이나 발끝 어디서라도 비죽비죽 깜짝 놀랄만한 기사가 치약처럼 짜여 나오는 줄 아는 모양인가…

그때 누군가가 늘어진 내 어깨를 탁, 쳤다. 사진부 박 기자였다. 그는 치켜세운 엄지손가락을 출입문 쪽으로 두어 번 까딱까딱해 보이고는 곧장 등을 돌려 복도로 걸어 나갔다.

우리는 계단을 내려와 길 건너 다방에 이를 때까지도 서로 아무

이효원 단편 소설집

것도 말하지도 묻지도 않았다.

"차 한 잔 사라구."

자리에 앉자마자 그가 싱겁게 말했다. 나는 대꾸 없이 담배를 꺼내 물었다. 입안이 깔깔했다.

그러자 이번에는 이죽거리는 표정이 날아왔다.

"왜, 쓸 게 없어?"

"쓸 거 없을 때는 차를 사는 법인가?"

그는 피식 웃으며 멋대로 커피 두 잔을 시킨 다음, 안주머니에서 사진 한 장을 꺼내놓았다. 희끗희끗 잔설이 널려 있는 황량한 벌판, 그 한복판에 주위가 다 깎여 나가고 덩그러니 벼랑 위에 홀로 남아 있는 웅크린 판잣집, 그리고 멀리 배경을 이룬 아파트군群….

"이게 어쨌다는 거야?"

"서울의 고도孤島. 어떤가? 3월호라고 첫 장부터 끝 장까지 삼일절 특집만으로야 되나? 한번 덤벼 봐. K 동이야. 지나가다 우연히 찍은 거니까."

"상큼한 봄소식이라면 또 혹시 몰라도…."

"젠장."

그것으로 사진은 화제에서 밀려나 버렸다. 다탁 위에서 푸대접받던 사진은 잠시 후에 박 기자가 훌쩍 자리를 먼저 일어서는 바람에 어쩔 수 없이 내 포켓 속으로 들어왔다.

풀

2

이튿날도 여전히 막막했다. 눈이라도 쏟아지려는지 아침부터 하늘은 먹구름으로 무겁게 내려앉아 있고 특집에 대한 중압감은 시간이 지날수록 무게를 더해올 뿐이었다.

오후가 되자 나는 기어코 사진의 현장으로 갈 수밖에 없었다. 머리나 식혀보자는 심산이었다. 때문에, 회사 차는 신청하지 않고 혼자서 버스를 탔다.

8차선 도로에서 버스를 내려 상가건물과 고층아파트를 막 벗어났을 때 나는 잠시 아뜩하였다. 쾌적하게, 또는 위압적일 만큼 잘 정돈돼 있던 질서가 바로 거기, 아파트의 높은 벽을 비켜서자마자 칼로 자른 듯이 끝나버린 느낌이었다. 토 지 구 획 정 리 사 업 지구. 띄엄띄엄 서 있는 입간판 너머로 풀 한 포기 없는 황량한 벌판을 훑으며 바람이 거칠게 몰려왔다. 불도저의 바퀴와 포클레인의 삽날, 그리고 덤프트럭의 바퀴 자국이 생생하게 남아 있었다. 나는 자갈과 흙과 군데군데 얼어붙은 눈 위를 걸으면서 멀리 한 점 섬처럼 솟아 있는 벼랑 위를 물끄러미 바라보았다. '저 벼랑 위가 지표의 원형이었지'라는 느낌은 도저히 와닿지 않았다. 바다 위에 외롭게 솟아 있는 낭떠러지 섬의 강렬한 인상으로 다가올 뿐이었다.

턱밑에 이르러서야 나선처럼 가파르게 이어져 올라간 발자국의 흔적을 발견할 수가 있었다. 벼랑을 겨우 반 정도 오르면서부터 숨이 차고 등줄기에서는 땀이 솟기 시작했다.

이효원 단편 소설집

마당으로 올라서서 이마의 땀을 훔치며 잠시 숨을 돌리고 있었지만, 전혀 인기척이 없었다. 몇 번이고 소리를 지른 다음에야 문이 비시시 열리면서 꾀죄죄한 소년의 얼굴이 나타났다. 소년은 경계의 눈빛으로 나를 아래위로 훑어보기만 할 뿐 입을 떼지 않았다.

"좀 들어가도 되니?"

"왜요?"

"그냥…. 안 되니?"

"시청에서 오셨어요?"

"시청…? 아니, 기자야 난. 그냥, 사정을 좀 알아보려고 그래."

소년은 여전히 굳은 표정인 채 말없이 한 발짝 안으로 물러섰다.

방안은 온통 회색 물감을 풀어놓은 것처럼 어둑했다. 나는 갑자기 마주한 어둠에 눈을 익히면서 천천히 자리에 앉았다. 냉기가 무릎을 타고 퍼져 올라왔다. 곧이어 어둠이 눈에 익으면서 방안의 사물이 하나둘 눈에 들어오기 시작했다. 땟자국 오른 이불과 요때기 속에 삭정이 같은 노인이 누워 있고 소년은 옆에서 말없이 허공을 바라보고 있었다. 그때였다.

"악아, 새싹 돋았지야?"

노인이 입을 달싹거리고 있었다. 환청으로 착각할 만큼 그것은 전혀 뜻밖이었다. 노인의 목소리에는 가래가 끓었다.

"응야? 기태야! 텃밭 가에로 풀 다 돋아 뿌렸지야? 늦기 전에 씨 뿌리얄 턴다…."

노인의 머리맡에는 낡은 나무 궤짝이 먼지를 잔뜩 뒤집어쓴 채, 남루한 분수치고는 어울리지도 않는 자물쇠를 매달고 놓여 있었다.

소년은 대답 대신 신문지가 덕지덕지 덧발라진 방문 쪽으로 고개를 돌렸다. 소년의 모습에서 나는 언뜻 기다림의 긴 그림자를 읽을 수 있었다. 바깥에서는 음침한 바람 소리뿐, 아무 기척도 없었다.

"더 늦기 전에 남새 씨도, 꽃씨도 뿌리얄 턴다…"

노인은 신음처럼 다시 한번 입을 달싹거리고는 곧 재처럼 사그라들었다. 방안에는 어느새 무거운 침묵의 입자들이 미동도 없이 가득 찼다.

"방이 너무 차구나."

"…"

"기다리니, 누굴?"

"…, 습관이죠 뭐. 늘 그래요."

허탈과 자조가 엿처럼 끈끈하게 묻어 있는 목소리로 말하며 소년은 일어서서 방문을 열었다. 노인의 잠을 의식한 모양이었다. 나도 소년을 따라 마당으로 나왔다.

여전히 눈은 내리지도 않고 찌푸린 하늘 아래로 멀리 도시의 소음이 아득하게 밀려왔다.

고도였다. 나 또한 고도에 표류한 사람처럼 섬   한 고독이 순식간에 밀어닥쳤다.

"방이 너무 차더구나."

"…, 이태 전까지만 해도 이렇진 않았어요. 까짓거, 다급할 때 냉골 면하는 거쯤이야, 나 혼자서도 삭정이 한 아름쯤 쉽게 주워올 수 있었단 말에요. 바로 요 뒷산에서요."

소년은 턱으로 낭떠러지 너머 허공을 가리켰다.

"기다리는 게 습관이라니?"

"오토바이 소리를 기다려요. 늘요. 하지만 좀처럼 아버지는 오지 않아요."

소년은 주머니에 손을 찌른 채, 줄곧 멀리 벼랑 아래쪽을 응시하고 있었다. 벌판에는 여전히 아무것도 보이지 않았다.

"아버지가 오시면 이사 갈 참이구나."

"글쎄요."

"그럼?"

"어떻게 될지 나도 모르겠어요."

"네가 정말 힘들겠구나. 몇 학년이지?"

"중3…; 계속 다녔으면요."

겉늙어버린 이 소년의 과묵한 반응 앞에서 나는 또다시 어디서부터 얘기를 풀어나가야 할까, 잠시 망설였다. 노인은 아무래도 정상이 아닐 터, 대화는 틀린 일이 아닌가.

"할아버진 무슨 말씀을 하신 거냐?"

"씨 뿌리자고…; 들었잖아요."

더 이상 진척이 없다.

"궤짝 말이다."

이번에는 좀 엉뚱한 질문을 불쑥 던져 보았다. 남루한 궤짝과 자물쇠…; 아무래도 생경하게 보였기 때문이다.

소년의 표정을 읽으며 막 말을 시작했을 때, 방 안에서는 또다시 노인의 기침 소리가 나기 시작했다.

"아저씨도 그것 때문에 오셨나요?"

"악아, 씨 뿌리자, 응야?"

"그것 때문이라니?"

"시침 떼지 마세요."

"아가야, 기태야…"

소년이 돌아서며 말했다.

"안녕히 가세요."

소년의 목소리가 차갑게 내 얼굴을 때렸다. 방을 향해 발걸음을 떼어놓는 소년의 뒷모습이 먹빛 하늘보다 더 어두워 보였다.

두어 걸음이나 갔을까. 소년이 멈춰 섰다. 돌아보지도 않은 채 소년이 말했다.

"아저씨, 돈 좀 꿔 주시겠어요?"

"응?"

"싫으면 관두세요."

딱 말 한마디의 말미를 주고는 곧 다시 걸음을 떼어놓는 소년의 뒷모습을 보며 나는 잠에서 깨어난 사람처럼 주머니를 뒤졌다. 마침 만 원짜리 지폐 한 장이 쥐어졌다. 소년의 주머니에 그걸 찔러넣었다. 소년은 여전히 등을 보인 채 잠시 멈춰 섰다가 그 돈을 확인하고는 다시 걸음을 옮기며 말했다.

"안녕히 가세요."

이효원 단편 소설집

문이 닫혔다.

나는 하늘을 올려다보았다. 지붕의 낡은 루핑 자락이 처마 끝에서 힘없이 펄럭거리고 있었다. 멀리 벌판 건너편에서는 불빛이 하나둘 켜지기 시작했다.

마당 가에는 쓰러질 것 같은 변소가 있었다. 얼어붙은 탓으로 가까스로 넘쳐흐르지 않고 있는 오물 위에 소변을 보면서 나는 추위를 느꼈다.

3

기사화하느냐 마느냐와는 상관도 없이 나는 다음날에도 그 일에 빠져들었다. 출근하자마자 시청에 들렀다가, 조금은 기대에 어그러진 느낌으로 다시 K동으로 갔다. 담당 직원을 만날 때까지만 해도, 그래도 그 집만큼은 일방적으로 밀리기만 하는 철거민이 아니라, 가령 땅값 문제로 시청과 정면 대결이라도, 되도록이면 소송이라도 벌이고 있기를 은근히 바랐던 것이다. 그 정도라면 박 기자 말마따나 기사 거리가 될 법도 했기 때문이다.

"땅값이라고 하셨나요?"

도대체 얼마를 요구하느냐고 불쑥 던진 내 질문에 남낭 직원은 손사래부터 쳤다.

"시유지입니다, 그 집은. 물론 사업지구 내에는 사유지도 있었지요. 사유지는 합의에 의한 지가 보상으로, 또 시유지에 대해서는 이주보조금 지급으로 다 정리가 되고 그 집만 남은 겁니다."

"버틴다고 이주보조금이 늘어나는 것도 아니지 않습니까?"

"물론이죠."

"그럼 어째서 유독 그 집만 밀어내지 않았습니까?"

"글쎄요. 영감님이 워낙 막무가내더군요. 하지만 그 때문에 못 밀어낸 건 아닙니다. 생활이 하도 딱한 것 같아서 다만 이 겨울만이라도 유예를 한 거죠. 서민의 어려운 사정을 고려 안 할 수 있습니까?"

시청 직원은 온화한 웃음을 지어 보이며 내게 반문을 했었다.

하지만 아무래도 벼랑 위에 달랑 고립시켜 놓고 주위를 다 깎아내버린 처사는 차라리 어려운 사정을 외면했던 것보다도 훨씬 더 교활한 형벌로만 느껴졌다. 게다가 정면 대항할 아무 건더기도 없는 절박한 상황 속에서도 고도처럼 버티고 있는 그 모습이 한편으론 더더욱 나를 끌어당겼다.

"기태 있니?"

마당에 올라서며 소년을 찾았지만 대답이 없었다. 방문을 열었다. 노인은 잠들어 있었고, 소년은 그제야 천천히 자리에서 일어났다. 귀찮아하는 모습이 역력했다. 어제와는 달리 방안에는 미미하나마 온기가 느껴졌고 윗목에는 조그만 쌀 봉지와 냄비도 보였다.

소년과 나는 곧 마당 가에 나란히 섰다. 우리는 한참 동안 아무 말 없이 흐린 하늘을 바라보았다.

"씨를 뿌린다는 건 무슨 뜻이지?"

"떠나지 않겠다는 거죠 뭐. 하지만 그게 되겠어요? 가당키나 하냐구요. 시청에서 곧 밀어붙일 텐데요."

"언제부터 저러시니?"

"우리가 동물원 원숭이인가요? 구경거리가 되는 건 싫어요. 차라리 궤짝 속의 물건을 한 번 보여 달라고나 말하세요. 차라리 홍정을 하자고 말예요… 하지만 것두 어려울 거예요. 할아버지가 절대루…"

"그 속에 뭐가 들었는데?"

소년은 나를 힐끔 곁눈질하고는, 마치 다 알면서 내숭 떨지 말라는 투로 또박또박 빈정거리기 시작했다.

"트렁크, 광복군 복, 장화, 혁대, 태극기…"

나는 그 순간 심장이 멎는 것 같았다. 너무나 뜻밖이었다. 그러면서도 그 충격이 특종을 잡았다는 계산에서인지 아닌지는 가늠해볼 여유조차도 없었다.

"아! 독립유공자시구나, 할아버지가."

"아뇨."

"그럼 누구 건데?"

"할아버지 거죠."

"건 또 무슨 영문이냐?"

"…"

소년은 입을 다물어버렸다.

"얘기 좀 해줄 수 없니?"

"…"

"절대로 기태네 집을 구경거리로 만들 생각은 없어. 혹시 내가 너네 사정을 알게 돼서 도움이 될지 아니? 그렇지 않다면 절대 기사로 쓰지 않겠어."

"그걸 어떻게 믿어요?"

"어떡하면 믿겠니? 아, 그래, 이러면 믿겠니? 내 이름을 걸고…"

나는 기자 신분증을 꺼내 소년 앞에 내밀었다. 소년이 그걸 빤히 들여다보았다.

"김상덕 씨…, 좋아요. 한번 믿어보죠 뭐."

나는 신분증을 거둬들이면서 이 약속을 배신하게 될지도 모른다는 생각이 언뜻 떠올랐지만, 곧 그런 감상 따위는 집어치워 버렸다.

"고마워."

"그런데, 도움이라고 하셨죠?"

"그래, 무슨 도움이 필요해?"

"뻔하죠 뭐. 여기서 떠나지 않게 해주세요. 물론 떠나려면 아버지도 돌아와야 하구요. 약속할 수 있어요?"

"그래. 알았어."

나는 마음이 더욱 다급해져 있었다. 소년은 발끝을 세워 땅바닥을 톡톡 차고 있었다.

"꾼 돈은 꼭 갚을 겁니다. 그것처럼 아저씨도 약속을 지키리라 믿어요."

나는 침을 꿀꺽 삼켰다. 소년은 내 조급증과는 아랑곳없이 한참 더 뜸을 들인 다음에야 얘기를 꺼내기 시작했다.

4

재작년 봄부터였을 거예요. 시청, 구청, 동사무소 직원, 게다가 통장까지 차례로 들락거리더니…, 무슨 통지선가 딱진가가 날아들고…, 그렇게 동네가 들썩거리기 시작했어요. 그러더니 기어코 작년 봄에는 불도저, 포클레인, 덤프트럭 같은 것들이 몰려와서 야금야금 동네를 깎아내기 시작했어요. 한 스무 집쯤 되던 동네가 뿔뿔이 흩어지기 시작하더니, 여름이 되니까 흔적도 없이 사라져버렸어요. 동냥 얻듯이 몇 푼씩 손에 받아 쥐고는 다들 어디로 가버렸는지 지금은 소식마저 끊어졌구요. 그래도 녀석들이 있을 때는 아파트 아이들을 골탕까지 먹여가며 학교 다녔는데, 달랑 나 혼자 남은 후로는 아파트 아이들이 날 아주 벌레 보듯 해요.

그나저나 할아버지만은 아무도 못 말렸어요.

"날 눌러 죽이고 밀어내라, 이놈들!"

관청 사람들이 찾아오면 이러면서 땅바닥에 드러눕는데요?

산이 깎여 나가고 실개천이 묻히고 소나무와 상수리나무가 잘려 나가고…, 끝내는 할머니 산소마저 곧 깎여 나갈 판이 됐지 뭡니까. 글 할머니 묘는 바로 요 위 양지바른 데 있었걸랑요.

추석날 아침이었어요. 밤낮 시달리던 중장비 소리도 딱 멎어 있었어요. 다들 추석 쇠러들 갔겠죠. 아버지도 추석인 줄은 알았는지, 바로 전날 집에 와 있었어요. 갑자기 너무 조용해지고 볕도 아주 따스해서 그랬는지 눈물이 다 날 지경이었어요. 술병과 과일 몇

풀

개 집어 들고 우리는 할머니 산소로 올라갔습니다. 그런데 뒤따라 온 할아버지 손에는 삽과 곡괭이가 들려 있었어요. 나는 간단한 성묘가 끝날 때까지도 할아버지가 들고 온 연장이 할아버지가 손수 할머니 묘를 파헤치는 데 쓰일 줄은 정말 몰랐습니다. 아버지도 아주 뜻밖이라는 표정이었습니다. 왜냐하면, 띄엄띄엄이긴 했지만 집에 들를 때마다 아버지는 할아버지와 늘 말다툼을 했으니까요. 아버지는, 어차피 밀려날 텐데 이런다고 될 일이냐고, 산소부터라도 어떻게 해 보자고 설득하려 들었지만, 그때마다 할아버지는 아주 무쇠 같았거든요.

그러나 뜻밖인 것은 그것뿐, 이사를 하겠다든가 하는 기미는 결코 보이지 않았습니다. 그날, 할아버지는 앞장서서 봉분을 파헤치고 뼈를 추려서 화장을 한 다음 강물에 홀홀 흩뿌리고 와서부터 드러누워 버렸습니다.

다음날, 아버지는 그런 판에도 언제나처럼 연장통을 싣고 오토바이를 타고 홀쩍 떠나버렸습니다. 할아버지가 헛소리를 시작한 건 닷새 전부터예요.

아버지 얘기가 나왔으니 말이지만, 참 알 수가 없어요. 목수라곤 하는데 연장통만 봤지, 목수 일하는 걸 내 눈으로 한 번도 본 일이 없어요. 잊을 만하면 한 번씩 들르곤 하는데 들어올 때마다 아버지의 모습은 늘 어둡고 지쳐 있어요. 하룻밤, 기껏해야 이틀 밤을 자고 나면 돈 몇 푼 던져 놓고는 또 횡하니 사라져버려요. 그러나 그런 아버지를 할아버지는 크게 타박하지도 않으니 이상하지 뭡니까.

"쯧쯧, 저 역마살을 어쩌누." 하면서 어두운 얼굴을 하고 말 뿐입니다. 역마살 역마살 하지만, 그러나 아버지 얘긴 또 달라요. 할아버지가 "애비야, 인자 그만…" 하고 서두를 꺼낼라치면 아버지는 "그년을 찾기 전엔 엉덩이를 붙일 수가 없구만요. 내 그년을…" 하면서 당장 찾아 죽일 듯이 눈에 불을 켭니다. 어머니 얘기…, 말은 나왔지만 정말 생각하고 싶지도 않아요.

할머니는 돌아가시기 전까지도 늘 할아버지만 타박하셨어요.

"그놈이 달아난 계집을 찾는다곤 하지만 그건 다 핑계라니까요. 역마살 핏줄은 오지게도 타고난 놈이 무슨 핑겐들 못 댈라구. 영감이 한 일을 생각해보우. 만주 땅 중국 땅 다 헤매구두 모자라, 또 하나 남은 그 녀석 앞세워 연장통 메고 팔도를 떠돌아다닌 게 한두 해우? 그땐 핑계가 없었수? 전쟁 때 없어진, 죽은 게 뻔한 아들놈을 찾는단 핑곌 댔잖수? 이제 늙고 병들어서야 뿌리를 박으려 들지만 지금 그 녀석은 아직두 두 다리가 멀쩡한데 말을 듣겠수?"

글쎄요. 할머니 말처럼 모든 게 꼭 할아버지 탓만일까요? 모르겠어요.

궤짝 속에 있는 물건들 있잖아요. 그걸 볼 때마다, 어떨 때는 궤짝만 바라보고 있어도 할아버지의 옛날 모습이 상상되곤 해요. 그런데 떠오르는 모습이 지금 할아버지와는 아주 딴판이에요. 아주 힘센 장사거든요. 그 장사는 마음씨가 나쁘지도 않은데 웬일인지 계속 쫓기기만 하니 이상하단 말입니다. 그건 그렇구요. 지금은 저렇게 졸아들었지만, 원래는 진짜 그런 모습이었는지도 모르잖아요? 할아버지는 틀림없이 그랬을 거예요.

어쨌든 할아버지는 해방이 돼서야 고향인 평안북도에 돌아와서 결혼도 했는데, 그쪽 돌아가는 게 꼴 보기 싫어서 이듬해에 남쪽으로 내려왔다고 했어요. 그때 자리 잡은 곳이 바로 여기래요. 6.25 때 다섯 살 난 큰아버지를 잃어버렸고, 그 큰아버지를 찾겠다고 또다시 떠돌이가 시작되고….

그런데, 다른 건 다 이해할 수 있어도 어머니란 여자만은 이해할 수가 없어요. 절대로. 아홉 살 때였어요. 아침에 일어나 보니 어머니가 없어져 버렸습니다. 아버지가 중동에서 4년 동안 꼬박꼬박 보내온 돈 한 푼 남겨놓지 않구요.

5

입에 올리기조차 싫어하던 달아난 어머니의 얘기를 끝내 내뱉고 나서, 소년은 오랫동안 분노에 찬 모습으로 꼿꼿이 서 있었다. 역사의 진흙탕을 온통 맨몸으로 뒹굴며 살아온 그들에게서 방황은 언제나 끝날 것인가. 나는 소년에게 말을 건넬 수 있을 때까지 그런 생각을 하며 서 있었다.

"기태야, 그런데 말이다. 할아버지는 독립유공자가 아니시라고 했지?"

"…"

"독립운동을 하셨으면 당연히 국가유공자가 돼야지 않니?"

이효원 단편 소설집

"할머니나 아버지가 신청하라고 해도 할아버지는 산처럼 끄떡도 안 해요."

유공자 신청까지 개입할 수 있다면……. 나는 또 한 번 가슴이 뛰었다.

"기태야, 그것 좀 봐야겠다. 광복군복 말이다. 방법이 없겠니?"

"요 자락 밑에 열쇠를 넣고 계세요."

"어떻게 생각해도 좋다. 할아버지가 절대로 허락하시지 않는다면, 가령 말이다, 주무실 때 네가 어떻게든 잠깐 좀 보여줄 수 있잖겠니?"

"…"

"기태야."

소년이 마침내 발길을 돌렸다. 나도 숨을 죽인 채 뒤따랐다.

노인은 여전히 혼곤한 잠의 나락에 떨어져 있었다. 소년이 요 자락 밑으로 손을 집어넣었다. 노인의 가랑잎 같은 몸이 소년의 작은 손 때문에도 가볍게 움직이는 것 같았다. 소년의 손에 열쇠가 집혀 나왔다.

천천히 궤짝을 열었다. 나는 숨을 죽인 채 기다렸다. 소년이 궤짝 속에서 네 귀가 닳은 낡은 가죽 트렁크를 꺼냈다. 그 속에서 차례로 빛바랜 광복군복, 구멍과 끝이 닳은 가죽 혁대, 가죽이 여기 저기 벗겨진 장화, 그리고 누렇게 변색 된 태극기를 소중하게 꺼내 놓았다. 숨이 가빠졌다. 그것들을 보는 순산, 나는 한 계설이 아니라, 50년 저 뒤쪽의 만주벌판 한복판에 갑자기 와서 서 있는 듯한 환각에 빠져들었다.

"기태야, 할아버지는 계속 이러셔? 의식이 돌아올 때도 있지? 그렇지?"

나는 낮은 목소리로, 그러나 다급하게 물었다. 소년은 천천히 궤짝을 다시 잠그면서 고개를 흔들었다.

"며칠 전까지만 해도 가끔씩은…"

노인의 입을 열어야 한다, 노인의 입을…, 그래서 확인을, 정확한 지명과 정확한 연대와 정확한 증거를…. 나는 속으로 절규하면서 노인이 깨어나기만을 기다렸다. 그러나 노인은 좀처럼 깨어나지 않았다.

어두워진 다음에야 나는 그 집을 나왔다. 금방이라도 쏟아질 법한데 여전히 눈은 내리지 않았다.

6

밤새 세워놓은 도상계획대로 나는 출근하자마자 일을 착착 진행시켰다. 우선 녹음기를 준비하고 회사 차를 신청한 다음, 카메라를 챙기게 한 박 기자를 다짜고짜 차에 집어 태웠다. 그리고는 곧바로 보훈처로 달려갔다. 예상대로 역시 유공자 신청을 한 사실은 없었다.

곧이어 친구의 병원으로 달려갔다. 말이 쉬워 병원이지, 복합건물 3층 한 귀퉁이를 세내 쓰고 있는 그의 클리닉에는 마침 손님이 한 사람도 없었다.

"이봐, 왕진 좀 갈 데가 있어. 당장!"

다짜고짜 매달리는 내게 그는 안경을 고쳐 쓰며 어이없다는 표정을 지어 보였다.

"소화제를 갖고 가잔 말야, 맨손으로 왕진을 가잔 말야? 아니면 술병이라도 꿰차고 가?"

"신경쇠약 같은데, 아니면 노인성 치매, 아무튼 헛소리를 좀 하니까, 우선 기운을 차리게 해야 해. 인터뷰를 해야 되니까."

"이거 나 원."

간호사와 의사를 납치하다시피 태우고 차를 몰았다. 박 기자가 말했다.

"이봐, 김 기자. 계속 말 안 할 거야? 납치하는 걸로 알고 뛰어내린다?"

"K 동이란 것만 말해 두지."

"뭐? K 동? 콧방귀만 뀌더니? 특집은 않고, 왜 또 그쪽에 미쳤어?"

"…"

구획정리지구에 막 들어서면서도 나도 모르게 속력을 늦추지 않았던지, 차 안의 세 사람이 동시에 어이쿠 하는 소리를 질렀다. 아스팔트에서 느닷없이 맨땅으로 질주한 충격 때문이기도 했지만, 막 지나치고 보니 히마디먼 마주 오는 차와 충돌힐 삔했던 순간 때문이었다.

"이 친구야, 사고 내려고 작정하고 의사 선생님 모시고 왔나?"

계속해서 달리는 통에 이를 덜그덕거리며 박 기자가 내쏘자, 의사가 맞받았다.

풀

"의사도 같이 죽을 뻔했는데 죽은 의사가 무슨 소용입니까, 허허."

"그나저나 김 기자처럼 미친 사람이 또 있나? 이런 델 다 왔다 가게? 뱃가죽에 기름께나 낀 사람 같던데?"

"이 너른 땅, 이게 탐났던가 보죠?"

수인사도 시키지 않고 마냥 달려왔는데도 그들은 그렇게들 지껄이고 있었다.

차에서 내린 우리는 곧바로 벼랑을 올랐다. 내가 너무나 서둘렀으므로 나머지 사람들은 힘들어하면서도 내게 말을 걸어 볼 엄두를 내지 못하고 있었다. 이단 지역에 온 사람들처럼 연신 주위를 두리번거릴 뿐이었다.

"기태야!"

나는 기척을 내면서, 기다릴 것도 없이 방문을 열었다. 소년은 방문을 여는 순간 이미 눈앞에 서 있었는데 적이 당황해하는 눈치였다.

"아, 걱정할 것 없다. 내 친구들이니까."

나는 뒤 사람들에게 들어오라는 손짓을 하며 곧장 안으로 들어섰다. 그러나 소년이 얼른 비켜서지 않았으므로 나는 소년을 거의 몸으로 밀어붙이다시피 하고 방 안으로 들어온 셈이었다.

노인은 잠에 빠져 있었다.

"할아버지 진찰 좀 해드릴려구. 필요하면 주사라도…."

나는 자리를 조금 내주며 의사에게 얼른 눈짓을 보냈다. 곧 의사와 간호사가 노인의 앞에 앉았다. 의사와 간호사의 동작이 한없이 더디게만 보였다. 혈압을 잴 때까지만 해도 죽은 듯이 꺼져 있던 노인이, 배를 걷어붙이고 청진기를 들이대고 손으로 배를 눌러보고 눈꺼풀을 열어보는 사이에 잠이 깼는지 경련하듯 얼굴을 찡그리며 들릴 듯 말 듯 끙, 하는 소리를 냈다. 나는 갑갑해서, 의사에게 얼른 주사를 놓지 않고 뭘 하느냐는 눈짓을 보냈다. 이윽고 두어 가지 주사약을 추가로 삽입한 수액 병이 벽에 매달리고 주사바늘이 꽂혔다.

"아가야, 씨 뿌리자… 늦기 전에… 얼릉…"

노인이 거의 감긴 듯한 실눈을 뜨고 어둑한 천장을 응시하며 중얼거렸다. 박 기자는 넋을 놓고 바라보고 있었다. 그의 카메라도 평소와는 달리 굳게 닫혀 있을 뿐이었다. 주사 시간이 무한정 길어질 모양이었다.

"기태야, 저것 좀."

내가 궤짝을 가리키자 소년은 고개를 가로저었다. 노인이 잠들지 않고 있다는 뜻인지, 어제 다 봤지 않느냐는 뜻인지 가늠할 수가 없었다.

노인이 미세하게 몸을 움직였다. 억지로 눈꺼풀을 조금씩 밀어 올리더니 잠시 후에는 방 안의 사람들을 천천히 살피기 시작했다. 나는 기회를 놓치지 않으려고 노인에게 말을 걸었다.

"안녕히세요?"

"…"

"할아버지!"

녹음기를 틀어 노인의 입가로 갖다 댔다. 박 기자가 셔터를 눌렀다. 번쩍하고 플래시가 터졌다.

"만식아, 이놈 만식아!"

갑자기 노인이 소리를 지르며 달려들듯이 벌떡 일어났다. 눈빛을 번쩍이며 삭정이 같은 손을 내밀었다. 수액 줄이 덜렁거렸다. 나는 반사적으로 노인의 손을 덥석 잡았다. 차디찬 감촉이 섬찟했다.

"어딜 헤매다가 인제사 왔냐? 씨 뿌리며 기다리길 천만 번 잘했지야? 그래서 잊지 않고 옛집으로 찾아왔지!"

노인은 또다시 궤짝을 가리키며 말을 이었다.

"저기는 절대루 열지 마라. 역마살 귀신이 꿰었어. 이제는 방황도 지쳤단 말여. 이제는 풀뿌리처럼 붙박여 살고 싶어…"

노인의 손에서 스르르 힘이 빠져나가고 있었다. 손을 놓았다. 노인은 또다시 박 기자를 향해

"만길이 이놈, 불쌍한 놈, 하필이면 웬수 같은 애비의 역마살을 타고날 게 뭐냐, 이놈아! 이제는 그만, 네 형 만식이 하고 여그서 뿌리박고 죽도록 살자 으이…" 하고 힘이 점차 빠져나가는 목소리로 중얼거렸다. 그리고는 가랑잎 떨어지듯 자리에 도로 쓰러졌다.

"만식아, 바깥에는 꽃도 피고 텃밭 남새도 풍성하지야?"

노인의 눈에는 말라버린 듯싶던 눈물까지 얼비치고 있었다.

잠시 후에는 노인의 입이 다물어지고 눈까지 천천히 닫히기 시작했다. 나는 또다시 마음이 조급해졌다. 노인에게 다가앉아 노인을 부축해 일으키며 누구에게랄 것도 없이 소리쳤다.

"옷을 입혀야 돼. 광복군복만 찍을 게 아니라 살아 있는 광복군의 모습을 찍어야 해!"

노인이 얼굴을 찡그렸다. 나는 한 손으로 요 자락 밑을 더듬었다. 그때였다.

"무슨 짓이에요! 그 손 치워요!"

예기치 않은 소년의 분노에 나는 깜짝 놀라 손을 놓았다. 소년이 포켓에서 열쇠를 꺼내 내 앞에 집어 던졌다. 나는 허겁지겁 궤짝을 열었다. 텅 비어 있었다.

"트렁크 어쨌어?"

"미안하구만요, 구경거리가 못 돼줘서." 노골적으로 빈정거리는 말투로 소년이 또박또박 말했다. "팔았어요."

"뭐야?"

"팔았다구요. 지금 막, 백번 잘했다는 생각이 들었어요. 아저씬 우릴 이해하려는 게 아니라 구경거리로 만들고 싶어 환장했다는 게 똑똑하게 확인됐으니까요."

나는 자신도 모르게 소년의 따귀를 때리며 몸을 부르르 떨었다.

"이런 약속은 없었는데요?"

소년은 눈을 똑바로 뜨고 노려보면서 주머니에서 두툼한 지폐 다발을 꺼내 들고, 그중에서 만 원짜리 한 장을 빼내 나를 향해 내던졌다.

"지, 이젠 끝이죠? 힘으로 밀어붙이는 기 무섭지 않아요. 귀찮고 역거워서 그렇지."

소년은 더욱더 표독하게 노려보았다. 그러나 눈에서는 눈물이 고이고 있었다.

"사 간 놈이 도대체 누구야?"

풀

"거래는 뒤끝 없이 깨끗할수록 좋잖아요? 물어보지도, 말해 주지도 않았어요."

"야 이 녀석아, 유공자 신청을 해야 할 것 아냐. 그걸 어떻게…" 순간, 벌판 입구에서 막 엇갈려 나간 승용차가 문득 떠올랐다.

그러자 소년은 궤짝 밑바닥에서 누렇게 때 절은 신문 한 장을 꺼내 놓았다.

"할아버지가 싫다는데두요? 헛고생 말고 이거나 보세요. 광복군도 했지만 일본군도 했다는군요."

3년 전 신문이었다. 내가 허겁지겁 노인의 사진이 곁들여진 조그만 3단 박스기사를 읽고 있는 동안, 소년은 성난 목소리가 되어 계속 울먹거렸다.

"누구는 떠돌고 싶어 떠돌겠어요? 이제 곧 할아버지가 돌아가시면 나도 어쩔 수 없이 아버지를 찾아 떠돌 밖에요. 아버지는 아마 어느 하늘 아래선가 술이 곤드레가 돼서 오토바이와 함께 처박혀 죽고 말았을 거예요. 그렇지 않고서야 이런 판에 넉 달씩이나 오지 않을 리가 없어요. … 할아버지를, 살아있을 동안만이라도 굶겨 죽일 수는 없잖아요? 할아버지 말마따나 그것들은 역마살 귀신 쮄 것들인데요. 그것들은 할아버지의 영광이 아니라, 한낱 구경거리일 뿐이었어요. 그 기사가 나온 후에 달라진 거라고는 그걸 흥정하러 오는 사람들뿐이었으니까요. 구경거리가 돼 줄 만큼의 여유도 우리한테는 없어요."

소년은 일어서서 바깥으로 나가버렸다.

소년이 던져 놓은 지폐 옆에서 녹음기는 여태껏 제멋대로 돌아가고 있었다. 꺼버렸다. 수액이 다 끝났는지 간호사가 주사바늘을 잡아 빼고 있었다. 나는 다시 그 빛바랜 신문으로 눈을 돌렸다.

… 기이한 삶도 있다. … 그는 1912년 평안북도 의주에서 태어났다. 두 살 때인 1914년, 그의 아버지는 일제의 압제 때문에 가족을 이끌고 압록강 너머 중국 땅 봉천으로 건너갔다. 그가 거기서 소학교를 겨우 마쳤을 때, 만주사변이 터졌다. 난리 통에 부모, 두 형, 누나를 잃어 하루아침에 고아가 된 그는 동네 중국인들 틈에 끼어 천진으로 피난 갔다. 하지만 곧 만주가 통째로 일본군 손아귀에 들어가면서 그는 중국인 친구들과 함께 일본군 야간훈련학교에 들어갔다. 1년간 단기 코스를 마치자 중국어에 능통했던 그는 조일신문 연락원 겸 남경 특무기관원으로 중국군을 일본군에 귀순시키는 임무를 맡게 되었다. 한 번은 중국군 유격대장을 귀순시켰는데 석 달 뒤에 다시 중국군 진영으로 달아나버렸다. 그 일로 의심을 받자 그는 중국군 포로 9명을 데리고 중국군에 투항함으로써 자기 자신이 귀순자가 됐다. … 이번에는 마지막으로 광복군에 들어갔다. 그는 1945년 8월까지 다시는 광복군을 떠나지 않았다. … 그는 오늘 3.1절 아침에 빛바랜 광복군복을 매만지며 거칠었던 지난날을 되새겼다. 그러나 그는 애국지사로도 선구자로도 나설 수가 없다. 오직, 극과 극을 달려온 수난자일 뿐이다. 불우했던 민족의 수난사와 너무나도 닮은 일생이었다. ….

풀

나는 마음속으로 이렇게 덧붙였다. ―역사가, 그리고 우리 모두가 노인을 여태껏 뿌리박지 못하게 해왔고, 지금도 여전히 그를 밀어내고 있는 중이다. 게다가 우리는 또 그를 구경거리로 삼아 오히려 반사적 즐거움까지 얻어내고 있다.―

방안에는 이제 노인의 꺼져가는 숨소리 외에는 아무 소리도 들리지 않았다. 나도 박 기자도 의사도 간호사도 빈 궤짝과 함께 어둠 속의 한갓 정물로 남아 있을 뿐이었다.

눈은 여전히 내리지 않는 모양이었다.

이효원 단편 소설집

스타일論

|

T 지점에선 전 직원이 일제히 만세를 불렀다—.

쇼킹하달까, 심상찮달까, 하여튼 놀라운 소문이었다. D 지점 직원들은 돈을 세다 말고, 컴퓨터 단말기의 키보드를 두드리다 말고, 서류철을 넘기다 말고, 도장을 찍다 말고, 계산을 하다 말고, 그리고 기타 무슨 일이든 일손을 놓고는 옆의 직원과 귀엣말을 주고받으면서 차례차례 당황하고 놀란 표정으로 변해갔다. 그러니까, 오전에 전국적인 지점장급 인사이동이 있었던 바로 그날 오후에 생긴 일이었다.

이 소문이 번지기 바로 직전까지만 해도 직원들의 표정은 지금과는 아주 딴판이었었다. 잘 익은 알밤 송이처럼 제물에 자꾸만 벌어지려는 입들을 억지로 단속하느라고 안간힘을 쓰다 보니 저마다 말처럼 코를 벌름거리거나, 눈꼬리가 자꾸만 찢어지곤 했었다.

곡절은 자명하다. 가마솥에 깨 볶듯이 직원들을 달달 볶아대던 황 지점장이 갈려가기 때문이었다.

T 지점 최 지점장은 불칼이다—.

겨우 한 시간이나 지났을까? 이번에는 마치 첫 번째 소문의 사실성을 증명이라도 하려는 듯, 이런 소문이 뒤따라왔다.

떠난다고 만세까지 불러? 불칼이라…?

이제 D 지점 직원들에게 있어서, 황 지점장이 자기들에게서 떠나 준다는 홍감한 사실 따위는 천 리 저쪽 T 지점의 소문에 무참히 깔아뭉개지고 있었다. 그도 그럴 것이, 다름 아닌 바로 그 최 지점 장이 늦어도 이삼일 뒤면 여기 D 지점에 어김없이 부임하게 되어 있기 때문이다. 살쾡이 몰아내자 범 들어온다던가. 그런 격이었다.

다음 날은 토요일. 직원들은 웬일인지 퇴근할 생각들을 하지 않았다. 시간외근무라면 손사래를 치던 직원들이, 그런 사실은 상기조차 하는 일 없이 늦도록 서류를 뒤적거리고 앉아 있었다. 하지만, 촉각만은 어김없이 신임 최 지점장이 언제 부임하느냐는 문제에 닿아 있었다. 관례로 보나 일정으로 보나 월요일쯤 부임할 것이 확실한데도, 직원들은 한사코 고개를 갸우뚱거렸다. 늦어도 내일 아침, 아니면 지금 당장이라도 불쑥 나타남으로써, 일요일이거나 주말이거나 그따위 것들이 싹 무시될 상황을 눈앞에 그려보고 있는 참이었다.

일요일에도 직원들은 꾸역꾸역 출근들을 했다. 아무도 시키지 않은 일, 서로가 약간씩 겸연쩍은 표정을 감추지는 못했지만, 그렇다고 해서 자기들의 그런 행위에 대하여 입을 벌려 천착하는 사람 또한 아무도 없었다.

토요일과 일요일은 아무 일 없이 지나가 버렸다.

일요일 밤. 직원들은 느지막해서야 제가끔 사무실을 나섰다. 거리는 불빛과 어둠이 뒤헝클어진 채 온갖 잡답雜沓으로 가득 차 있었다.

이제는, 그 주말의 이틀 동안 줄곧 자리를 비운 동료가 두엇 있었다는 사실조차도 더 이상 아무도 기억하려 들지 않았다.

그 이틀 동안, 박태삼은 서무 주임임을 앞세워 새 지점장의 이삿 짐을 옮기고 있었으며, 김병식은 홀로 겨울 등산을 즐겼을 뿐 다른 것은 아무것도 생각하지 않았다.

새 지점장은 월요일 아침에 부임했다.

전 직원이 도열한 조회 석상에 전임·신임 두 지점장이 나란히 나 타났다.

황 지점장의 의례적인 이임사가 약간은 지루하게 계속됐다.

"… 훌륭한 신임 지점장님을 모시고 앞으로 빛나는 업적을 쌓아 올려…"

그렇게 당부하면서, 시종 신임 지점장에 대한 예우를 잊지 않았다.

직원들은 아무도 황 지점장의 말에 귀 기울이지 않았다. 이제는 귀에 딱지가 앉고 신물이 넘어오는 목소리였다. 직원들은 오로지 최 지점장의 모습에만 온 신경을 집중하고 있었다.

키가 작았다. 대신, 딱 벌어진 어깨와 공격적인 눈, 그리고 한일 자로 길게 다문 입과 검푸른 입술을 가진 그는, 워낙 당당하게 서 있어서 철저하게 비정한 투사鬪士의 모습으로만 보였다. 직원들은 그런 최 지점장 앞에서 당장, 생각지도 않은 어떤 일이라도 와장창 일어나지나 않을까, 괜한 조바심을 치고 있었다.

이윽고 황 지점장은 장광설을 끝맺으면서, "최 지점장님의 좋은 말씀을 경청하시기 바랍니다."라고 말하고는 자리를 비켜섰다. 직원들은 침을 꼴깍 삼켰다.

"생략!"

발 한 짝 옮기지 않고, 외눈 하나 깜짝 않은 채 최 지점장이 말했다.

놀란 것은 직원들뿐만이 아니었다. 황 지점장도 얼마나 뜻밖이었던지, 조회를 끝마쳐야 할 텐데 "이상"이라고 말하는 데까지 어색한 시간이 한참이나 흘렀다.

조회는 그것으로 끝났다. 직원들은 생략의 의미가 무엇인지 종잡을 수가 없었다. 황 지점장의 장광설을 공개적으로 야유 또는 묵살하려는 건지, '내 식은 달라!' 하는 뜻의 예고인지…. 어쨌든 특이한 스타일인 것만은 틀림이 없었다.

조회가 끝나고 곧바로 지점장실로 들어간 두 지점장은 점심때가 되도록 꼼짝도 하지 않았다. 인수인계서가 미리 작성돼 있는 이상 잠시 일별하는 것으로 끝나는 게 관행이고 상식이거늘, 뜻밖으로 시간이 길어지는 데에 직원들은 혀를 내두르지 않을 수 없었다. 미진한 데라도 있다면 인수를 받지 않을 수도 있단 말인가?

점심시간이 지났다.

지점장실 앞에는 이상하고 낯선 풍경이 벌어지기 시작했다. 직원들이 줄을 서기 시작한 것이나. 줄이라야 상사진을 친 것도 아니고, 서열순으로 두세 명씩 문밖에서 자기 차례를 기다리는 것이었지만, 입사 면접시험을 치른 이후 이런 일은 누구나 처음이었다. 다름 아닌 새 지점장의 직원 인수 방식이었다.

직원들은 차례를 기다리는 동안 긴장한다. 몸이 미리감치 빳빳해지고 가슴이 뛴다. 합격 불합격의 분수령에 선 입사 면접시험 때 같다. 마침내 지점장실로 들어갈 때는 발걸음과 숨소리마저 세어가면서 걸음을 옮긴다.

최 지점장은 방금 직원 대장에서 뗀 눈길을 상대방을 향해 쏘아보듯 던진다. 직원은 눈 둘 데를 몰라 허둥지둥한다. 그리고 잠시 후 최 지점장이 대장을 말없이 한 장 넘기면, 황 지점장이 옆에서 말한다.

"됐어."

그러면 로봇처럼 허정허정 말없이 걸어 나와야 한다. 그다음 직원은 벨이 울려야 들어간다.

그동안은 뭘까? 다음 면접 직원에 대한 평가를 전임자에게서 듣고 있는 것은 아닐까? 직원들은 이런 결론에 다다르고 있었다. 그렇다면 그들은 발가벗겨진 채로 그 앞에 들어가 서서 최 지점장의 일방적인 눈길에 의해 확인되는 절차를 밟는 것이 아니고 무엇이랴.

최 지점장은 별도로 작성된 직원명단의 이름 위에다 가끔 방점을 찍었고, 또 간단한 메모를 하기도 하며 면접을 계속해 나갔다.

어떤 직원은 잔뜩 긴장한 나머지 같은 쪽 팔다리가 동시에 나가는 고문관 걸음걸이로 들어서기도 했다. 또 다른 직원은 전 지점장이 자기를 어떻게 인계했는지 궁금한 나머지, 자신과 전 지점장과의 남다른 유대를 상기해두기 위해 슬쩍 전 지점장의 표정을 살피기도 했다. 그러나 전 지점장은 시선을 딴 곳에 두고 있었으며, 되레 새 지점장의 눈길만 더욱 따가워 보였을 뿐이다.

다음날 아침, 직원 조회가 열렸다. 물론 황 지점장이 전날의 유례없이 길고 긴 인계 절차를 끝내고는 밤늦게 황황히 떠나 가버린 뒤였다. 취임사마저 생략한 최 지점장이 이제는 무슨 말을 쏟아놓을 것인지, 도열한 직원들은 긴장하고, 첫 번째 조회는 첫머리부터 괴괴한 모습으로 시작되었다.

이윽고 최 지점장이 입을 열었다.

"D 지점의 신화를 창조합시다, 여러분!"

이렇게 첫마디를 쏟아대는 그는 느긋한 노신사의 체취는 물론, 깐죽거리는 얄팍한 관리자의 모습과도 또한 거리가 멀었다. 그의 몸에서는 오직 청동상에서와 같은 투사의 비정함만이 강렬하게 내비칠 뿐이었다.

"이 대열에서 낙오자란 결코 있을 수 없습니다. 조직을 위해서는 낙오자이기 전에 이미 도태될 수밖에 없는 것입니다. D 지점의 신화를 위하여…"

그는 말하면서 직원들의 표정을 하나하나 놓치지 않고 읽어나갔다.

그가 D 지점에 처음 발을 들여놓았을 때만 해도 앞질러 온 소문으로 긴장을 했는데도 불구하고, 직원들에게는 적당한 게으름과 눈치와 무사안일 같은 타성의 비늘들이 여전히 달라붙어 있었다. 마치 고뿔 난 강아지의 눈가에 낀 눈곱처럼.

그런데 그 타성의 비늘들이 이제 하나씩 소리 없이 떨어져 나가고 있는 것을 그는 보고 있었다. 그는 회심의 미소를 속으로 삼켰다. 겉 표정에는 한 치의 흐트러짐도 없었다.

스타일論

지점장은 군더더기 잔소리 같은 것은 한 마디도 늘어놓지 않았다.

끝부분에 가서는 업무 분담에 대한 방침을 발표했다.

"업무 분담은 우리 전 직원이 다 함께 하기로 합시다. 말하자면, 각자가 스스로 자신의 인사권자가 되는 것입니다. 다만, 취합과 조정만 지점장인 내가 하겠다는 겁니다."

그것 또한 충격이었다.

지점장의 발표에 따르면, 각자 자신이 원하는 계를 1순위, 2순위로 구분하여 써내라는 것이었다. 1순위를 그대로 반영하되, 중복되는 경우에만 2순위를 참작한다고 했다.

써내 봤자지. 결국은 자기 복안대로 할 거면서, 제스처만 쓰는 거지….

직원들은 궁시렁거리면서 고개를 갸우뚱거리면서 이상한 계 이동을 경험하고 있었다.

한직으로 이름난 계산 계나 출납을 자학적으로 자원하는 사람도 있었다. 떡고물이라도 떨어진다는 대부계를 써내는 직원도 있었다. 늘 지점장 가까이 있어야 하는 서무계를 원하는 사람도 있었다. 어느 쪽이거나 그들의 심사는, 어디 이렇게 써내도 그대로 되나 두고 보자, 하는 것이었다.

다음날이었다. 예상이 완전히 빗나갔다고나 할까, 결과는 간단했다. 써낸 대로 모두가 발령이 났다.

묘한 것은, 어떤 의도였건 전혀 능력 밖의 업무를 지원한 직원은 아무도 없었다는 사실이었다.

계 이동 다음이면 으레 한 차례씩 일곤 하던 불평불만은 씻은 듯이 자취를 감췄다.

그리고 며칠이 지났다.

그 며칠 동안 아무 일도 일어나지 않았다.

직원들은 불안해지기 시작했다. 잔소리도 듣고 닦달도 받고, 때로는 욕도 먹고, 그걸 삭이느라 지점장을 안주 삼아 짓씹으며 술도 퍼마시며, 그렇게 신경을 무디게 하는 것이 알게 모르게 일상이 되어 있었는데, 바로 그 일상의 실체가 통째로 무너져버린 것이었다.

예금 독려는 또 어째서 안 한다지? 도대체 뭐가 잘못된 거야?

직원들이 그런 생각들을 하고 있던 어느 날, 사무실 벽에 커다란 그래프가 한 장 나붙었다. 개인별 예금유치실적표란 이름을 달고, 길고 짧은 막대가 서로 키재기를 하고 있었다.

매일매일 상황은 달라지고 막대가 자라지 않는 직원은 얼굴색이 어두워지기 시작했다. 그러나 그뿐, 지점장은 아무 말이 없다. 일테면 한 사람씩 쥐어짜는 식의 닦달은커녕, 지나가는 말로라도 예금유치에 대하여는 언급이 없다.

잘못된 불칼인가?

직원들은 고개를 갸웃거렸다.

어느 바쁜 오후였다.

"뭐 이따위 은행이 다 있어!"

예금계 쪽에서 갑자기 사무실을 쩌렁쩌렁 울리는 고함이 터져

스타일論

나왔다. 오십 대의 배불뚝이 사내가 삿대질을 해대며 기세를 올리고 있었다.

"은행이 여기밖에 없나!"

객장에 가득 찬 손님들, 그리고 바쁜 일손을 놀리던 직원들의 모든 시선이 그쪽으로 집중되고, 예금계 직원들은 쩔쩔매고 있었다. 누구의 잘잘못을 가리기보다는, 소란이 인 것만으로도 예금계 직원들은 이미 할 말이 없다. 친절, 친절, 또 친절. 모든 것에 우선하는 이 명제! 불칼이라는 지점장은 공교롭게도 하필이면 그 시간에 뒤편 지점장석에 정좌를 하고 앉아 있다. 직원들은 뒤통수에 불이 날 지경이다.

그때였다.

"당신 뭐야! 뭔데 남의 사무실에 와서 떠들고 그래!"

배불뚝이 사내의 목소리를 압도하는 고함소리가 예금계 뒤통수에서 튀어나왔다. 지점장이 어느새 다가와 무서운 눈으로 사내를 쏘아보고 있었다.

사내는 엉거주춤하였다. 그러나 또다시 떠들었다.

"고객한테 뭐가 어떻다고? 고객한테 이래도 되는 거야?"

"당신 같은 고객은 필요 없어!"

'고객은 무조건 왕'이라는 전제 위에 군림하려던 사내는 '고객도 고객 나름'이라는 불칼의 공격에는 더 이상 견디지 못했다.

"어디 두고 보자…."

중얼거리면서, 시뻘겋게 달아오른 얼굴로 사내는 사무실을 나가 버렸다.

그 사내는 전날 입금한 어음을 결제 마감 시간도 되기 전에 지급해 달라고 떼거리를 쓰던 중이어서, 지점장은 직원이 고분고분 차근차근 누차 설명하던 상황을 뒤에서 다 파악하고 있었던 터였다.

하지만, 아무리 경우 없는 고객에게라도, 이런 대응은 상상조차도 해본 일이 없는 직원들이었다. 직원들은 짓눌려왔던 가슴이 탁 틔는 충격 때문에 쩍 벌어진 입을 다물지 못했다.

역시 불칼은 불칼이다―.

본점에서 김 이사金理事가 내려왔다.

예고된 임점臨店이었으니만치, 브리핑 차트는 물론, 각종 현황판, 도표 등등이 사흘에 걸쳐 완벽하게 준비되었다. 예고된 임점이라는 것이 준비기간은 얻을 수 있는 반면에 미비점이나 실수는 인정되지 않는 법이다. 직원들은 완벽한 준비에도 불구하고 긴장되었다.

김 이사가 준비된 앞자리에 앉자 직원들은 그 뒤로 줄지어 앉았다. 지점장이 지시봉을 들고 브리핑 차트 앞에 섰다. 직원들은 김 이사의 희끗희끗한 뒷머리와 지점장의 얼굴을 번갈아 쳐다보았다. 지점장은 얼굴을 곧추 치켜세우고 아주 당당하게 서서 브리핑을 시작했다.

그런데, 이상한 일이 일이있다.

지점장이 무엇을 질겅질겅 씹고 있었다. 직원들은 처음에는 잘못 본 것이 아닌가 하고 눈을 껌벅거리며 다시 쳐다보았다. 그러나 그것은 아무리 다시 쳐다보아도 필시 껌을 씹고 있는 것이 분명하였다. 더구나 그 표정이 김 이사 쪽을 향하여 깍듯한 자세로 브리핑

하는 것이 아니라, 거의 직원 쪽으로 여기저기 시선을 옮겨가면서, 게다가 껌까지 질경질경 씹어가면서 브리핑이란 걸 하고 있었다.

놀라고 민망하고 조마조마한 것은 되레 직원들이었다. 목이 타고 가슴이 두근거렸다.

매니큐어를 칠해서는 안 된다든가, 립스틱을 발라서도 안 된다든가, 넥타이를 꼭 매야한다든가 하는 일들이 상식인 것 이상으로, 껌이라면 말할 것도 없다. 고객 앞에서 그런 것을, 황차況且 이사 앞에서 업무브리핑을 하는 자리라면 더욱더 말할 것도 없다.

이상한 일은 이상하게 계속되고 또 끝났다. 지점장은 끝까지 껌을 질경거렸고, 김 이사는 브리핑을 끝까지 듣고 그대로 지점을 떠났다. 그밖에는 아무 일도 일어나지 않았다.

최 지점장은 은행장이라면 모를까, 이사 같은 것들은 똥만큼도 안 여긴다. 줄이 워낙 대단해서 이사승진은 시간문제다. C급 T 지점에서 일약 A급 D 지점으로 온 것만 해도 서열 따위는 무시된 대단한 도약이다. D 지점은 이사 승진 전과를 올리기 위한 마지막 기착지다―.

김 이사 임점 이후 이런 말이 나돌았다.

직원들에게서는 확실히 만성적인 불평불만, 그리고 나른한 게으름 같은 타성의 비늘들이 자신들도 모르는 사이에 거의 떨어져 나가버렸다. 지점장이 연출해내는 끊임없는 예상 밖의 충격―그것으로 직원들은 한시나마 게으를 틈이 없었다. 예금계수도 순조롭고, 일상의 업무도 잘 굴러가고 있었다. 직원들은 이제 게으름을 피울 만한 여유도 명분도, 불평불만을 터뜨릴만한 구실도 다 잃어버렸다. 그뿐만 아니라, 대다수 직원은 전혀 새로운 지점장의 스타일에 흡인되어 의욕에 들떠 있는 것도 사실이었다.

아무리 그렇더라도, 사오십 명 직원이 똑같이 적극적이고 열성적일 수만은 없는 법이다.

하루는 지점장이 당좌계 직원 A를 불렀다.

"어제 현재 우리 지점 총예금이 얼마야?"

A가 지점장 책상 앞에 채 멈춰 서기도 전에 지점장이 물었다.

"…"

느닷없이 그걸 알 리가 없었다.

"저축성예금은?"

"…"

"적금 계약고는?"

"잘 모르겠습니다."

"너 도대체 뭐 하는 인간이야? 한강이나 가서 풍덩 빠져 죽어버려!"

또 다른 직원 몇 명도 어느 날 그렇게 불려가서 계수 테스트를 당했다. 누구는 천만 단위 숫자 하나가 틀렸다고 해서 적당히 호도하려는 파렴치한 인간으로 모욕을 당하기도 했다.

직원들은 얼마 후에야 그렇게 불려간 사람들이 어떻게 선정됐는가를 차차 알게 됐다. 막대그래프와 관련, 예금유치 실적이 저조한

스타일論

직원들이 그들이었다. 하지만 지점장은 계수 테스트만 했지, 예금 유치에 대한 직접적인 추궁은 한마디도 하지 않았다.

김병식도 그렇게 어느 날 갑자기 지점장 앞에 호출당한 직원 중의 하나였다.

"어제 현재 총예금?"

"오백삼십팔억 육천구백만 원입니다."

적금 계약고는? 월말 목표액 대비 과부족은? 우리 은행 삼대 지표는?

속사포 식 질문에 총알 같은 대답이 계속됐다.

관련 계수를 은밀하게 미리 다 외워둔 다음 직원을 호출하는 지점장이기 때문에, 김병식의 총알 같은, 그리고 정확한 대답에는 질리지 않을 수 없었다.

"계수 파악 아주 잘하고 있군."

"가도 되겠습니까?"

슬그머니 돌아가 줘도 되겠건만, 녀석은 또 난처한 데를 가시처럼 찌르고 들었다.

"그러게."

녀석은 그 말이 떨어지기가 무섭게 홱 등을 보이고 돌아간다. 녀석의 뒤 꼭지를 보며 지점장은 꾀씸한 생각을 지울 수가 없다.

예금유치는 하지도 않은 녀석이 계수만 언제 달달달 외워 놨단 말인가. 자신의 마음속을 꿰뚫어 보는 것 같은 이 당돌한 녀석이 지점장은 신경에 몹시 거슬렸다.

그뿐인가. 녀석의 눈빛, 그 눈빛이 언제부터인가 날카로운 송곳처럼 가슴을 찔러오곤 했었다. 아침 출근 시간, 지점장이 사무실로 들어서면 앞다투어 모두들 깍듯이 허리를 굽힌다. 그런데 유독 김병식이란 녀석만은 인사는커녕 독사처럼 빳빳이 고개를 쳐들고 날카로운 눈빛을 쏘아 보낸다. 지점장이 이미 출근해 있는 사무실을 들어설 때도, 녀석은 다를 바가 없다. 그렇다고 옆구리를 찔러서 절 받기도 되레 망신스럽고, 또 그걸 추궁한대도 녀석의 입에서 무슨 독설이 튀어나올지 모를 일이다.

지점장은 뒷골목 선술집에 자주 갔다. 퇴근 시간이 가까워지면 선술집으로 빠져나가서 직원 한두 명쯤 전화로 슬쩍 불러내곤 했다. 초대되는 직원은 대체로 격려 또는 칭찬이 필요한 직원이었다. 지점장은 그들과 마주 앉아 빈대떡이나 족발을 놓고 소주잔을 기울였다. 지점장과 대작해본 직원은 모두가 혀를 내둘렀다. 빨리 많이 마시기로 지점장에게 두 손 들지 않은 직원이 없었기 때문이다. 우선 그것만으로도 압도당한 직원들은 은연중에 격려와 위로와 부추김을 받고, 한 몸을 던져서라도 일을 하지 않고는 안 되게끔 되었다. 혹사를 혹사라고 불평할 수가 없게 됐다. 차차, 한강에 빠져 죽으라는 모멸을 당하고도 직원들은 반항할 줄을 몰랐다.
웬만한 직원들이 한 번 이상쯤 소줏집에 초대되었을 무렵, 심병식에게도 그런 기회가 왔다.
김병식은 서무 주임을 통해 전갈이 왔을 때, 이렇게 말했다.

스타일論

"지금 한창 바쁜 시간입니다. 술 마실 시간이 아니라고 전해 주십시오. 마음 맞는 친구와 퇴근 후라면 모를까."

D 지점의 계수 일지에는 단 하루도 후퇴란 없다─.

이것이 그즈음 지점장이 내세운 모토이자 철칙이었다.

직원들은 그날그날 예금계수가 줄지나 않을까, 외줄 위를 걷는 광대처럼 초조한 나날을 보내야 했다. 혹시라도 인출되는 만큼 신규 예입이 없으면, 마감을 하지 못했다. 어디서 끌어 오든지 하여간 전날보다는 올라가야 됐다. 그러나 예금이 예금주 사정에 달렸지, 은행 마음대로 되지만은 않는 법이었다.

직원들은 마침내 한 가지 얄팍한 꾀를 냈다. 인출 전표를 모아 두었다가 예입 건이 많지 않으면 필요한 만큼은 마감후로 처리, 다음날로 이연시키는 방법이었다.

지점장은 그 사실을 아는지 모르는지 말이 없고, 직원들 사이에는 그것이 공공연한 비밀로 되어 있었다.

김병식이 어느 날 그 철칙을 깨뜨리고 나왔다. 지점장이 당장 김병식을 불러 세운 건 물론이다.

지점장의 얼굴이 납덩이처럼 굳어지며 김병식을 노려보았다. 언감생심, 지점장의 카리스마에 도전하는 직원은 도저히 용납할 수 없다는 결의와 분노가 차갑게 응고된 표정이었다.

김병식은 태연한 표정으로 말했다.

"부르셨습니까, 지점장님?"

"너, 이달 목표액이 얼만지 알아?"

"네, 물론입니다. 총예금…."

김병식은 총예금, 저축성예금, 적금 계약고… 식으로 막힘이 없다.

"목표까지 횅하게 아는 놈이 계수를 후퇴시켜?"

"목표라는 것과 계수 후퇴는 별갭니다. 계수는 후퇴시킨 게 아니라 결과가 그렇게 됐을 뿐입니다."

"뭐가 어째?"

"개구리도 도약하기 위해서는 일단 뒤로 움츠리는 법입니다. 단 하루도 후퇴란 없다ㅡ, 이건 위선입니다. 예금하거나 찾아가는 건 고객 뜻이지 우리 뜻이 아니지 않습니까? 다만 최선을 다할 뿐이죠."

지점장의 입술이 파르르 떨리고 있었다.

그때, 서무 주임 박태삼이 달려와 김병삼의 소매를 끌고 갔다. 만일 그렇지 않았더라면 지점장의 감정은 도대체 어디까지 에스컬레이트 됐을지 모를 일이었다.

"저놈, 저놈…."

사라지는 김병식의 뒤통수에다 대고 지점장은 격앙된 분노를 터뜨렸다.

그 일은 그것으로 끝났다.

직원들의 우려와 관심에도 불구하고, 아무런 후속 소치도 없었다. 이미 내심의 미묘한 곳이 건드려진 마당에, 또다시 말단직원을 보복하는 인상의 후속 조치를 취할 수는 없는 노릇이었다. 체면과 자존심 문제였다.

김병식은 언제 무슨 일이 있었더냐 싶게 태평스런 모습이다.

지점장은 자신의 불같은 성격을 탓할 수밖에 없었다.

지점장의 성격을 하루아침에 개에게 던져줄 수는 없었다.

여전히 조였다. 죄는 것도, 자신은 완벽한 윤리성과 보스로서의 위치를 확보해놓고, 그 완벽한 명분으로 죄었기 때문에 직원들은 움쩍할 수가 없었다.

아무 불만이 없으면서도 직원들의 얼굴에서는 밝은 빛이 사라져 갔다.

월말이 가까워진 월요일 아침의 조회 시간. 이미 월말 목표를 너끈히 달성한 뒤였다. 하지만, 지점장은 본점에서 하달되는 목표의 달성만으로는 끝나지 않았다. 150% 초과 달성이냐, 200% 초과 달성이냐, 이것이 항상 지점장의 문제였다.

이달에는 250% 초과 달성의 신화를 들고나와 열을 올렸다. 아무리 채워도 채워지지 않는 지점장의 욕망이 직원들을 향해 빈 아가리를 쩍 벌리고 있었다.

조회가 막 끝났다.

직원들은 탈진한 모습으로 흩어지기 시작했고, 지점장은 조회를 끝내자마자 곧바로 자기 자리에 무게 있게 앉았다.

그런데 그 순간, 지점장은 용수철처럼 튕겨져 일어나며 "윽" 하고 소리를 질렀다. 흩어지던 직원들이 반사적으로 모조리 되돌아섰다. 지점장은 똥 집어먹은 고양이상이 되어 등 뒤로 몸을 구부리더

이효원 단편 소설집

니, 엉덩짝에서 핀 하나를 뽑아냈다. 가까운 사람은 보았겠지만, 핀에는 빨간 피가 묻어 있었다.

우연이라면 너무나 기묘한 사건이었다. 누군가 의자 방석 속에 핀을 거꾸로 꽂아 놓았음이 분명해 보였다.

지점장은 직원들의 시선이 모여져 있는 걸 뒤늦게 알았는지, 뽑아낸 핀을 우물우물 손안에 움켜쥐고 지점장실을 향해 성큼성큼 걸어가기 시작했다.

직원들은 모두가 날카로운 핀이 한 2센티미터쯤 자신의 살 속에 박혔던 것처럼 아픈 표정들을 지었다.

그러나, 곧 한쪽에서 폭죽 같은 웃음소리가 터져 나왔다. 당혹한 모든 시선이 그쪽으로 모였다. 김병식이 구김살 없이 웃고 있었다. 걸어가던 지점장도 흘끗 고개를 돌려 그쪽을 보았으나, 곧 눈길을 거두고는 허둥지둥 지점장실로 들어가 버렸다.

직원들은 또다시 김병식의 신상 문제를 걱정했다. 그렇다고 드러내놓고 김병식에게 얘기하는 사람도 없었다.

당사자인 김병식은 여전히 무사태평이다.

며칠 후에는 이런 루머가 돌았다.

김병식은 양심선언을 준비해 뒀다. 앞으로 2년 안에 다른 데로 인사이동 되면, 그것은 김병식 자신의 희망과는 일절 관계가 없는 타의에 의한 것이다―, 라고.

그것은 곧 지점장의 귀에까지 흘러 들어갔다.

스타일論

야유회를 갔다.

무르익은 봄날, 산과 들에는 봄빛이 무르녹아 짙푸르고 하늘에는 양떼구름이 두어 송이 둥실 떠다니고 있었다.

차를 타면서부터 야유회의 프로그램은 시작됐다. 이름하여 D 지점 춘계 대 단합대회. 공지사항과 주의사항이 전달되고 곧이어 팀 구성, 노래자랑, 장기자랑, 그리고 전 직원 제창…. 제창을 위해서는 이십여 곡의 악보와 가사가 수록된 유인물이 배부되었으며, 또 별도의 야유회 진행시간표까지 배부되었다.

차에서 내린 다음에는 배구, 풋볼 야구, 보물찾기, 닭싸움, 기마전, 장기 경연, 씨름 경기 순으로 진행되었다.

왼 종일 짙푸른 하늘, 그리고 구름 한 번 쳐다볼 틈조차 없었다. 점심 해 먹기도 '조별 취사 경연대회'라 이름 붙여, 미각상, 푸짐상, 협동상 등으로 경쟁을 붙여놓는 식이었다. 해가 기우는 것도 프로그램이 막바지에 이른 것으로 짐작들을 할 지경이었다.

어쨌거나, 그날의 하이라이트는 역시 마지막 순서인 씨름 경기였다.

네 팀에서 각각 두 명씩, 도합 여덟 명의 선수가 토너먼트전으로 자웅을 가렸다. 당당한 체격답게 지점장도 출전하였으며, 모든 선수가 정정당당한 경기를 다짐하는 선수 선서까지 빠짐없이 했다.

지점장은 연전연승하였다. 지점장은 시합 때마다,

"자네, 날 좀 이겨보게!"

하고 상대방의 어깨를 두드리는 걸 잊지 않았지만, 상대는 힘없이 쓰러지곤 했다.

끝내 지점장은 결승전까지 올라갔고, 거기서 김병식과 맞붙지 않을 수 없게 되었다.

김병식은 몇 번 공격을 시도해 보았다. 지점장도 결코 형편없는 상대만은 아니었다. 둘러선 직원들이 와와, 함성을 질러댔다.

김병식은 맞물린 어깨 위로 은근히 한마디를 던져보았다.

"제가 지기를 원하십니까?"

"날 좀 이겨보게!"

함성에 묻혀 두 사람의 대화는 두 사람만 알아듣고 있었다.

"반어법은 아닐 테죠?"

지점장은 다시 샅바를 바짝 끌어당기며 말했다.

"하지만 자넨 이기지 못할 거야."

김병식도 샅바를 바짝 끌어당겼다. 팽팽한 접전이 계속되자 함성은 점차 잦아들기 시작했다. 둘러선 얼굴들 위로 불안한 빛이 스쳐 지나가고 있었다.

몇 번 지점장의 공격을 잘 막아낸 김병식은 있는 힘을 다 모아 지점장을 배지기로 메다꽂았다. 지점장이 보기 좋게 나가떨어지며 모래 위에 얼굴을 처박았다.

둘러서 있던 직원들은 아뿔싸, 하는 한숨을 내쉬었다. 표정들 위로 어두운 그림자가 지나가고 있었다.

삼판양승제였으므로, 잠시 후에 두 사람은 또다시 모래판에 마주 섰다.

스타일論

"자네, 실력이 대단하구만. 이번에도 정정당당히 싸우게."

지점장이 김병식의 어깨를 툭툭 치며 말했다.

샅바를 마주 잡았다.

"부하들을 출세의 소모품으로 착각하지 마십시오."

"그런 일 없네."

"그 위선에 더 분노합니다, 나는!"

김병식은 이번에는 더 빨리 승부를 끝내 버렸다.

지점장은 땀으로 얼룩진 얼굴과 코에 잔뜩 달라붙은 모래 먼지를 퉤퉤 내뱉고 털어내면서, 그래도 웃음을 만들어 보였다. 그러나 억지 표정의 생경함만은 어쩔 수가 없었다.

"잘했어."

지점장이 또 한 번 김병식의 어깨를 두드렸다.

아무도 김병식을 위해서 환호성을 지르지 않았다.

돌아오는 차 속에서 김병식은 혼자였다. 아무도 옆자리에 앉지 않았다. 아무도 말을 걸어오지 않았다.

김병식을 바보라고 측은해하는 축이 있는가 하면, 고지식한 녀석이라고 경멸하기도 했다. 버르장머리 없는 놈이라고 괘씸해하며, 조직을 해치는 불순분자로 증오하는 축도 있었다.

김병식은 그러나, 담담하게 혼자 앉아 있었다. 잠든 척 눈을 감고 있을 뿐이었다. 그러나 실은 가는 실눈을 뜨고 차창 밖 밤하늘을 올려다보고 있었다. 별빛이 쳐다보고 있을수록 점점 더 초롱초롱 명징하게 밝아져 왔다. 얼마 만에 대하는 다정한 별빛인지 몰랐다.

차 안에서는 또다시 소주 파티가 벌어지고, 직원들은 왁자지껄 떠들기 시작하고 있었다. 술잔이 오고 가는 소음 속에서, 한쪽에서는 이런 대화도 어렴풋이 들려왔다.

"지점장님, 왜 결승전에는 실력을 감추셨습니까? 유감입니다, 네."

"그런가? 하하하. 미안하네, 하하하하."

곧이어 지점장이 좌중을 향해 큰 소리로 말했다.

"오늘, D 지점 단합대회 어땠는가? 괜찮았는가?"

"첫 경험입니다, 이런 단합대회는요!"

"다음번 단합대회는 언젭니까, 지점장님!"

여기저기서 이런 말들이 튀어나왔다.

"다음번? 하하하하…."

대단히 만족해하는 지점장의 웃음소리였다. 그러자, 그 웃음소리는 온 차 안으로 번져나갔다.

하하하하….

하하하하….

다만, 김병식만이 그 전이되는 웃음에서 국외자일 뿐이었다.

"맨날 단합대회만 하고, 일은 언제 하나? 하하하하…."

하하하하….

하하하하….

"…"

"그래 우습지? 하하하…."

스타일論

"하하하하…"

"하하하하하…"

"하하하하하하…"

차 안은 공허한 웃음바다로 변했다.

내려갈 수 없는
계단

뜻밖이군. 민현식은 그렇게 생각했다. 뒷일이야 어쨌거나, 일단
사람이 나타났다는 게 그랬다.

그가 고물상처럼 우중충한 이 철물 가게에 들어올 때까지만 해
도, 기대는커녕 에멜무지로 그저 한번 들러본 것뿐이었기 때문이
다. 돼지 같은 이 철물점 여편네가 남편을 깨우러 어둑한 다락으
로 기어 올라가서 몇 번이나 들쑤셔 깨우는 소리가 들려오고도 한
참이나 있다가 부스스한 눈을 비비며 꾸물꾸물 겨우 기어 내려온
철물점 주인이 또다시 용무를 확인하고는 어디엔가 전화를 걸 때
까지만 해도 현식은 도무지 괜한 헛수고라는 생각밖에는 들지 않
았었다. 그런데 철물점 주인이 수화기를 내려놓고 나서 채 무료함
을 느낄 틈도 없이 우르르 오토바이 소리가 나면서 한 사내가 득
달같이 달려왔다.

"독서실 공사가 있으시다는데 말여…"

철물점 주인이 서두를 꺼내자, 사내는 대뜸 민현식을 향해 명함
을 내밀었다.

"김만길입니다."

민현식은 속으로 쿡쿡 터져 나오는 웃음을 참느라 하릴없이 안

경을 밀어 올렸다. 검정 물들인 야전잠바에 머리는 수세미 같고 시커먼 구레나룻과 턱수염은 또 웬걸 그렇게 길렀는지, 게다가 이 겨울날 반투명이긴 하지만 색안경까지 낀 그 허우대라니.

명함에 의하자면 이 사내는 〈거목 종합 인테리어〉의 대표, 그러니까 사장님이신 것이다. 실내장식·목공·가구제작·알미늄샤시·간판·방수·집수리·하수구·변기 수리, 그리고 그다음에 '기타 일절'이라 쓰인 명함이었다.

"현장을 일단 한 번 볼까요?"

사내가 말했다.

바깥으로 나오니 한결 쌀쌀해진 바람이 흙먼지를 일으키며 골목을 내달리고 있었다. 사내는 잠바 깃을 세우고는 훌쩍 오토바이에 올라탔다. 현장까지는 이백 미터나 될까 말까 한 거리였고 위치를 이미 일러준 터였으므로, 그는 이 사내의 오토바이가 현장까지의 동행에 있어서 거추장스럽게만 여겨졌다. 그러나 사내는 아무렇지도 않게 지껄였다.

"타십시오, 사장님."

"걷죠 뭘, 바로 조긴데."

"아따 뭘 그러쇼. 두 바퀴 달린 거라도 차는 차올시다! 지 혼자만 타고 갈 수 있나요?"

사내는 비시시 웃고 있었다. 그는 사내의 두꺼운 입술 사이로 드러난 누런 덧니를 보면서 어쩔 수 없이 사내의 제안을 받아들일 수밖에 없었다. 게다가 꽉 잡으라는 말을 내뱉기가 무섭게 미친 듯

내려갈 수 없는 계단

출발해 버렸으므로 그는 무심결에 사내의 허리까지 껴안지 않을 수 없었다. 그는 뭐랄까, 이 사내의 당돌함·예의 없음·체면 없음, 아니 반드시 그런 것만은 아닌 이질적인 체취가 어색하면서도 꼭 역겹다고만은 할 수 없는 그런 어정쩡한 기분에 사로잡혔다.

현장은 복합건물의 삼층, 이백 평 남짓한 공간이었다.

현식이 도면을 내밀었다.

"설계를 하셨습니까?"

"물론입니다."

"사장님께서요?"

"그렇소. 확인하는 데 쓰십시오."

만길은 곧 실측을 시작했다. 한참 후, 실측을 다 마치고 한쪽의 소파에 와서 앉으며 만길은 말했다.

"한 치 오차도 없으십니다, 사장님. 저도 그런 거 좋아합니다."

이건 뜻밖이었다. 현식은 사내의 표정을 읽고 있던 중이었다. 이만큼 완벽한 평면도까지 작성해서 내놓은 것은 책상·의자의 배치와 열람실·복도·휴게실·사무실 등의 구조를 독특하게 설계하기 위해서이기도 했지만, 그보다 더 중요한 계산은, 네놈들 내게 바가지 씌울 생각은 애당초 먹지를 말아라, 하는 선고를 위해서였다.

사내는 무덤덤한 얼굴로 계산만 열심히 하고 있었다. 검지가 잘려나가 징그럽게 오그라든 손으로, 합판 몇 장, 벽돌 몇 장, 각목 몇 개, 그리고 인부 품 며칠 몇 명 등등으로 거침없이 계산을 해댔다.

이 친구, 일단은 좀 시원시원하군, 하고 현식은 생각했다.

이 사내를 만나기 전까지를 생각하면 더욱더 그럴 터였다.

다된 일이 실행 직전에 버그러진 것도 따지고 보면, 소위 막일 해 먹고 사는 것들에 대한 불신감을 현식에게 다시 한번 확인시켜준 경우에 해당되었다. 이미 일주일 전에 도급금액을 결정짓고 서명까지 받아뒀던 터에, 그 좀스럽게 생긴 최 목수란 작자는 막상 어제 저녁, 그가 오늘부터 시작될 공사를 확인 겸 독려 겸 들른 자리에서 "그거 계산이 되게 빗나갔는뎁쇼." 하였다. 울화통과 구역질이 치밀었지만, 당장 공사를 시작하지 않을 수 없는 형편이라, 현식은 도대체 얼마가 빗나갔느냐고 타협의 기미를 보였었다. 한데, 일천만 원이던 것을 일천오백만 원으로 들이미니 괘씸할 뿐이었다. 현식은 평생 천대 속에서 헤어나지 못할 더러운 직업 심리에 퉤퉤 침을 뱉고 돌아서고 말았지만, 막상 밤에는 잠을 이루지 못했다.

아침 일찍부터 텅 빈 현장에 혼자 나와 앉아 지역 상가 안내 책자와 전화번호부를 샅샅이 뒤져가며 근처의 그럴 만한 데는 모조리 전화질을 해댔는데도 어디 한 군데 시원한 대답이 나오는 데가 없었다.

사십 줄에 들어 자의 반 타의 반으로 직장을 놓아버린 민현식이었다. 그는 독서실을 계획하면서, 반드시 전화위복의 계기가 되리라 확신하고 있었다. 그리고 흔히 그렇듯, 물정 모르고 덤볐다가 알몸이 되는 그런 오류는 자신에게는 전혀 얼토당토않은 사항이라고 이를 앙다물고 있는 요즘이었다. 폐문 직전의 독서실을 헐값으로 인수하여 책걸상만 그냥 쓰고 완전히 새 시설로 바꿔놓을 계산이었다.

전문 시설업체들은 신규 공사가 아니라는 낌새만 비치면 번번이

꽁무니를 빼버리곤 했었다.

"벽도 다시 칠할 겁니까?"

"그렇소."

"맡기셨습니까, 어디다?"

"아직. 거야 뭐 아직 시간이 있으니까."

"생각 있으면 같이 맡기쇼."

"칠도 하오?"

"칠뿐이겠소? 간판도 이왕이면, 아, 선팅도 하고 난방공사도 해야 겠군. 바닥도 모노륨으로 깔 거 아뇨?"

"아니, 그럼 못하는 건 뭐요?"

"나, 안 해본 게 없소. 자 그럼 다 뽑아 보겠소. 어차피 양쪽이 다 뜻이 있어야 일은 되겠지만…"

일금 일천팔백만 원. 다소 흥정을 벌인 다음 결정된 금액이었다. 지금껏 견줘본 바로는 전혀 보탤 것 없는 적정선이란 생각과 함께, 현식은 반말지거리 비슷한 이 사내의 말투도 일단은 접어두고 보자고 생각했다.

이런 연유로 민현식과 김만길은 천장과 칸막이 공사만 하려던 것을, 책상·의자 등의 집기류를 제외한 일체의 공사를 상기 금액으로 계약하게 되었다.

"자, 그럼, 난 당장 일꾼을 끌어모아야 하니까요…"

사내가 일어서며 손을 내밀었다. 얼떨결에 사내의 손을 마주 잡은 현식은 사내의 소나무 껍질 같은 손의 감촉에 움찔 이질감이 일었다. 그러나 현식의 입에서는 습관적인 인사말이 흘러나왔다.

"술이나 한잔합시다."

"좋지요. 하지만 오늘은 일꾼 끌어모으는 일이 급하단 말요. 술 먹을 날이야 쌔고 쌨는디 오늘 아니면 없겠소?"

"내일 아침 일곱 시요."

"여부 있겠습니까."

만길은 또 한 번 누런 덧니를 드러내 보이고는 성큼성큼 걸어 나갔다.

다음날은 기온이 뚝 떨어졌다. 창에는 성에가 뽀얗게 끼어 있었다. 현식은 그 사내를, 추위에 떨며 무료하게 얼마를 기다려야 할까 가늠하면서 집에서 삼십 분 늦게 출발했다. 단단히 무장을 했건만 벌써부터 발이 시려왔다.

하지만, 현식의 지레짐작은 보기 좋게 빗나갔다. 사내는 인부 넷을 데리고 이미 현식을 기다리고 있었다.

"꽤 추워졌시다."

문을 따고 들어가는 현식을 뒤따르면서 만길은 별로 추워 보이지도 않은 어투로 말했다.

곧바로 만길은 일꾼들과 함께 칸막이부터 뜯어 재끼기 시작했다. 매캐한 먼지와 소음 속에서 작업은 쉴 새 없이 이어졌다.

이윽고 칸막이가 다 철거되자 사백여 개의 책상과 의자만 동그라니 남게 되었고, 이제 다음 작업을 위하여 그것들을 옥상으로

내려갈 수 없는 계단

옮겨놓을 차례가 되었다.

바로 거기서 문제가 생겼다. 끙끙거리며 계단으로 책상을 들고 올라갔던 인부와 만길이 고개를 절레절레 흔들며 도로 내려왔던 것이다. 옥상 출입문이 다소 작은 탓이기도 했지만, 그보다는 책상 자체가 원래 이인 용으로 제작돼 있어서 출입문을 통과하지 못하고 있었다.

"워쩌면 좋겠수?"

"계약서에도 분명히 썼잖소. 문을 뜯든지 벽을 헐든지 당신 집에까지 실어다 놓든지, 아무튼 당신 책임으로 작업에 차질 없게 하시오."

"아따, 사장님도. 그것까진 사장님도 미처 못 생각헌 문제 아니우."

"나야 결과를 정하고 일을 맡긴 사람이고, 그 과정에 대한 거야 당신 책임이고, 그걸 몰랐다면 그건 당신 불찰이지, 안 그렇소?"

만길은 똥 집어먹은 고양이상으로 묵묵히 있다가는, 금세 또 히히 웃는 상으로 고치고는 말했다.

"허, 거참 지당한 말씀입니다그려. 일이 복잡해지기는 하겠지만 서두 이 홀 안에서 왔다리갔다리 하는 수밖에는 없겠구려."

현식도 방법은 그 길밖에는 없다고 이미 마음을 굳히고 있는 터였다. 문제는 공사 진척에 따라 줄잡아 여남 번은 옮겨야 될 판인데 그에 따른 인건비 상승요인, 즉 이 친구가 이걸 트집 삼아 또 딴소리를 할까 봐 그게 불안했다. 해서 내친김에 오금을 박아두어야 했다.

"노상 옮기는 건 그렇다 치고라도 책상이 남아날까?"

"원, 별 걱정까지 다 하십니다."

"방법이 없다는 데야 난들 어쩌겠소. 어쨌든 김 형은 옥상까지 들어 올리는 수고는 덜게 돼서 좋겠구려."

"좋고 나쁜 거야 지금 말하면 뭣 하겠습니까만 여하튼 지켜보시면 알게 될 거요."

그리고 만길은 인부들과 함께 책상을 힘도 좋게 번쩍번쩍 들어 한쪽 편으로 옮겼다.

두 번째 난관에 봉착한 것은 며칠 뒤 역시 또 그 책상 때문이었다. 칸막이를 거의 다 쳐갈 무렵이었다. 칸막이를 다 치고, 천장을 달아낸 다음 도배를 하고, 열람실 한 칸씩 바닥 모노륨을 깔고 나서 벽 칠 도장을 끝낸 다음에 책상을 들여놓는 것으로 한 칸씩 마무리를 지어가야 할 텐데, 열람실 출입문이 역시 책상을 통과시켜 주지 않는 크기였다. 애초에는 열람실 안에서 조립했던 까닭이었다. 이번에도 만길은 이만저만 일이 어렵게 되지 않은 처지였음에도 곧 표정을 고치고는 군말 없이 일을 진척시켰다. 좁은 공간 속에서 바닥을 깔자면(열람실 안에서의 남은 공간이라야 한가운데로 일 미터 너비의 통로가 있을 따름이다) 서너 번 정도는 족히 이리저리 책상을 들어 옮겨야 할 처지임에도.

두어 시간이나 지났을까. 잠시 일손을 놓고 만길은 담배를 한 대 피워 물며, "사장님, 한잔합시다, 오늘." 하고 빙긋이 웃어 보였다. 좀 전에도 한잔 꺾어야 되겠다는 의견이 인부들과 만길 사이에 오가는 걸 어깨너머로 듣고 있었던 현식은 난처한 표정을 지어 보였다.

내려갈 수 없는 계단

"몸이 영 형편없는데 어떡하지…?"

그것으로 만길은 웃으면서 또다시 일에 매달렸다.

그날 일이 거의 끝나갈 즈음에 만길이 다시 말했다.

"열쇠 날 줘요."

"열쇤 왜 그러오?"

"내일부터는 아무래도 여섯 시부터 일을 시작해야겠소. 이 노가다 일꾼들이란 게 말요, 여름이나 겨울이나 해만 떨어지면 손 털고 일어나는 걸로 돼 있으니 어쩔 거요. 연거푸 인부 품이 빗나가는데, 이러다간 안 되겠소. 아침에라도 좀 일찍 시작해야지. 아무려면 사장님이 첫새벽부터야 나오시겠소? 안 계셔두 일은 내가 알아서 할 테니깐두루."

만길은 손부터 내밀고 있었다. 하긴 어김없는 말이었다. 하루 왼종일 빳빳이 선 채로 신경을 곤두세우고 있다 보면, 현식은 집에 가자마자 녹초가 되었고, 아침에는 정말 일어나기 힘들었다. 더구나 이 추운 날씨임에랴.

현식은 열쇠를 내밀었다.

건네주고 나니 곧 뒤가 찜찜해졌다. 하지만 이왕 건네준 걸 어쩌랴. 대신, 착오 없이 잘하란 말만 거듭하고는 헤어져서 집으로 돌아오는 수밖에 없었다. 밖에는 얼어붙은 빙판 위로 귀를 에는 바람이 꽁꽁 여민 파카 속으로 송곳처럼 파고들었다. 금세 손발이 마비될 것처럼 시려 왔다.

현식은 채 이십 분이 못 되어 발길을 되돌렸다. 홀 안에 두서없

이효원 단편 소설집

이 쌓여있는 각종 물건들이 눈앞에서 계속 어른거렸다. 열쇠 내놓으라던 만길의 손이 뇌리에서 떠나지 않았다.

현장으로 갔다. 아직은 아무 일도 일어나지 않았다. 현식은 다시 정류장 옆 포장마차로 갔다. 포장마차 옆 자락을 들치고 들어서자 그들은 거기 있었다.

"여보! 당신네들끼리만 이럴 거요?"

"아이구, 이거 웬일이십니까?"

"당신의 유혹에 결국 내 발길이 지고 말았소. 거의 집 앞까지 갔었는데 도저히 못 참겠더구만."

"거 보쇼. 술맛을 아는 바에야 애당초 어찌 그리 냉정했소, 그래. 몸이 안 좋다는 것도 괜한 핑계 아녔소? 우리 같은 노가다하고 술 마시는 게 싫어서였겠지."

"에끼 여보, 그럴 리야 있겠소. 좀 전 얘긴 농담이고, 몸이 영 엉망인 게 사실이오. 사실은 수첩을 놔두고 갔단 말요. 열쇠 좀 주시오. 낼 아침엔 여섯 시랬지요? 나 늦지 않고 그 전에 나와 있으리다."

"아니, 그냥 가겠단 말씀이오? 자 어서 한 잔 받으시오. 농담도 분수가 있지."

만길은 현식의 옷자락을 완강하게 붙잡고는 술잔을 막무가내로 내밀었다. 현식은 어쩔 수 없이 자리에 주저앉았다. 받은 잔을 마시고 만길에게 다시 건넸다. 곧바로 미상이·목수 시다·해머질하는 잡부 등등으로부터 연달아 잔이 건너왔고 현식도 받기만 하고 건네지 않을 수는 없었다.

내려갈 수 없는 계단

얼마 후에는 현식이 오늘 술값은 자신이 내겠노라고 말했다. 취한 탓으로만 그런 건 아니었다. 그깟 쇠주값 정도야 돼봐야 얼마나 되겠으며 요만 정도의 술값으로 공사에 도움을 준다면, 그리고 혹시 나중에 나올지도 모르는, 적자 났습네 하는 딴소리를 막을 수 있다면 이거야말로 가장 기본적인 경제원칙이 아닌가. 게다가 의심쩍은 내색을 내보여서 만길의 노가다 곤조를 건드려서도 안 될 일이었다.

술이 여러 순배가 돌아가도 현식은 취해지지가 않았다. 그럴 즈음에 만길이가 뜬금없는 소리를 했다.

"헤이, 자네 말이여, 이 열쇠 갖고 가서 사장님 수첩 좀 가져와. 사장님, 얻다 두셨는지 일러 주시오."

"아니, 아니야, 가는 길에 내가 꺼내 가지 뭐. 찾기 힘들 거요. 얻다 뒀는지 확실치도 않고."

"아따, 거 뭘 그래 쌓소. 그런 일거릴 남겨두고는 술맛이 안 나는 뱁이오. 정 군, 자네 빨랑 갔다오게나. 전화통 주위에나 어디 찾아보라구."

만길이는 열쇠를 건네주고는 막무가내로 그 인부의 등을 떠밀었다.

현식은 포장을 들치고 나가는 정 군의 뒷모습을 씁쓸한 입맛을 다시며 물끄러미 바라보았다.

그리 오래 걸리지도 않아 정 군은 돌아왔다. 그 수첩은 전화통 옆 현식이 낮에 앉아 있곤 하던 의자 위에 놓아두었기 때문이다. 수첩이 거기 있는 걸 현식은 이미 알고 있었고, 또 그 수첩을 이 밤중에 집에 꼭 가져가지 않으면 안 될 일도 사실은 전혀 없었다. 중요한 건 오직 그 열쇠인 것이다.

정 군이 포장을 들치고 들어서자마자 만길은 수첩과 열쇠를 널름 받아 들고는 말했다.

　"이거지요? 거 봐요. 그깟 일로 사장님께서 수고하실 필요 눈곱만큼도 없잖소. 때문에 이 엄동설한에 새벽밥 먹고 나오실 필요도 없어졌구요."

　만길은 열쇠를 자기 호주머니 속에 집어넣으며 수첩은 현식에게 건네주었다.

　현식은 그날, 밤이 이슥해서야 돌아왔다. 물론 일곱 사람의 술값을 치렀을 뿐만 아니라 속이 쓰리도록 술에 절어서—. 그렇다고 콧노래를 흥얼거릴 만큼 기분이 좋거나 제대로 취한 것도 아니었다.

　다음 날 아침, 현식은 계속 곤두서있는 신경 탓으로 엉망이 된 몸을 이끌고 여덟 시나 돼서 허겁지겁 나타났다.

　현식은 곧 눈을 내리깔고 은밀히 점검을 해보았지만, 아무것도 없어진 물건을 발견하지 못했다.

　그날 저녁에 이르자 현식은 약간은 멋쩍은 느낌과 함께 만길에게 미안한 생각이 들었다. 한편으로 그것보다 곤혹스런 것은 자신이 가졌던 의심을 과연 만길이가 전혀 눈치채지 못했을까 하는 점이었다. 막 그 생각에 골몰하고 있는데 만길이가 다가왔다.

　"사장님, 오늘은 제가 한산 사겠시다."

　"예?"

　"아니 뭐 내가 못할 말이라도 했소? 왜 그리 놀라시오?"

　"놀라기야 뭐…"

내려갈 수 없는 계단

"갈매기살 기똥차게 굽는 데가 있단 말요. 자, 나갑시다."

만길은 서둘러 일을 끝내고 인부들을 돌려보냈다.

밖에는 인정머리 없는 추위가 기승을 부리고 있었다. 만길은 오토바이에 훌쩍 올라앉자마자 시동을 걸었다.

"자, 타요."

지독한 추위 때문에 바람마저 숨을 죽이고 있는 밤의 아스팔트 위로 만길은 오토바이를 바람처럼 미친 듯이 몰았다. 현식은 귀가 깎여나가고 얼굴이 마비되는 듯한 매운바람 때문에 얼굴을 사내의 등판 가까이 갖다 댔다. 만길의 등판은 유난히 넓적했다. 이리 차이고 저리 깎이고 뭉그러지고 기죽어버린 자신의 모습이, 현식은 묘하게도 이 원시에 가까운 야성의 사내와 비교되고 있음을 느꼈다.

어느새 만길은 오토바이를 멈췄다. 선술집이나 다름없는 어느 허름한 술집의 문을 열고 들어서며 만길이 소리쳤다.

"장모님, 나 왔소."

그 소리에 주방에서 흘끔 건너다본 거무튀튀하고 피둥피둥하게 생긴 주모가 입을 비쭉대며 콧방귀를 뀌었다.

"이 웬수야, 오늘은 외상이나 긋지 말어, 좀."

"제미랄, 장모 입 한번 걸구만. 지갑 뵈 주고 시킬까? 갈매기살 특제로 좀 가져 오라구. 모시고 온 손님도 안 보고 앞뒤도 없이 지랄이여."

거칠기 짝이 없는 서로의 대거리와는 아랑곳없이 주모는 무표정하게 고기를 꺼내고 있었고, 만길은 히죽히죽 웃고 있었다.

이효원 단편 소설집

"헌데 김 형, 뭐 때문에 그렇게 달리시오?"

"나도 모르겠소. 그 정도도 달리지 않으면 답답해서 견딜 수 없는 걸 어떡하우."

"술 먹고도 그렇게 달려요?"

"취하면 나 대신 술이 오토바이를 몰고 가요. 허허."

그 말에 현식도 허허 웃고 말았다. 매사에 주춤거림이란 찾아볼 수 없는 이 사내에게서 현식은 어떤 향수 같은 것이 느껴지는지도 모른다고 생각했다.

오토바이를 끌고 가야 할 만길이가 오히려 현식 쪽보다도 더 호쾌하게 술을 마셔댔다. 둘은 술이 목구멍까지 차고서야, 그것도 주모가 몇 번씩이나 일어서기를 독촉한 다음에야 그 집을 나왔다. 그날 술값은 술기운인지 어쨌는지 상당한 우김 끝에 현식이 내고 나왔다.

문 앞에 나와 서서 그들은 또 한바탕 가벼운 승강이를 벌였다. 승강이 끝에 만길은 싫다는 현식을 기어코 오토바이에 태웠다. 현식을 집에까지 데려다주고 가겠다는 것이었다. 오토바이는 올 때와는 비교도 안 될 정도로 무섭게 질주했다. 술기운 속에서도 현식은 머리칼이 쭈뼛했다. 좀 살살 달리라고 소리쳐보았지만 바람보다 빨리 내달리는 속도 때문에 현식의 외침은 입언저리에서 사라져버리곤 했다.

눈이 몹시 내리는 날이었다.

실내에서 하는 일이었건만 일꾼들이 네 명이나 나오지 않았다. 현식과 만길을 제외하고는 도배장이 박 씨와 젊은 인부 한 사람뿐이었다.

내려갈 수 없는 계단

"이렇소. 노가다는 비만 와도 공치고 눈이 와도 공친다는 생각이 박혀 있다고요. 실내에서 하는 일인데도 말이오. 찻길이 좀 더디긴 하드래도 못 올 거야 없을 터인디."

"그러는 김 형은 어떻다고 생각하오? 노가다 기질과 관련해서 말입니다."

"아직도 모르겠소? 난, 두고 보면 아시겠지만 좀 다를 겁니다."

"아, 네."

"오늘은 다 그른 것 같소. 우리 집으로나 갑시다."

만길은 젊은 일꾼을 돌려보내고 나서, 도배장이 박 씨와 현식의 등을 떠밀면서 계속 말했다.

"이런 날은 그저 그림 공부나 해서 쐬주잔이나 칵 꺾는 게 제일이오."

김만길의 집은 독서실에서 얼마 떨어지지 않은 ㅎ 아파트 바로 앞에 있었다. 십오 층짜리 고층아파트 단지의 정문 바로 앞, 차도는 건너 있다고 하지만 바로 그 턱밑에, 말하자면 버릇없이 버티고 앉았다고나 할까. 한마디로 그것은 불량 환경에 다름 아니었다. 흐트러진 데라고는 눈 씻고 찾아봐도 없는 그런 정갈한 아파트단지 바로 턱밑에, 겉에 미장도 하지 않은 채 얼기설기 이어 쌓기만 해놓은 블록 벽이라든지, 칠 한번 흉내 내보지도 않은 채 얹어놓기만 한 슬레이트 지붕, 거기다 유리창이라고 달아놓은 미닫이문에는 온통 서툰 글씨로 그의 명함보다 복잡한 업종(공사종목)들이 덕지덕지 씌어 있었다.

현식이 더 놀란 건 그의 집 안쪽이었다. 화투 방석이라고 꺼내놓는 걸 보니 이건 걸레보다 더 꾀죄죄한 요때기요, 그걸 꺼내놓는 장롱이란 건 또 어떤가. 길거리에 내놔도 누가 가져가기는커녕 침이라도 뱉고 지나갈 만큼 낡고 더러웠다.

땟국물이 자르르 흐르는 아이들과 마누라 옆에서 어쨌든 그들은 화투판을 벌였다. 싯누런 콧물을 훌쩍거리는 두세 살쯤 돼 보이는 작은아이가 다가들자 만길은 현식이 깜짝 놀랄 만큼 꽥 고함을 내질렀다.

"이 여편네가 얻다 정신 팔고 지랄이여!"

만길이의 여편네는 놀라기는커녕 비시시 웃으며 아이를 끌어갔다.

만길이는 고스톱에도 빠끔이였다. 도배장이 박 씨와 현식은 아무래도 만길이를 따라가기는 힘들었다. 그러나 판이 깨질 만큼 일방적인 것은 아니었다. 너덧 판에 한 번씩은 그래도 박 씨와 현식의 차례가 되기는 했으나, 점수가 만길이만큼 올라가지를 못했다.

점심때가 설핏 기울자 화투판은 끝나버렸다.

"출출하잖아요? 슬슬 순대나 채워봅시다그려."

만길이가 이렇게 구시렁거리며, 딴 돈을 여편네에게 건네줘 버렸기 때문이다.

만길이의 지시에 따라 잠시 후에는 푸짐한 식탁이 그들 앞에 놓였다.

"오늘 점심은 내가 내는 거요."

박 씨가 운을 떼자 만길이가 이죽거렸다.

"소경 제 닭 잡아먹는 꼴이지."

돼지고기 삼겹살 즉석구이에다 상추쌈을 곁들이고 밥과 소주가 있었다. 물론 한쪽 옆 개다리소반에는 만길의 여편네와 아이들이 둘러앉아 아귀같이 고기와 밥을 퍼 넣고 있었다.

현식은, 착각인지 뭔지는 모르지만, 문득 만길이가 부럽다는 생각이 들곤 했다. 여편네에게 제왕처럼 군림하고 있었기 때문일까.

만길은 처음에는 인부들의 점심을 근처 중국집에서 배달시켜 먹이다가, 다음에는 자기 집에 데리고 가서 먹였는데, 공사가 막바지에 이른 요즘에는 공기 단축을 위해 아예 여편네에게 현장까지 배달하도록 엄명을 내렸다. 배달 시각은 열두 시. 그런데 하루는 이십 분이 늦었다. 머리에 이고 손에 들고 추위에 얼굴이 퍼렇게 돼서 들어오는 여편네를 향해 만길은,

"이 개 같은 년! 퍼질러지게 뭔 짓 하다 인제 기어들어?"

하고 눈알을 부라렸다.

하지만, 여편네는 대들기는커녕 도무지 성깔조차 부려볼 줄을 몰랐다. 그저 비시시 웃으며 밥을 푸고 국을 떠낼 뿐이었다.

현식은 그날 오후 도배장이 박 씨에게 귓속말로 이렇게 물어보았다.

"저 양반, 도대체 여편네 다루는 비결이 뭐요?"

"글쎄올시다요. 그거 알면 나도 좀 살맛 나겠어요."

"거참 묘하군."

"이런 일은 있었지만서두…"

박 씨의 말에 의하면, 이런 일도 있었다 했다.

만길이의 여편네는 밤 열두 시건 새벽 네 시건 멀리서부터 들려오는 술 취한 만길의 오토바이 소리를 언제나 감지해내야 했다. 오토바이가 도착하기 전에 유리문을 열고 문 턱받이 발판을 도로와 문턱 사이에 걸쳐 놓고 만길이가 자가용을 탄 채로 들어갈 수 있게 기다리고 서 있어야 했다.

그날도 만길이는 새벽 두 시 무렵, 여느 날처럼 술을 옴팍 뒤집어쓴 채 요란스레 오토바이를 몰고 집 앞에 당도했다. 그런데 어쩐 일인지 여편네가 보이지 않았다. 만길은 신경질적으로 엔진소리를 한 번 드높인다 싶더니 이윽고 오토바이를 탄 채 육탄으로 유리문을 돌파해 버렸다. 유리문은 박살이 나고 만길은 이미 가게 안에 들어가 있었다. 곧 여편네를 끌어내어 멱살을 잡았고, 여편네는 사색이 되어 싹싹 빌었다.

만길이가 다음날 제 손으로 유리문을 다시 해 단 것, 여편네가 며칠씩이나 눈두덩이 퍼렇게 부어서, 그래도 만길이에게 빙글빙글 웃곤 한 것은 말하나 마나 한 소리다.

공사가 막바지에 이르자 만길은 새벽일, 밤일을 가리지 않았다. 흰식은 계약서에 명시된 공사 기간이 애초에 나소 무리였던 것, 게다가 뜻밖의 난관이 겹쳤던 것 등을 내심 잘 헤아리고 있었다.

그러나 만길이,

"이거 한참 빗나갔는데…"라고 말할라치면

내려갈 수 없는 계단

"개관 하루 늦어지는 데 얼마씩이나 손해가 나는지 잘 알겠지요, 김 형?" 하고 딴전을 피우고는 "나, 김 형만은 딴 사람들과 다르다는 걸 절대로 믿고 싶소." 하고 오금을 박았다.

며칠 후엔가, 만길은 술 한잔 걸치고 나서 불쑥 이런 말을 꺼냈다.

"쬐께 살만하다는 것들, 그치들 왜 그리 같잖은지 모르겠소."

"건 또 무슨 소리요?"

"아파트 인간들 말이오. 날 못 몰아내서 안달들이오. 허나, 삽으로 똥 무더기 떠내드끼 이 김만길이를 그렇게 떠내지는 못할 거외다."

"그렇게 당당한 김 형이 그런 괘념을 다 하오?"

"암시. 해서 나 보란드끼 있는 대로, 생긴 대로 보여주며 살 거요. 지들도 벗으면 그 짓들 할 거구, 새끼 귀여운 줄 알 거구, 그렇잖소? 헌데, 주는 것 없이 이 김만길이가 뭐이 그리 보기 싫은지 모르겠단 말요…"

만길의 말에 의하면, 아파트 입주 초기에는 발코니 새시니, 다용도실 선반 등등 일거리가 꽤 있었는데, 입주 시기가 좀 지나면서부터는 일절 일거리를 주지 않을 뿐만 아니라 흉측한 버러지 보듯 만길네 식구들을 피해 다닌다 했다. 게다가 만길네 집을 아예 철거하도록 구청에다 압력을 넣는다고 했다. 그의 말인즉, 아파트 부속 상가의 수돗물 좀 길어다 먹고, 화장실 좀 쓰고, 아이들이 아파트 놀이터에 가서 노는 것, 그리고 아침 녘에 집 앞 하수구에 요강 쏟아붓는 것 정도, 그냥 죄 없이 살아가는 일상들이 그들 눈엔 왜 그리 못마땅하게 보이는지 모르겠다는 것이었다.

"김 형, 지금처럼 사시오. 그 사람들 얼마 안 가서, 아니, 지금도 그럴지 모르지. 마음속으로는 김만길 씨가 떠나지 말아줬으면 하는 바람을 몰래 갖고들 있을 거요. 그들이 당신을 싫어하는 건, 그들도 얼마 전까지는 김만길 씨 같은 삶을 살았었기 때문이오. 상류 그룹에 속하고 싶어 그걸 애써 부인하려는 거요. 하지만 아무리 그러고 싶어도 마음 한구석에서는 그런, 자유스럽게, 시원스럽게 살아가는 김만길 씨의 삶이 향수처럼 남아 있을 게 틀림없단 말이요."

"…"

"이런 게 있지요. 환상 상향幻想上向이란 것. 창녀가 몸은 팔면서 입술은 절대로 주지 않는 경우, 또 어떤 창녀는 유방만은 절대 허락 않는 경우 같은… 온갖 궂은일은 다 맡아 하면서도 하수구 청소만은 아무리 품삯이 좋아도 거절하는 막노동꾼이라던가… 그런 사람들은 탈출할 수 없는 현실의 욕구를 그런 식으로 해서 좀 더 높은 그룹에 자기 자신을 올려놓는 거요. 아파트 사람들의 같잖은 위선도 그런 경우와 어쩌면 통한다고나 할까. 아무튼 김만길 씨는 지금처럼 호쾌하게 가리지 말고 사시오. 나, 그런 면에서 솔직히 부럽소."

만길이 찔끔 눈물을 내비치는 것 같았다.

"흰싱 , 흰싱 싱향이라고 히겠소? 이 김민길이도 그림 다른 노가다처럼 곤조 부리며 살아야겠구료. 이리저리 구실 붙여서 돈 울궈내며 말이오."

"아 아, 오해 마시오. 김 형의 경우, 그건 환상 상향이 아니고 건전한 직업윤리요. 더러운 곤조 대신에 스스로 대접받는 직업윤리란 말요."

내려갈 수 없는 계단

"민 형은 철학을 했거나 글 쓰는 사람 같소."

"철학이야 무슨. 학창 때는 글을 쓴다고 하긴 했지요만."

"민 형! 우리, 일 끝나고도 종종 만날 수 있을까요? 돌아서는 건 아니겠지요?"

"그럴 리가 있소! 사람을 어떻게 보고 하는 소리요?"

"아이고 이거 고맙습니다. 사실 나 말이오, 안 해본 게 없이 살아온 이 놈, 글로 써도 몇 권은 족히 될 거요. 그거 한번 해봐 주시오."

"자, 술 쉬겠소. 초 되기 전에 듭시다. 하하."

"하하하."

만길은 야간작업까지 해서 계약서에 명시된 날짜에 공사를 끝냈다. 인부 품삯은 계획보다 삼 할이나 빗나가 있었다.

현식이 말했다.

"수고했소. 추후에 이상이 있으면 손봐주는 거지요?"

"두말하면 잔소리지요. 다시 안 볼 것같이 말씀하십니다그려. 그런데 사장님, 사실 말이지만, 생각보다는 많이 빗나갔습니다."

"그래서요?"

"사장님께서 알아서 처리해 주신다면…"

"나도 예산이 빡빡한데 지금 와서 그러면 어쩌란 말이오."

"사실이 그렇다는 거지, 딴소리하는 건 아닙니다."

"역시 김 형답군요. 나, 다른 데 공사 있으면 책임지고 주선하겠소. 김 형이야 틀림없는 분이니까."

현식이 계약대로 돈을 건넸다. 영수증을 써주고 나서 만길은 서운한 마음을 애써 누르며 새삼 공손하게 허리를 굽혔다.

"고맙습니다."

"새삼 왜 이러시오. 다시 안 보려고 그래요? 곧 한 번, 일을 떠나서 한잔합시다."

만길은 덧니를 드러내고 빙그레 웃으며 계단을 내려갔다.

개관 날이었다.

꽤 많은 사람이 모였다. 현식은 각 테이블을 골고루 돌면서 인사를 나누고 술잔을 주고받고 있었다. 입구 한쪽에는 하객들이 들고 온 화분, 시계, 거울, 액자 등등의 선물들이 쌓여있었다.

총무가 현식의 옆으로 다가왔다. 손님이 오셨다고 나직하게 말하자 현식이 입구 쪽을 돌아보았다.

거기에는 굳이 초청도 하지 않았던 만길이 큼직한 관엽수 화분을 들고 그의 아내와 나란히 서 있었다. 현식은 하마터면 그들을 몰라볼 뻔했다. 만길이 양복을 갖춰 입고, 안경도 벗고, 수염까지 밀어버렸기 때문이다. 그의 아내도 예의를 갖추기는 마찬가지였다. 하지만 빌려 입은 옷처럼 어색하기 짝이 없는 모습이었다.

현식이 다가가자 화분을 내려놓고 나서 그들은 허리를 굽혔다.

"진심으로 축하합니다, 사장님."

"아이구, 이거 원 그냥 오셔도 될걸…"

그들 부처는 현식을 따라 한쪽 테이블에 와서 끼었다. 현식은 술한 잔을 권하고 나서 다시 다른 테이블로 옮겨 갔다.

내려갈 수 없는 계단

하객들은 잠시 이방인 같은 그들 부처를 흘끔흘끔 건너다보고 나서는 제가끔 자기들 화제 속으로 다시 돌아가 버렸다. 같은 테이블의 하객들도 조금씩 그들 부처에게서 사이가 벌어져, 잠시 후에는 완전히 그들 부처만 고도처럼 따로 남게 되었다.

다시 얼마가 지난 다음에는 그들 부처는 장내에 있지 않았다. 슬그머니 자리를 떠나기 전에 그들 부처가 나눈 이야기는 아무도 듣지 못했다.

"가지, 그만."

"인사라도 드리고 가야지요."

"축하드렸으면 됐지, 바쁘신데 새삼 또 무슨 번거로운 인사여. 슬쩍 나가자구."

독서실은 시작부터가 성공적이었다. 번창할 조짐이 충분했다. 학부모와 학생들이 예약하러들 몰려왔고, 특히 만길네 집 앞에 있는 ㅎ 아파트의 학생들이 그중 많았다.

현식은 햇볕 드는 창가에 서서 얼마 남지 않은 겨울 저 너머로부터 연둣빛으로 다가오고 있는 봄을 바라보고 있었다. 미끼처럼 던져주는 몇 푼의 월급에 목매달고 생존해 왔던 지난날이여 아듀, 아듀! 이제 다시는 아랫 계단으로 내려가지 않으리라, 현식은 이렇게 중얼거렸다.

그때 총무가 다가와서 말했다.

"사장님, 김만길 씨가 누구죠? 부인이라면서 전화 왔는데요, 애기가 뜨거운 물을 뒤집어써서 다 죽어 가는데, 혹시 김만길 씨 여기 오지 않았냐구요. 사장님을 좀 바꿔달라는데요?"

"김만길이가 누군데, 오긴 언제 와? 나 없다 그래!"

기세 좋게 계단을 막 오르려는 구둣발에 달라붙은 오물을 털어 내듯 현식은 그렇게 말했다.

김만길은 그 후, 독서실로 몇 번 전화를 했었다.

하지만, 한 번도 민현식과 통화를 갖지 못했다.

직접 방문한 것은 네 번. 그중 두 번은 문 앞에서 총무만 만나고 되돌아가야 했고, 두 번은 민현식과 마주쳤으나, 민현식은 몹시 바쁘다고 했다. 그중의 나중 번째에는 현식이 이런 말을 덧붙였다.

"계약은 하자 없이 잘 이행됐소. 뭘 착각한 거 아니오, 김만길씨?"

내려갈 수 없는 계단

타인들

“가보이소마너, 아무도 없을 겁니더.”

마을 저편의 산자락 아래라고 그 집을 일러주면서, 가겟집의 앉은뱅이 주인은 거기 방금 다녀오기라도 한 것처럼 자신 있게 꼬리를 달았다.

청년은 낭패스런 낯빛으로 되물었다.

“그러면, 그 집에 기동 못하는 환자가 없단 말입니까?”

“아, 환자사 있심더마너, … 문병객 발길이 끊긴 지 하도 오래돼서…”

청년은 가겟집을 나오다가 다시 들어갔다. 먼지 앉은 좌판을 한참 둘러본 후, 별수 없이 사탕 한 봉지를 사 가지고 나왔다. 들고 있던 꾸러미에다 사탕 든 그 봉지를 겹쳐 쥐었다.

한여름 땡볕 아래 경운기 한 대는커녕 사람 그림자조차 보이지 않는 마을 길은 멀리 양떼구름을 이고 있는 영마루를 돌아 넘어가고 있었다.

마을을 다 지나온 다음, 청년은 길가의 졸고 있는 미루나무 옆으로 갈라진 고샅길로 들어섰다.

그 집은 잡목과 풀이 우거진 야산자락 밑의 참대 숲을 끼고 병든 짐승처럼 엎드려 있었다.

청년은 천천히 다가가 집 앞에 섰다. 사립문도 없이, 무지러진 토담이 뙤약볕 아래 허물어질 듯 서 있었다.

그는 헛기침을 한 번 했다.

어디선가 뻐꾸기가 서너 번 길게 울었다. 마당 안은 뙤약볕을 가득 안은 채 여전히 괴괴하다.

그는 땀을 훔치며 마당 안으로 들어섰다. 아래채의 토방에 찌그러진 양재기가 오물이 말라붙은 채 놓여있었다. 토방 아래 마당 한쪽에서 구린내가 코를 찔렀다. 토방 위로 올라서자, 맞문을 열어 놨는데도 방에선 마른 곰팡내와 퀴퀴한 살냄새가 훅 풍겼다.

그가 방으로 들어섰을 때, 때 절은 요 위에 가랑잎처럼 엎혀 있던 환자가 몸을 천천히 뒤척이기 시작했다. 바스라질 것만 같았다.

"접니다, 아줌마!"

하얗게 센 머리와 일그러진 입에다 퀭한 눈으로 그를 유심히 쳐다보면서 환자는 오른손을 짚고 몸을 일으키려 했으나 용이치 않았다. 그는 "누워 계세요."라고 말하면서도 안타까워서 손을 잡았다.

아직도 그녀는 그의 얼굴을 뜯어보고 있었다.

"진굽니다, 진구요!"

그는 귀 가까이다 대고 언성을 높였다. 순간, 한 손으로 받치고 겨우 몸을 꺾어 앉은 환자의 눈빛이 갑자기 형형하게 빛나기 시작했다.

"아이고, 니가 우얀 일이고! 우예 알고 여길 다 찾아왔노!"

환자가 힘들여 밀어내는 말 한마디 한마디가, 제대로 아귀 맞지 않는 일그러진 왼쪽 입꼬리를 타고 침과 함께 질질 흘러내렸다. 그

타인들

녀는 그가 윗목에 내려놓은 꾸러미에 눈길을 보냈다. 처참한 기분을 수습이라도 하듯, 그가 얼른 그 꾸러미를 풀었다. 환자용 변기였다.

"우예 이런 생각을 다 했노. 참말로 고맙데이."

"변변찮은 겁니다." 환자의 눈길은 어느새 남은 봉지를 더듬고 있었다.

"아, 이건요, 사탕이에요. 잡수실 수 있을는지…"

사탕 봉지를 꺼내자, 이미 환자의 손은 허공에서 벌벌 떨며 그 사탕을 재촉하고 있었다. 사탕 봉지를 빼앗듯이 받아들자마자 그녀는 그걸 뜯으려 안간힘을 썼다. 불구가 된 왼손 때문에, 오른손으로 쥔 사탕 봉지를 입으로 물어뜯었다. 쉽게 뜯어지지 않았다. 그러나 그녀는 집요하게 매달렸다. 어떻게 해볼 틈도 없이 찰나적으로 일어난 가긍한 상황이었다.

그가 봉지를 뜯어 주었다.

그녀는 여섯 개를 꺼내 놓고 봉지째 요 자락 밑에다 깊숙이 집어넣었다. 그 누구도 감히 용훼하지 못할 엄숙한 표정, 그리고 행동이었다.

그녀는 꺼내 놓은 사탕을 하나 까서 입에 넣었다. 그리고 또 깠다. 또 입에 넣었다. 그렇게 여섯 개를 다 까 넣고 자리에 누우면서 몽환의 세계로 빠져들듯 입을 오물거리며 그윽하게 눈을 감았다. 창백한 얼굴 위로 희열에 찬 성취감 같은 것이 언뜻 물그림자처럼 스쳐 지나가고 있었다.

그는 채 못다 훔친 땀을 닦아냈다. 좁은 방 한쪽 구석에는 곡식 가마니가 기대어 서 있었고, 윗목에는 더러운 상보가 덮인 음식 쟁반이 놓여있었다.

그녀가 눈을 떴다.

"식사는 제대로 하세요?"

저러다가 사탕 알이 숨통이라도 막을까 싶은 불안을, 그는 이렇게라도 털어버리고 싶었다. 그녀는 사탕 알을 양쪽 잇바디 밖으로 밀어내 볼을 부풀리고는 그의 시선을 붙잡고 매달리면서 말했다.

"내사 마 배가 고파 생째로 죽겠다."

그녀는 다시 일어나 앉아 사탕을 아작아작 씹으면서 상보를 젖혔다.

"이거 좀 봐라. 요거로 아침이라고 넣어 주고너 그마이라. 탱탱 곯는다, 정일."

핥은 듯이 깨끗하게 빈 그릇들뿐이었다. 가긍해 하는 그의 마음 한끝을 부여잡고 점점 옥죄어오는 그녀에게 그는 형용할 수 없는 압박감을 느꼈다. 이어 그 압박감만큼의, 이 집 주인에 대한 분노가 치밀었다.

"어디들 가셨나요?"

"몰라. 피해뿌렸지 머."

논밭 뙈기도 제법 사줬다는데—. 그보다도 이 세상에 남은 그녀의 단 한 점 혈육인 오빠라는데—. 분노와 힘께 그녀에 대한 연민이 그의 가슴을 저몄다.

그녀는 하오의 바깥마당을 잠시 멀거니 내다보고 앉았다가 다시 요 자락을 들쳤다. 그리고는 사탕 봉지를 꺼내려고 더듬거렸다. 그는 덜컹 겁이 났다. 하지만 엄숙하고 집요한 의식 같은 그녀의 행동을 가로막을 수는 없었다. 걸신들린 걸 막지 못할 바에야 다른 것보다는 차라리 사탕 사 오기를 잘했다 싶었다. 체할 염려도 없거니와 아귀 같은 식욕을 조금은 걷어낼 수도 있을지 모르니까.

사탕 봉지는 필요 이상으로 깊숙이 감춰져 있었다.

들춰진 요 자락 밑으로 또 다른 무엇이 얼핏 보였다. 그가 뭐냐고 물어보자, 그녀는 사탕을 까 넣으며 그 말에 문득 깨치기라도 한 듯 그걸 끄집어냈다.

"묵을 거 좀 안 사다 줄래?"

그녀는 꼬깃꼬깃 접어진 닳고 때 절은 종이를 펴고, 거기서 지폐 한 장을 꺼내주며 애원하듯 말했다. 그 종이 속에는 납작하게 잠재워진 제법 많은 지폐와 백만 원의 예금증서와 빛바랜 사진들이 들어 있었다.

"제 돈으로 사다 드리죠. 넣어 두세요."

그는 그녀의 손을 잡아 지폐를 도로 넣어주며 대신, 사진을 집었다.

누렇게 바래고 보풀이 일도록 닳고 손때 묻은 넉 장의 사진―. 그중의 한 장 속에, 복사꽃처럼 환하고 따스했던 지난날의 장금옥 여사―그렇다. 그런 그녀가 이런 몰골로 누워있다니!―와 까만 고등학생 교복을 입은 자신이 웃고 있었다. 다른 사진들도 교복의 주인만 다를 뿐, 비슷한 것들이었다. 자신이 그런 사진을 찍은 일조차 까맣게 잊어버리고 있었던 진구는 물밑처럼 적막하고 갑갑한 날들을 그 사진들과 함께 지내왔을 장금옥 여사의 모습 앞에서 참담한 마음을 가눌 수가 없었다.

장금옥 여사와의 만남은 T시에서 시작됐었다.

청소부였던 아버지가 어느 날 새벽 시체가 되어 돌아왔다.

가슴에 가난의 못이 박혀 있던 어머니는 아버지의 리어카를 발악하듯 다시 끌었다. 하지만, 어머니는 몇 달을 못 가 몸져누웠다. 고1이었던 진구는 눈앞이 캄캄했다. 학교를 걷어치우고 연탄 배달을 시작했다.

어느 겨울날, 리어카의 쇠 손잡이와 얼음 낀 연탄에 손 감각은 마비되고 군데군데 문을 닫아버린 을씨년스런 시장 골목은 소년의 주린 창자를 빨래처럼 비틀어 짰다. 하지만 이제 마지막 배달이었다. 한복집의 마룻장 밑에다 연탄을 차곡차곡 눕혀 쌓아놓고 겨우 시린 허리를 펴던 소년 앞에 뜨거운 김이 뭉실 솟는 국수 한 그릇이 주인아줌마의 따뜻한 미소와 함께 기다리고 있었다.

사진 속에는 장금옥 여사의 그때 미소가 안개꽃처럼 고스란히 피어 있었다.

진구는 사진을 내밀었다. 사진을 받아 쥐고 고개를 돌리는 그녀의 눈은 보일 듯 말 듯 젖어 있었다.

"자, 좀 누우셔야죠."

그녀는 요 자락 깊숙이 그것들을 도로 밀어 넣고, 마비된 왼편과 겨우 명맥만 살아남은 오른편의 초라한 육신을 조심스레 눕혔다. 더 솟아 나올 눈물은커녕 좀 전에 내비치던 눈물마저 이미 말라버렸는지, 감은 눈자위는 더없이 건조해 보였다.

타인들

밖에는 매미가 목청껏 울어댔다.

환자는 곧 잦아들듯 잠들어버렸다.

진구는 시장 근처로 배달 갈 때마다 한복집에 들러 인사를 했고, 그녀는 진구의 단골이 됐다.

그녀는 왼쪽 다리를 절었다. 한쪽이 뻗정다리인 그 다리로 달달달 재봉틀을 밟고, 그 몸으로 다림질을 하고 마름질을 했다. 그녀는 바느질 솜씨가 뛰어나 단골이 많았다. 그러나 혼자 살면서도 돈을 쓰지 않기로 시장 안에 소문이 나 있었다.

그런 그녀가 어느 날, 진구를 야간학교에 편입시키고 졸업할 때까지 꼬박꼬박 등록금을 댔다. 요 자락 밑의 사진은 그때의 졸업사진이었다.

자리에서 몸을 추스르지 못하던 어머니는 그해 진구가 졸업을 하자마자 끝내 세상을 등졌다. 야학과 리어카로 이어졌던 각고의 세월이 진구에게는 이제 뿌리 뽑혀 떠도는 전설처럼 허망하기만 했다.

진구는 곧 서울로 떠났다.

T시를 떠났지만 진구에게 있어서 장금옥 여사의 인상은 변함이 없었다. 온갖 궂은일을 다하면서 대학을 마치고 직장생활을 하는 동안 진구는 간헐적이긴 하지만 잊지 않고 그녀를 찾았다. 그때마다 장금옥 여사는 전혀 뜻밖의 호의를 만나듯 기쁘고 고마워했다.

직장생활 삼 년째의 어느 봄날, 장금옥 여사의 변화는 그때 이미 시작되고 있었다.

선물을 사 들고 찾아간 가게에는 일하는 처녀 아이만 오도카니 앉아 있었다. 오래도록 그녀는 돌아오지 않았다.

"상명이 아저씨 돈 구하러 갔나 봐예."

한참 만에야 그 처녀 아이는 더는 못 참겠다는 듯 잔뜩 못마땅한 표정으로 말했다.

상명은 진구보다 다섯 살쯤 위의 청년이라 했다. 오갈 데 없는 소년을 학비, 생활비 뒷바라지해서 키웠다. 졸업을 하고 어엿한 직장생활을 하던 그 청년이 어느 날 느닷없이 직장을 걷어치우고 광산에 미쳐버렸다고 했다. 돈을 가져가고 또 가져갔다. 장금옥 여사가 그토록 여물게 모았던 돈은 어이없이 거덜 나고 말았다.

콧잔등에 송송 땀방울이 맺혀 돌아온 장금옥 여사는 한두 마디 인사가 오가기 바쁘게 매달렸다.

"니, 돈 좀 안 둘러줄래?"

"…?"

"곧 나올 돈이다. 금세 이자 붙어 나온다카이."

"뭐 하실 건데요?"

"광산! 와, 광산 모르나? 곧 캐내게 돼 있다."

"제가 무슨 돈이 있다고 그러십니까? 그리고, 광산은 또 무슨 광산입니까?"

진구는 자신의 이린 앵한 반응이 어디서 연유되어 불쑥 나올 수 있었는가, 잠시 생각해 보았다. 그것은 장금옥 여사에 대한 혈육 이상의 뜨거운 외쪽생각이 이제 보니 그녀의 가슴 형편없이 작은 한 귀퉁이만을 간신히 차지하고 있었다는 허망함, 또 그 사실을 여

타인들

태껏 까맣게 모르고 있었던 자신의 용렬함에 대한 분노 때문이었다. 그리고 그녀가 뭔가 잘못돼가고 있다는 육감과 함께, 외롭고 가련한 그녀의 마음을 이런 식으로 빼돌리는 상명이란 청년에 대한 괘씸함 때문이었다.

애초에는 그녀도 남편이 있었다. 불구도 아니었다. 신혼 초에 만주에서 해방을 맞았다. 해방이 되자 정든 땅을 찾아 모두들 서둘러 남쪽으로 내려왔다. 그녀도 오빠 내외와 그곳을 떠났다. 서러웠던 만주 생활에서 남은 세간살이와 집을 정리해서 곧 뒤따라온다던 남편은 이내 길이 막혀 영영 생이별을 할 수밖에 없었다. 그녀는 아이를 가져보지 못했다.

그때부터 밀어닥친 역경은 그녀를 도회지의 시장바닥으로 내몰았고, 이어 무릎관절염으로 왼쪽 다리가 뻗정다리가 되었지만, 그 속에서도 인정을 꽃처럼 피우며 살아온 그녀가 아니었던가.

진구는 그 얼마 후에 중동으로 떠났다. 상명에 대한 분노와, 달라진 장금옥 여사에 대한 실망과, 자기 자신에 대한 허망함으로 뒤범벅된 무거운 마음을 정리하지 못한 채 오직 가난에 대한 오기 하나로 훌쩍 떠나버렸다.

모래 먼지와 숨 막히는 열기, 그리고 타는 갈증을, 버텨낸다기보다는 오히려 그것들과 맞붙어 처절하게 투쟁하는 것이 그에게는 가난에 대한 복수이자 희열이었다. 연장근무까지 자원해서 삼 년을 채우고 귀국했을 때, 그의 앞에는 한 달의 귀국 휴가가 떨어졌다.

그 한 달은 그러나, 가족이 없는 그에게는 오랜만의 영일이 될 수가 결코 없었다. 갑자기 파도처럼 밀어닥친, 견딜 수 없는 여백일 뿐이었다.

그는 T시의 시장 골목을 다시 찾았다.

시장 골목은 여전한데 장금옥 여사의 한복집만은 사라져버리고 없었다. 그녀가 사라지고 없는 시장 골목에서 그가 시장 사람들을 통해 마주하게 된 그녀의 삼 년 동안의 족적, 비틀거리며 쓰러지며 사라져간 그 파행의 족적을 그는 차마 믿고 싶지조차 않았다.

그녀는 상명의 사업자금을 대다가 결국은 빚까지 끌어안게 되었다. 이번만, 요 돈만 들어가면 금방 쏟아진다던 광산이 먹기만 하고 쌀 줄은 모르는 희한한 괴물인 줄을 알게 됐을 때는 이미 여기 저기서 빚 독촉이 불같았다. 상명은 제 빚 감당도 못 해 잠적해버렸고, 그녀는 가게를 처분해 무리꾸럭을 하고도 남은 빚이 많았다. 그 남은 빚은 시궁창 같은 뒷골목의 협착한 단칸방으로 옮기고 나서도 따라다녔다. 볼모가 된 그녀는 거기서도 밤낮을 가리지 않고 빚을 위해 일을 해야 했다.

겨울 어느 날 아침, 그녀는 고목 등걸처럼 쓰러져 있었다. 허술한 바람벽과 문틈 사이로 새어든 연탄가스 때문이었다. 시장 사람들의 도움으로 다행히 살아나긴 했으니, 삐걱기리는 기계에 모래 뿌린 것처럼 불구의 삭신은 더더욱 쑤시고 추웠다. 그래도 일손을 멈출 수는 없었다.

상명이 나타난 건 빚을 거의 다 갚아갈 즈음이었다.

"쫓겨나게 생겼단 말이오! 밀린 월세가 보증금을 다 까먹어 버렸

타인들

잖겠소? 이번엔 아예 전세방을 얻어야 쓰겠다구요."

한두 마디 겉치레 인사를 닦고는, 거침없이 쏟아놓는 말이었다.

그녀는 혼절해버렸다.

그리고는 깨어나서도 말을 못했다. 왼쪽 반신도 쓰지 못했다. 침을 흘리듯 겨우 말을 시작하고 반의식이라도 되찾은 건 달포나 지난 다음이었다.

띄엄띄엄 병원을 찾아오는 방문객들은 혀를 끌끌 차며 가끔 적선하듯 돈을 놓고 가곤 했다. 그녀는 병원 한구석에 처박혀 기약도 없이 그렇게 지냈다. 상명은 또다시 어디론가 사라져버리고 나타나지 않았다.

병원 측에선 차도도 없는 환자의 퇴원을 성화같이 서둘렀지만 언뜻 데려갈 사람이 없었다.

그녀가 갈 데가 그렇게도 없었던가, 밀리고 밀린 끝에 쓰레기처럼 실려 온 곳이 겨우 여기인가 싶자, 진구는 던적스럽게 허물어진 상명에 대한 분노와 또 한편의 가련함과 함께 주인 내외에 대한 야속함으로 속절없이 눈물이 흘렀다.

찌그러져 가는 오막살이의 새까맣게 연기에 그을은 처마가 마당가에 제법 긴 그림자로 내려와 있었다. 감나무의 검푸른 잎사귀들도 무료하게 침묵을 지켰다.

"어허, 오늘 내일도 비 오긴 당최 글렀으니, 내 참…"

"아이고 허리야."

"내일은 저 골째기 콩밭 매야 될 참인데, 그까짓 피사리 쪼매 한 거 가주고 웬 노무 허리 타령이고!"

밖에서 버적버적 발자국 소리가 나고 곧이어 수건으로 탁탁 옷 터는 소리가 났다.

진구는 토방으로 내려섰다.

주인은 머리칼이 허옇게 센 영감이었다.

"하이구, 손님이 와 계셨던가베."

검게 타고 찌들어 표정이 굳어 있는 영감은 허리를 굽실거렸다. 영감은 꾸역꾸역 그를 안채로 맞아들였고, 안주인은 그제야 서둘러 환자의 방으로 갔다.

한 차례 구정물에라도 얼굴을 헹궜는지 그대로 땀내 흙내를 풍기며 들어온 영감은 수건으로 얼굴을 훔치고는 새로이 수인사를 시작했다.

안채 바깥채가 따로 있긴 했지만, 방이라곤 손바닥만한 것 두 개뿐이었다. 묵고 갈 형편도 못되거니와 그럴 작정도 하지 않았다. 버스나 기차를 타려면 십리 길은 걸어 나가야 하고 서울까지는 못 가도 K시까지는 가야 잘 곳이 있을 터였다.

"주인 내외분을 뵙고 가는 게 도리일 것 같아서 기다렸습니다만, 길은 멀고…"

수인사를 내충 끝내고 진구가 일어서려 하사, 영감은 막무가내로 붙잡았다. 정 그렇다면 이른 저녁이라도 들고 나가라며 놓지 않았다. 그래도 교통편은 충분하다는 것이었다.

"… 첨에는 불쌍해서 자꾸 안 믹   능기요. 한데, 날이 갈수록 양

은 늘고 —느는 거사 백번 좋지요!— 그런데, 느는 양보담 더 마이
싸 내놓는 거 아잉기요. 나중에는 밥톨이 그냥 나오는데 우짤건기
요. 안 되겠디더. 그래가 양을 줄이고부텀 누구든지 보기만 하며
굶겨 쥑인다 안 카는기요. 오늘도 그카지요?"

"……"

"그 담에는 또 우 는지 아능기요? 꾀가 들어요. 정신꺼정 오락
가락 허황한 게 어디서 고런 꾀가 나오는지 차암. 손님들이 와 보
고 하도 배고프다캐싸니까 돈을 쥐어주고 가고 안 그랬능교. 그런
데 고 돈으로 동네 아덜을 꾀어 가주고는 과자를 수도 없이 사묵
았는 기라. 사람 없는 틈을 우째 고래 잘 이용하는지…. 또 속이
탈이 안 나뿌 능교. 그래가 못 그라도록 다짐을 받았지요. 요새
야 손님이 별로 없으이 사묵을 돈도 없지마너…. 돈 줬능교?"

진구는 대답할 기분도 나지 않았다. 환자의 애원하던 눈빛이 처
참하게 눈앞에 다시 떠올랐다.

대답을 기다리지도 않았다는 듯이, 영감은 무표정한 얼굴로 또
다시 얘기를 계속했다.

두어 달 전에는 하도 안쓰러워서 중고 선풍기를 하나 사다 줬는데,
일주 만에 그걸 엿 바꿔먹어 버렸다고 했다. 엿장수 리어카에 실린 선
풍기를 본 사람까지 있었는데도 환자는 끝내 잡아떼더라는 것이다.

"그 방에 있던 선풍기가 지 소행이 아니머 어딜 간단 말잉교? 그
래가 더운데 저 고생 아잉기요. 한 치 앞도 못 보는 소행이 괘씸해
가 좀 닦달을 했지요. —측은하기사 말하며 뭐 하능기요마는— 닦

이효원 단편 소설집

달해도 소용없어요. 이번에는 쌀이 축나는 기라. 쥐 때문에 그 방에다 쌀 가마이를 넣어놨는데, 쌀이 다돼가서 꺼내 보이까네 제법 홀쭉하잖응교. 아차 싶으데요. 똥에 싸래기가 더러 섞여나온 기억이 나데. 한데, 우째 꺼내 묵았는지 영 표가 없는 게라. 참말로 귀신에 홀린 거 같데. 밤낮 주야로 꾀만 짜내는 게라…"

저녁 짓는 연기가 매캐하게 방안에까지 퍼져 들어왔다.

진구는 허탈감이 스멀스멀 일었다. 주인 영감을 팽팽하게 겨냥하고 있었던 분노의 화살이 이제 과녁을 잃은 채 허둥대고 있었다.

"저 마당 봤지요? 똥오줌은 제발 문밖에만 그냥 내나라캐도, 막무가내로 그 몸으로 용을 쓰고 쏟아 뿌리는 모양이라. 냄새 때문에 참말로 우세스러바서 죽겠다카이. 아침 묵고 일 나갈 때, 점심밥 채려 주고 신신당부 안 하능기요. 처마 그림자가 토방 끝에 오거든 묵아라! 그래 놔도 소용없는 기라. 연장이라도 잊아뿌레가 집에 도로 와보머 하며 뚝딱 해치와뿌고 빈 그릇만 달랑 나두고…, 아덜은 군대로 공장으로 나가고 일손은 없고 우짤긴교."

저녁상이 들어오고 나서야 영감의 푸념은 끝이 났다.

진구는 입 속에 떠 넣는 밥알이 자갈처럼 느껴졌다. 환자가 이젠 괴기스럽고 무서워지기까지 했다.

진구는 초조하고 곤혹스러워지기 시작했다. 너는 뭐냐! 너는 뭐냐! 소리 없는 아우성이 수많은 화살처럼 사신을 향해 날아오고 있는 것이 환영처럼 떠올랐다.

감나무 그림자는 지워지고 없었지만, 서쪽 하늘은 아직도 훤했다.

타인들

어둠이 채 내리기도 전에 이른 저녁 식사를 마쳤다.

"저 방에 잠깐 다녀오겠습니다."

진구는 따라 일어서려는 영감 내외를 눌러 앉히고 혼자서 환자 방으로 건너왔다. 환자의 밥그릇에는 핥은 듯이 이미 밥 톨 하나 남아 있지 않았다.

"저 인제 가봐야겠습니다."

"밥 마이 묵았나? 니는 마이 묵았제?"

"아줌마. …아까 그 사진 말입니다, 그거 … 저 좀 주시겠어요?"

말을 채 끝맺기도 전에 환자는 경계의 눈빛으로 요 자락을 손으로 더듬어 눌렀다.

"이번엔 미처 준비를 못했지만, 다음엔 꼭 잡수실 걸 많이 가져 오겠습니다. 곧 다시 한번 오지요. 자 그때까지 이걸 쓰세요."

진구는 지폐 몇 장을 꺼내 요 자락을 누르고 있는 환자의 손에 쥐어주었다. 순간, 환자가 재빨리 그걸 손아귀 속에다 움켜 넣으며 바깥 동정을 살폈다.

"사진은 뭐 할라꼬? 저 영감태기들은 그거는 모른다."

환자가 목소리를 낮춰 말했다. 그도 바투 다가앉으며 목소리를 낮췄다.

"갖다 놓고 항상 볼려구요. 어서요."

환자는 일어나 앉아 또다시 바깥을 살핀 다음, 사진과 돈을 교환해 넣었다.

그는 환자의 손을 한 번 잡아주고는 서둘러 그 방을 나왔다. 그

이효원 단편 소설집

리고 주인 내외에게 인사를 하고 발걸음을 재우쳤다.

서산마루 위로 파아란 하늘이 두어 뼘만큼 남아, 먹빛으로 물들어가는 산의 능선을 선명하게 그려놓고 있었다. 숲속에서 모기떼가 몰려나왔다. 그 집에서는 지금 문미 위에 두루마리처럼 말아 올려둔 모기망을 내리고 있을 것이었다.

마을 앞의 길이 꿈결처럼 아련하게 뻗어 있었다.

가게 앞을 지나면서 진구는 가게 안을 들여다보았다. 앉은뱅이와 눈이 마주쳤다. 제자리에 앉아서도 방금 달려갔다 온 것처럼 단호하게 말하던 기묘한 앉은뱅이의 시선이 그의 발길을 멈추게 했다.

"밤중에 어딜 가는 거요?"

"아, 가야지요."

"하기사 그 집에는 잘 데가 없지러. 그 영감태기 이바구만 잔뜩 듣고 가는 길이구만. 몹쓸 노무 영감태기!"

"…?"

"문밖에 장승같이 섰지만 말고 기왕이며 쇠주나 한잔하고 가이소. 보아하니 대처 양반 같은데, 이런 촌에서 헐한 술 한잔해보는 기도 괜찮을 기구미. 우쨌든 긴에 밤차 탈 기 아잉교. 이미미 여기 방 있으니까, 묵있다 가시든지."

"묵있다 가다니요?"

"우쨌든 들오소, 고마!"

앉은뱅이의 권유는 설득보다는 흡인력이 있다고 문득 생각하며

타인들

진구는 가게 안으로 들어섰다.

"이봐라! 설거지 대충 해놓고 여거 술상 좀 봐라. 손님 오셨다."

사내는 두 무릎을 빗장뼈에 갖다 붙이고 그 사이로 얼굴을 내민 기묘한 모습으로 호기 있게 안에다 대고 소리쳤다.

"알았다, 고마!"

안쪽에서 퉁명스럽고도 질박한 여자의 대꾸가 들려왔다.

"누구 계십니까?"

"누군 누구겠능기요, 마누라지."

점점 모를 소리만 했다.

곧 아낙이 풋고추와 마늘종 등의 채소가 얹힌 소반을 들어다 놓고 선반에서 소주 한 병을 꺼내왔다.

"핑계 대고 또 술타령 할라크제!"

사내의 아낙은 몸집은 좋았으나 어쩐지 좀 반편스러워 보였다.

"또, 또! 시끄럽다 고마! 가마 있그라 보자, 저녁 묵고 나머 마을 사람들 나올 텐데, 우리 뒷방으로 가시더. 서먹시럽잖구로. 이 봐라! 뒷방으로 가자. 그라고 점방 좀 봐라, 어이?"

곧이어 아낙은 가뿐하게 사내를 들어 안았다. 동시에 사내가 그를 향해 말했다.

"자, 갑시다."

그는 홀린 듯 부엌을 통해 뒷방으로 그들을 따라갔다. 아낙은 곧 술상을 도로 가져왔다.

"그래, 영감태기 이바구에 무릎을 탁 쳤소?"

이효원 단편 소설집

첫 잔을 단숨에 훌딱 비우며 사내가 대뜸 한 말이었다.

"무슨 얘기 말인가요?"

"뻔한 거 아잉가베. 선풍기 말이시더. 자, 빨리 잔 돌리소. 환자가 그래 엿 바꿔 묵었다고 믿능기요? 그 지경이 돼가지고 만고에 뭘 하겠능교? 묵는 욕심뿐인 게라. 글타고 사다 주능교? 천만에! 똥 받아내기 언선시럽거든. 문병객이 쥐어준 돈으로 사다 달라크머 쥐불 알만큼만 사다 주고는 다 뺏아뿌는 거라. 그라이까네 아덜 시켜가 사 묵다가 보이 엿재이하고 단골이 안 됐능교. 그러다가 어느 날 엿재이가 가보이 죽은 듯이 까무라져 자고 있더라 생각해보소. 그 엿재이 놈이 슬쩍해뿐거라. 이거는 무작정 추측이 아이라카이. 그 엿재이가 발길을 딱 끊은 거만 봐도 증명이 되는 거구마녀. 또 다른 말로너, ─이거너 그 집에 자주 간 사람들이 그라는데─ 애시당초 그 집에 선풍기 같은 거너 없었다카는 사실이라. 어느 쪽이 맞다캐도 그 영감태기 이바구너 새빨간 거짓말 아이가! 안 그런교?"

"글쎄요. 그렇다면 없는 말을 구태여 왜 지어냈을까요?"

잔을 돌려 술을 따라주며 진구가 말했다.

"글쎄, 와 그란다고 생각능교?"

"글쎄요…"

"쌀 축난다는 얘기도 히지요? 대체 제 몸도 못 추스르는 병신이 흔적도 없이 우째 쌀을 빼묵능교? 기도 안 차는 얘길 해쌓제. 그 집에 구린내 지독하지요? 시상에 똥오줌을 얼매나 안 비워주머 그 육신으로 그걸 비우겠능교. 참말로 죄 받지, 죄 받아…"

진구는 술잔을 단숨에 비웠다.

"그래 내 말이 안 믿어지능교?"

"글쎄요. 그 영감님이 구태여 없는 말을 뭐 하러 만들어내겠어요?"

"내 말 들어보소. 그 영감이 얼마나 인륜 도덕을 따졌던 영감태
긴 줄 알기나 하소? 동네 안에 그 영감한테 한 번도 책 안 잡혀본
집이 있는 줄 아능교? 부모를 잘못 모신다, 고연 놈! 형제간에 내꺼
니꺼 따지는 인간 망종! 인사 한번 잘못 해도 저놈, 막돼먹은 놈!
이러던 영감태기라. 그 환자가 대처에 있을 때, 논뙈기도 제법 사줬
지요. 남에 소작도 제대로 못 얻어걸레가 걸비이 같이 지내다가 그
택에 양식 걱정은 안 하고 살게 되이 자기 동기는 이렇다, 하고 자
랑하고 댕기던 영감이라. 그러다가 동생이 저 지경이 됐는데 아깝
아가 밥 굶긴다칼 수 있능교. 어째 보머, 하루 이틀도 아이고 노상
붙어 앉아가 시중들기도 어렵지, 하기사. 환자 자신을 봐서라도 한
편으로너 고마 하루빨리 죽는 게 편할지도 모르지. 쯧쯧…. 그런
데, 영감 말이오. 가만 있으면 동정도 사고 이해도 될 일을 지 발
이 저린지 자꾸 합리화시키고 말을 만들어낸단 말이오. 아주 응큼
한 영감태기라."

진구는 밀려오는 허탈감을 느끼며 또다시 술잔을 들어 올렸다.

"세상을 다 속여도 난 못 속이는 기라. 손님은 내가 걸어 다니지
못하니까 믿기지 않는 모양이제? 내 이래도 이 동네 사정은 손바닥
보듯 환한 기라. 동네 사람들이 전부 다 여길 거쳐 드나들거든. 그라
고 내가 이래도 그 아주무이 문병을 세 번이나 다녀온 사람 아이가."

진구는 좀 전에 아낙이 사내를 가뿐하게 안아 올리던 그런 자세로 문병을 갔을 모습이 떠올라 피식 웃음이 나왔다. 어딜 가나 객창 신세는 마찬가지란 생각이 술기운과 함께 그의 온몸에 서서히 배어들었다. 앉은뱅이 사내는 난장이 피에로처럼 우수와 희극의 두 얼굴을 가지고 있었다. 또 한편 기묘하고 신비스럽기도 했다. 술을 한 병 더 시키고 싶었다.

"손님! 술 더 하고 싶은 생각이지요? 첫 번 거는 내가 점방 하니까 손님이 사소. 대신, 이번 거는 내 부담이요."

"아, 아닙니다! 내가 사겠소!"

"우쨌든 좋시다. 이 봐라! 술 한 병 더 가 오나!"

호기 있게 소리치고 나서 사내는 제법 목을 길게 뽑으며 낮은 목소리로 말했다.

"저 마누라가 임신 오 개월 아잉교. 히히히."

"네에?"

진구는 사내가 방금 잘못 말한 게 아닌가, 확인이라도 하듯 다시 되물었다.

아낙이 술병을 들고 왔다.

"술 처묵고 또 나한테 지랄할라꼬?"

사내는 낄낄낄 웃으며, 게길스런 눈길로 제 이편네의 몸을 샅샅이 훑고 있었다. 그러고 보니, 제법 아낙의 배가 부른 것 같기도 했다. 진구는, 에라 이 병신아! 그게 어떤 놈의 씬 줄 알아? 하는 조롱이 술기운과 함께 목구멍까지 올라왔다.

"내년 봄쯤 오거든 내 아들 구경하고 가시소."

사내의 한 점 주저 없이 당당하고 확신에 찬 어투에 그의 조롱은 풍선처럼 더욱더 부풀었다. 그러면서도 한편으로는 이상한 호기심이 싹트기 시작했다.

옆에서 보면 N자를 좌우로 눌러 찌그러놓은 듯한 사내였다. 사내의 사타구니로 무심코 눈길이 갔다. 뜻밖에도 옷 속에서 실팍하게 부풀어 있는 샅을 사내는 보란 듯이나 손으로 쓰윽 쓰다듬었다. 샛노랗던 사내의 얼굴이 술로 벌겋게 달아올라 있었다. 그도 상당히 술기운이 올랐다.

모기 망 밖에서 마을의 밤은 깊어가고, 개구리들의 합창 소리는 줄기차게 계속되고 있었다.

이 병신 사내의 확신과 당당함, 그리고 그것과 엇갈린 장금옥 여사의 영상이, 마신 술의 양보다 진구의 머릿속을 더 몽롱하게 했다. 장금옥 여사의 정신적 지주는 무엇일까? 죽지도 않고 살아나지도 않고 몇 년을 매양 그 모양으로 누워있는 그녀의 의식 세계에는 도대체 어떤 것들이 남아 있을까?

"주인장! 술 좀 더 합시다, 우리."

"내 이럴 줄 알았다카이. 묵고 갈라카제?"

두 사람은 십년지기처럼 허물없이 굴었다. 두 사람은 주거니 받거니 잔 돌리기가 바빴다. 그들은 점점 취기가 고조되고 있었다.

"주인장! 당신은 아줌마가 왜 그리됐는지 아시오? 누구 때문인지 알기나 하느냐 말요."

이효원 단편 소설집

"어허, 이 사람! 김상명이 얘기 할려는구마. 몹쓸 인간이지. 몇 번 다녀가긴 했지만 사는 게 말이 아닌 모양이야. 스스로 죄가 많은 인간이라고 늘상 푸념을 한다는구만. 하지마너 남의 집 단칸 월세방인데 우짜겠노. 못난 인간! 우쨌든 그 아주무이 지지리도 불행한 팔자야."

사내는 말끝에 혀를 끌끌 찼다.

진구는 낚아채 온 사진이 가시처럼 마음에 걸렸다. 하지만 취중임에도 불구하고 그 사진에 관한 한 굳게 입을 다물었다. 그 때문에 그는 술을 계속 들이켰다.

다음날, 그는 아침 일찍 마을을 떠났다. 사내가 그 '지랄'을 어떻게 하는지도 술에 곯아떨어져 보지 못하고, 반만 받겠다는 술값을 꾸역꾸역 우겨서 다 내고 떠났다.

진구가 다시 그 마을을 찾아든 것은 다음 해 봄이었다.

지난해, 그는 마을을 다녀가자마자 사진을 불태워버렸었다. 사진을 태우며 그는 눈물을 흘렸다. 앉은뱅이 사내의 성성한 생명력이, 비록 반편이긴 하지만 아내가 있고 또 거기서 자식을 본다는 가장 원초적인 본능에서 싹텄음을 깨달았을 때, 장금옥 여사의 꺼질 듯 꺼지지 않는 생명의 불꽃도 자식을 갖고 싶어 하는 기대 위에 피어 있음을 느꼈기 때문이었다. 그러나 그 기대에 부응할 수 없었기 때문이었다. 그는 수렁 같았던 과거에서 멀리멀리 달아나버리고 싶었다. 확 트인 앞길로 질주하고 싶었다.

타인들

사진을 불태운 뒤에도 그녀의 환영은 뒤에서 자꾸 그를 손짓했다. 그를 놓아주지 않았다. 그런 불안과 죄의식을 걸러내기 위해 그는 마을을 다시 찾은 것이었다.

"내 아들 좀 보소. 고추요!"

앉은뱅이 사내는 백일도 채 안 된 아이의 기저귀를 들춰 고추를 내보이며 지난해보다 더욱더 싱싱하게 웃었다.

"그 집 갈 필요 없심더. 아무도 없구만요."

"주인은 밭에 나갔어도 환자는 있겠죠."

"환자도 없다카이."

사십 리 떨어진 읍내로 상명이 환자를 싣고 갔다고 했다.

"깝죽거리며 싸질러 다녀 쌓디마는 T시에 있는 성당 요양원에다, 그것도 무료로 보내기로 해놨다는구만. 그래도 그 사람이 진솔한 데는 있는기라. 데려갈 형편도 안 되고, 또 솔직히 싫기도 하지. 그 반식물인간을 거두기가 누가 좋겠노 말이다. 백번 잘한 거라. 그런데 요 영감태기는 빤히 들여다보이는 속을 가주고 안 된다고 빡빡 우겨 쌓더라 말이다. 그래놓고는 결국 못이긴 체 한단 말이다. 거기다 대머 그 사람 얼매나 솔직하노. 김상명이는 요양원으로 보내는 게 섭섭하이까 디갈 때까지 한 달만 자기가 모시겠다크는 기라."

혹시 찾아오는 사람을 위해 적어두고 갔다는 주소를 내밀며 앉은뱅이는 덧붙였다.

"그 사람이 우째 당신 주소는 몰랐을꼬? 온 데 다 편지했다카던데…"

이효원 단편 소설집

사십 리 떨어진 그 읍의 한 귀퉁이 개천가에는, 그 집이 그 집 같은 판잣집이 여러 채 뒤엉켜 있었다. 진구는 그중 한 집에서 여편네와 아이 하나와 세 들어 사는 김상명을 찾아냈다.

진구가 이름을 대자, 그는 고개를 갸우뚱하며 얼굴은 물론 이름마저 전혀 생소해하는 표정을 지었다.

다음날이 장금옥 여사가 무료 요양원으로 실려 가는 날이었다.

진구는 아무도 없을 때를 기다려, 환자에게 슬며시 돈을 건넸다. 그러나 그녀는 뜻밖에도 돈을 받아 요 위에 그냥 놓았다.

"어서 넣으시죠."

"요 밑에 인자는 아무것도 없다."

그녀는 더듬거리면서도 매우 가라앉은 목소리로 말했다. 안정인지 체념인지 진구로서는 알 수 없는 일이었다.

"아들이 날 좋은 데 모신다고 돈을 너무 많이 쓴다카더라. 빚까지 져 감서 말이다. 아들이 우째우째 연락을 다 해서 많이들 왔다 갔다만, 사진도 하나씩 하나씩 다 찾아갔다. 상명이가 그래도 애 많이 쓴다. 고맙구로. 이거도 야들 줘야지…"

요 위에 놓인 지폐를 힘없이 내려다보는 장금옥 여사의 병세는 지난해와 한 치도 다름이 없어 보였다.

진구는 많이들 왔다 갔다는 그 사람들, 개중에는 사진을 찾아갔다는 그 사람들도 자기처럼 자신들의 정신적 카타르시스를 위해 얼마씩의 지폐를 놓고 떠났으리란 짐작이 어렵지 않았다. 그리고 꼬깃꼬깃 모인 지폐들과 예금통장을 상명은 남김없이 챙겼으리라.

타인들

이제 장금옥 여사의 존재가치는 상명에게서마저도 오늘로써 끝이 날 수밖에 없었다.

진구는 되도록 마음을 굳게 먹고 자리에서 일어났다.

대문 앞에서 진구가 경건한 표정으로 말했다.

"정말 어려운 일을 자임하셨습니다. 신의 은총이 있으시길 빌겠습니다."

상명은 더욱 침통한 모습으로 말했다.

"원 별말씀을…. 저 같은 사람도 있긴 있어야지요."

두 사람은 슬픔이 가득한 얼굴로 마주 절하고 돌아섰다.

이효원 단편 소설집